通俗與經典化的互現

民國初年上海文藝雜誌翻譯研究

■■ 葉嘉 著

目次

推薦序（一） i
推薦序（二） xi

緒論

第一節　課題緣起 2
第二節　理論架構 6
第三節　研究範圍 11

第一章　清末民初「通俗」的流變

第一節　「通俗」的定義 20
第二節　清末到民元：平民教育的初衷 23
第三節　袁世凱復辟：以「通俗」為名的言論控制 26
第四節　文學革命之後的「通俗」：從中性到貶義 29
第五節　上海雜誌界的「通俗」：從啟蒙到暢銷 31
第六節　解讀「精英」與「通俗」：從對立到互動 44

第二章　雜誌的外在環境

第一節　雜誌的出版環境 52
第二節　雜誌的文人圈子 62

第三章　譯本的規範：譯者形象

第一節　從譯書廣告看譯者　　　　　　　　　　79
第二節　從譯作刊登格式看譯者　　　　　　　　94
第三節　從譯序和譯後記看譯者　　　　　　　　101
第四節　早期《新青年》的譯者形象及其啟示　　111

第四章　譯本的規範：「不忠」與「忠實」原則

第一節　1910年代：「不忠」為常　　　　　　　121
第二節　1910年代：抗拒「直譯」　　　　　　　128
第三節　《新青年》：「忠實」的提出　　　　　　134
第四節　1920年代：「忠實」的流行　　　　　　139

第五章　譯本的規範：「實用」與「時效」原則

第一節　晚清的緣起　　　　　　　　　　　　　148
第二節　民初的演變　　　　　　　　　　　　　154
第三節　譯叢：獵奇的「時效」與「實用」　　　158
第四節　西笑：諧趣的「時效」與「實用」　　　174

第六章　延續「時效」：視覺文本的翻譯

第一節　雜誌插圖：西方時局視覺化　187
第二節　影戲小說：電影時代的先聲　196
第三節　「雜誌翻譯」：規範與定義重構　214

第七章　通俗與「經典化」的互現

第一節　不拒「經典」，不要「主義」　225
第二節　重釋林紓：「新」、「舊」的對立　242
第三節　熱議娜拉：「新」、「舊」的對話　262

結　語　273

致　謝　281

參考書目

中外期刊　283
中文文獻　284
英文文獻　289

推薦序（一）
送君走上繁花似錦的前程

童元方

現任大渡山學會榮譽講座兼東海大學教授
前東海大學講座教授兼文學院院長、香港中文大學翻譯系教授

　　一晃眼就是二十年流光如咒語，不知怎麼就把人拋到了後面。回想起來，少年的學生與中年的我，彼此教學相長，在人生路上緊密共行了一段，對雙方都成了無可分割的記憶。

　　那時我任教的香港中文大學在大陸招生，以北京、上海、廣州的酒店會議室為據點，而參與招生的教授們第一次以視訊的方式在香港校內面試。那曾是多麼新鮮的經驗！我們在一座新起的教學大樓裡等著廣州那邊連線，電腦開著機：看見酒店了，看見中大的工作人員了，看見面試的房間了，看見年輕的學子一個個進來。我印象最深刻的是一個面容清秀的女孩，她在答問之間條理特別清楚而口齒分外清晰，我因這個聰慧的學生而感到高興時，一位同事突然問，除了中大有申請他校嗎？她說，也可能試試澳洲的大學。開學時我心裡多希望她能選我們，而又真的在課堂上看見了她，得一英才而教之的快樂竟瞬間湧上了心頭。她是葉嘉。如此，我們結了這一世的師生緣。

　　大一下學期她修讀我的翻譯史，我一般從五世紀的佛經翻譯講起，一直要講到五四時期的翻譯活動，並兼及延安文藝講話所揭示的文藝政策對翻譯的影響。時間跨度既大，所涉議題又多，期末報告在選題上多有可發揮琢磨之處。然而葉嘉竟另闢蹊徑，問我可否討論

《源氏物語》的兩個中譯本。我們二人都不懂日文，遑論十一世紀的古典日文。但她既有此一問，想來一片心思正在豐子愷與林文月的兩個譯本上，我實不想消耗這能量，何況真懂古典日文的學者，根本是鳳毛麟角，目前似乎還不必考慮這因素。再者，這是她進大學後的第一篇小論文，是練習曲，不是碩、博士論文的交響樂，也許現階段我們可暫別原文，把重點放在譯文的風格上，看看豐、林兩位譯者呈現給我們的平安朝宮裡宮外是一個什麼樣的世界。

師從林文月習謝靈運詩，老師的譯文，自《中外文學》連載時期即已拜讀。至於豐譯比林譯開始得早，卻出版得晚，我倒是還沒有讀過。留學美國時曾隨日本教授唸過兩學期《源氏物語》的討論課，以韋理（Arthur Waley）與賽登斯提克（Edward Seidensticker）的英譯本為主。這兩個文本的譯文風格，給讀者如我帶來了很不一樣的感受。即便有誤譯、錯譯、漏譯，既不能掩蓋韋氏譯文的絕代風華，賽氏譯川端康成的清冷細膩也未能為其之譯《源氏物語》增添靈氣。翻譯學是一新興的研究範疇，牽涉的因素很廣，這一英譯對照組反襯了中譯某種觀點，或烘托了中譯某種現象，就答應葉嘉寫這個題目了。

大一生葉嘉的第一篇學期報告，從林文月與豐子愷的兩個中譯本探討《源氏物語》的女性聲口。以和歌為例，縱使林譯以楚辭體為主，用的最多的語助詞是「兮」字，是否合適是另外一個問題。但大量使用語助詞，讀起來自有一種宛轉綿長之意，符合一般中文讀者對日本女性在說話與儀態上的認知。而豐子愷將和歌譯成五言或七言詩，讀起來不似日本女子，倒像是中國士人。兩個譯本因風格不同，彷彿呈現出兩個不同的世界。葉嘉初試啼聲而能有此見解，我看見的是後生來者發掘問題與獨立思考的能力。

翻譯之為學科，自歐盟建立以來，倍速成長。在茁壯的過程中，除了文學翻譯、商業翻譯、藝術翻譯、法律翻譯等專業科目之外，課程逐漸涵蓋翻譯理論、翻譯史、文化與翻譯等。最特別的是畢業前要交出中譯英與英譯中各一篇四千字的譯文，而選材必須是未曾有人譯過的作品。翻譯期間，有固定老師一對一的指導，也可以說是藉由長篇翻譯的經驗，來敦促學生實際練習並作取捨以解決語言轉換時帶來的各種問題。

我成了葉嘉英譯中的指導老師。她每個星期要譯上一大段，先交給我看，上課見面時我們再討論。回想起來，這種一星期最少一小時的互動可能是最接近《論語》裡的問學。那一年是2006年，她選的是住在香港的英裔作家Matthew Harrison同一年出版的英文短篇小說 *Queen's Road Central*。這條大馬路就是有名的「皇后大道中」。他是用英文寫作的香港作家，關注的人情不可能與華裔港人一樣。所以故事發生在中環皇后大道中的一家銀行，聚焦於白領麗人與她的洋人上司之間的各層關係。這個不同的視角，帶來相異的挑戰，就是在翻譯的過程中遭遇到許多「回譯」的問題，亦即很多場合必須還原至有粵語情調的中文詞語，而不是心血來潮重新譯一遍。在後殖民色彩濃厚的港島中環，熙來攘往的街道上，推擠著終日悷悷惶惶的人群。這氣氛、這感覺也都得譯出來。

這時我留意到對翻譯理論的瞭解與能做一個行文流暢的譯者實在是兩種不同的能力。中、英雙語都好，並不能保證翻譯可以做得好，關鍵其實落在語言與文化的轉換上。這是雙語之外的第三種能力。換言之，若譯入語無法脫離譯出語先天的束縛，從事翻譯研究的人自身往往也不能免於用翻譯體翻譯，甚至用翻譯體寫論文。葉嘉一級榮譽

畢業，是當屆成績最好的學生，但最難能可貴的是，她同時也是少有的文字通達的譯者。

葉嘉留校繼續攻讀碩士，因有志於未來讀博士，所以進了哲學碩士的學程，而非修滿學分即獲學位的一般碩士。有一門翻譯理論的課必修，另外一定要寫一篇碩士論文。所以論文寫什麼，絕對是在為自己未來的研究定方向。

那幾年我或同時、或先後指導三、四個碩、博士生寫論文。他們有做聖經翻譯的、佛經翻譯的、性別因素塑造翻譯的、殖民政策與香港認同影響翻譯的，都是很嚴肅的題目。葉嘉的興趣卻不同，她對民初以上海周瘦鵑主持的《禮拜六》雜誌圈為主的通俗文學很有使命感，想在這方面盡力，故來問我的看法。我之所以知道周瘦鵑，還是因為張愛玲，還曾以張氏視自己的短篇小說為鴛鴦蝴蝶派而感到驚訝。但稍微想深一層，才想到我根本沒有看過《禮拜六》雜誌，這本文藝雜誌中原來還有很多翻譯作品。《新青年》尚且補看過很多期，最少對魯迅、胡適、陳獨秀以北平為主的革命性思想與文藝氛圍有些認識，上海的城市風貌與文化品味竟全然忽略了。

我們慣常說唐詩、宋詞、元曲、明清小說，好像除了唐，其他朝代都沒有詩。事實當然不是如此，況且宋詩、清詩還非常出色。在八世紀已被認可的唐代大詩人王維開了水墨畫一宗，為明朝的書畫大家董其昌所特別推崇。可是單講水墨能代表唐代風華嗎？直至流觀敦煌壁畫，細覽金碧山水，才能略微感知何謂盛世的輝煌。有一回在波士頓美術館看過一個展覽，展出印象派繪畫巔峰時刻的十九、二十世紀的學院派，我當場就嚇了一跳，因為我腦海裡若想到當時的巴黎，只會想到咖啡館、歌劇院，以及明媚的水波與陽光，好像還是主流的

學院派竟早已不復存在。這是多大的偏見啊！可見後世之人若不回歸原來的語境，必難窺當代全貌。何況清末民初東西文化撞擊時的力道與上述所言豈乃不可同日而語所可盡言，所以非常高興葉嘉可以補上這一時期海派的文化風景。

　　葉嘉在必修的理論課上交出來的論文，是探討周瘦鵑在《禮拜六》上撮譯的一部長篇小說，原文是法文，作者是Madame de Staël。周氏不懂法文，中文本自非譯自法文，而是轉譯自英譯本 *Corinne, or Italy*，而中譯的題目竟用了晏殊的名句：「無可奈何花落去。」既是撮譯，中間牽涉的問題當然極多，但最特別的是，周瘦鵑似乎是越譯越高興，居然自己隨興往下寫開來，創作了續集，題曰：《似曾相識燕歸來》，直接在下一期刊出。是先有了「花落去」的譯題，而忍不住要湊上「燕歸來」嗎？葉嘉的論文在此探討了翻譯與創作的關係。十里洋場的上海在這一雜誌上展現了不同於故都文士所在意的話題。原來上海通俗文藝雜誌是一堆有待挖掘的礦藏，而我們對此幾近於無知，葉嘉因此立志做此方面的研究，定下了方向。

　　葉嘉研一下學期時，中大的中國研究中心請了來自加拿大麥基爾大學的方秀潔教授（Prof. Grace S. Fong）任訪問學者，開了一個專題"Gender and Sexuality in Chinese Fiction: 17th–Early 20th Century"。這門課沒有中文課名，暫譯之為「十七世紀至二十世紀初期中國小說裡的性別與性」，直擊從明末的「才子佳人」傳統到民初的「鴛鴦蝴蝶派」，正是葉嘉所需，我極力推薦她去修讀。

　　秀潔與我有一特殊的淵源，即我們都受教於葉嘉瑩老師，我是葉師在臺灣大學的關門弟子，她是葉師在加拿大英屬哥倫比亞大學任教時的得意門生。我還在哈佛唸書時，已獲博士學位的秀潔曾在哈佛當

過一年的青年學者研究員,還一起吃過老師訪哈佛時親手烹調的波士頓大龍蝦。

秀潔的博士論文寫的是以吳文英為主的南宋詞,後來研究範圍擴大到明清婦女文學的研究,極有成績。葉嘉從其所學,交出了令人驚艷的學期報告:〈珍珠衫和千里鏡:兩個女人的兩重僭越〉,以馮夢龍所編《喻世明言》的名篇〈蔣興哥重會珍珠衫〉中的偷情信物「珍珠衫」與李漁《十二樓》之〈夏宜樓〉中的窺視禍根「望遠鏡」來探討兩篇小說中的女性,如何身在重樓,而依然越過了情與慾的界線,一個失身而後變心,一個錯愛而後誤嫁。這個審視男性編者與男性作家所編或所寫通俗小說的女性角度,為後花園私訂終身的老套故事,帶來了新鮮的視野與批判的力量,也為她後續的民初上海文藝雜誌的研究打下了頗有深度的基礎。

當時的翻譯系位於人文館,和新聞系、人類學系是上下樓層的鄰居,與新亞書院的錢穆圖書館成直角,占著全中大的制高點。山上栽種了各種竹子與相思樹,多走幾步即可隨意俯瞰雲水相映的吐露港。中大的建築或許沒有令人一見難忘的,但山水與花木確是絕色。若沿著山坡往下走到大學火車站,我記得該是七層樓的高度。我這幾位研究生,同時是助教,共用我研究室對面的127室。也許距離近,我們師生之間逐漸內聚了很強的向心力,在研究和生活上彼此支援、彼此相伴。千禧開年後那些日子,SARS疫情過了之後,我們在世外的山頂悠遊歲月,經常出其不意而來的訪客,必然是之藩先生了。日日月月年年,大家都認識了這位老師丈。

我帶學生最重視他們原創的想法,所以一定催促他們先看第一手的原材料,而不用急著看其他學者所寫的論文。哪知香港各個大學圖

書館以及地區圖書館舊上海的雜誌都很少,葉嘉決定念完研一的那個暑假直奔北京的中國國家圖書館,尋覓《禮拜六》。

那年是 2008 年。6 月 6 號我生日,學生們鬧著請我吃飯,當然得帶上陳先生。大雨傾盆中,我們卻十分歡快地在沙田新城市廣場的利苑吃了一頓好飯,之後再回校切蛋糕。我的生日,陳先生比誰都高興,也不回他自己在何善衡樓的研究室,反而在旁邊的錢穆圖書館看書,等我遲些時候一塊兒回家。只是,只是過了一夜,就在第二天,陳先生中風跌倒住院,我的世界從此全變了。前些天,聽聞利苑業已結業,滄海桑田,只在一瞬。

暑假裡葉嘉依照原計畫去了北京,一點點在微縮膠卷上尋覓上海文藝雜誌的蹤跡。往昔不似今日,許多稀有的舊雜誌都可在網上查閱。她下了扎實的工夫,帶回了寶貴的原材料;另外,還有一雙棉鞋,是送給陳先生的。他在威爾斯醫院三個星期、沙田醫院六個月之後返家,正是冬天,我看著老病纏身的陳先生、輪椅上穿著棉鞋的雙腳,是來自北方家鄉從小熟悉的物事。陳先生離家後沒有回過家,棉鞋就是鄉愁,小女生的溫暖、細膩、體貼使我在陰鬱的冬日沉吟良久。

葉嘉的碩士論文《從「佳人」形象看《禮拜六》雜誌短篇翻譯小說》,基本上重述了明末以降佳人形象的轉變。然而,透過翻譯而產生的佳人又該如何在文字與文化上滿足鴛蝴派譯者的口味?這裡已有了女性視角所關注的議題。由於雜誌內容帶來了非常龐大的信息量,論文的開篇自然不容易說得清楚,葉嘉改寫數次,我仍覺得不甚順暢,才恍然悟出,是基本的寫作工夫少年時沒有機會歷練,遇到複雜的理念不容易條分縷析。但她如何會輕言放棄?一直修改到話說

明白了為止。

我想起她讀大學本科時成績優異,我誇她英文不比香港本地同學差,她居然說:「我的英文好在表面,是虛的。我只是用功把成績弄好,其實知道自己的不足,每天兢兢業業,都是以香港同學為榜樣而加倍努力。」如是年少而有此胸襟,同時又能見賢思齊,與之並駕,這樣傻傻堅持不懈的靈魂,如我127室的青青學子,雲朵飄流,各有因緣,最後都聚在了新亞山頭,成就了我們彼此永世難忘的一段人生。

葉嘉留校續修博士學位,已經在沙田醫院療養的陳先生幾次出狀況要送回威爾斯醫院掛急診,而每次離開時都要把所有的私人物品清空,留出床位。兵荒馬亂之際,在旁的葉嘉與世昌幫我把陳先生的枕頭、毛巾什麼的先帶回學校,而劍雯跟著我上救護車隨時照顧。香港為我驚濤駭浪的顛簸人生帶來了再世為人的機緣,讓我歷劫歸來,終於品嘗了幸福的滋味。只是,陳先生突然中風,使我在一夜之間感受到舉目無親的無助與四顧茫然的無告,但又同時發現身邊的學生竟成了家人,從2008年一路相伴,陪我走到2012年陳先生的告別式。

這三年半中,我離開中大去幫新成立的東華學院建立通識教育課程,但是每星期一次仍會回中大上課。還在跟著我寫論文的,繼續指導;進入新階段的,改弦更張。我請他們來我的班上,為學弟妹講授自己研究的專題,不能想像他們在我的凝視之下,已然長成了青年學者的模樣。

陳先生過世之後第二年,我應聘回臺灣,接任東海大學文學院院長一職。臨離香港,127室的孩子們幫我清理書籍雜誌,打包好的一箱箱堆疊起,放在走廊上,如山般壯觀。縱有千般不捨,在港住了將

近二十年的我，離港了。

八年來，127 室的孩子全都獲得博士學位，在香港的多間大學教書，翻譯系也早已搬到別的樓，不在新亞書院了。雖然與他們的物理距離已渺遠，尤其新冠疫情未消，我有兩年沒有踏上香江，但因緣未斷，彼此俱在念中。最新的好消息是葉嘉要出書了。內容是她自哲學碩士到博士累積的研究成果，寫成了《通俗與經典化的互現：民國初年上海文藝雜誌翻譯研究》。她以我是她學術生涯的開端，希望出現在她的書裡，特來請序。因為參與了她自少女時代以來如陶塑般養成的日子，寫序自是義不容辭；她寫作碩士論文期間，也是我面對生死悲歡情感最為激盪的時刻，所以在寫作此序的當下，也無法把學術上的追求與無常人世的點滴完全分開。回眸一瞥她在學術上的成長，就是回溯一段我與陳先生說再見的過程，其中經緯交織著我 127 室孩子們的溫柔相待。在線性的敘述中企圖描寫同時存在於不同空間的小劇場，彷彿用平面的工具來塑造立體，讓這篇序看著有些不尋常罷，但確是我的真情實感。

閱讀書稿，看見葉嘉在論述上的精進，越發能表顯出對大局的觀照。從民初上海文藝雜誌上翻譯的作品與視為模範的《新青年》上翻譯作品的對照，可以看出其實是從翻譯切入，研究的是中國面對西洋文化大軍壓境時的惶然所作的反應與反思。換句話說，是從翻譯的視角看中國的現代性。

當年已送青年學者的葉嘉走上繁花似錦的前程，現在又看著花朵一路開下去。

是為序。

2021 年 3 月 31 日於東海

推薦序（二）
構建譯史，反思敘事

莊柔玉
廣西大學外國語學院教授兼英文系主任

本書改寫自年輕學者葉嘉教授由香港中文大學授予學位的博士論文。該論文旨在探索一個鮮受注視的課題：1912年至1920年代上海通俗文學雜誌的翻譯現象。由於鮮被談及，作者投入大量時間從事一手資料的探究，當中涉及的考證功夫異常繁複細密。更難得的是，作者並無停留於零碎散亂的資料舖陳；反之，因難見巧，參考了歷史研究的基本方法，配以系統翻譯研究的一些重要概念，通過廣泛而仔細的文本分析，構建一套有條不紊又富有見地的翻譯圖景。相對於聚焦於新文化精英的主流論述，這可謂提供了另一種觀照歷史的視角，在承先啟後、推陳出新上處於巧妙而獨特的立足點。

作為葉教授的博士論文指導老師，喜見該論文以另一種方式面世。一方面，新書保留了論文原有的獨特風格：一句以蔽之，就是一種精妙而有趣的學術平衡。具體而言，該論文書寫流暢，層次清晰；既有宏觀的論述，也有微觀的分析，寓連貫敘事與反思敘事於同一語脈之中。此外，論文的作者用理論而不流散於理論的抽象虛無，敘史實而不沉溺於史實之孤寡偏狹，引權威而不困囿於權威之強勢尊逞，述觀點而並無抹殺觀點自身的先在限制。這種詳實而帶自省的書寫風格，雖未致發揮圓熟，但在翻譯研究的中文論述中並不多見。

另一方面，新書加入後續研究的深入探索，刷新並豐富了原先論文的書寫語境，同時也見證了葉嘉教授在學術研究上自強不息的精神與魄力。較之於博士論文，作者的修訂與補充可見於三個層面。其一，是論述焦點的適量移位。原先的明線是上海文藝雜誌的翻譯描寫，暗線則為「通俗」與「經典」的相互角力。本書就暗線的撰寫，尤其是上海通俗文藝雜誌譯事「邊緣化」的論證，大幅增加，例如第七章就因為新得幾宗翻譯個案的原著而大為拓展，因此也較能突顯作者獨到的學術視野與觀點。其二，是研究方法的補充說明。作者鑑於近年期刊研究漸成體系，以及民國期刊頗得關注的趨勢，於是有意識地結合期刊研究與翻譯研究方法，試圖為民國雜誌翻譯研究立一專案，緒論因此幾近重寫。其三，是史料徵引的全面加強。書中多處期刊文獻原須轉引史料集刊，現因得益於數位典藏而能溯至一手資料，其中第一、二章的修訂至為詳盡。

走進2020年代，我們當如何觀照一百年前一個特殊複雜的翻譯現象？我們不妨借鑑葉嘉教授的研究心得，以多元多向、動態開放的研究視角與方法，重訪並反思1912年至1920年代上海通俗文學雜誌的翻譯歷史。

2021年2月5日於香港

緒論

―

第一節　課題緣起

本書的研究對象是民國元年至1920年代上海通俗文藝雜誌的翻譯文本與翻譯現象（下稱「雜誌翻譯」）。寫作脈絡有二，其一以譯本及相關史料為基礎，描寫雜誌翻譯的類型與特徵，為歷史研究；其二以雜誌翻譯為據，剖析雜誌文人參與民初文化場域的「經典化」（canonization）過程，為文化研究。本書謂「通俗」和「經典化」，都取其歷史化（historicized）的意涵。「通俗」並非雜誌內容或性質的客觀描述，而是後人賦予的歷史標籤。「經典化」亦非文本因具某些特質而成為經典的過程，而是一個文化的統治階層視之為合乎正統、予以保留、使之成為歷史遺產的過程。[1] 今人論該時期的「經典化」，離不開史稱「新文化運動」所指涉一系列始於北京大學精英分子的語言、文藝、思想、學術、社會、政治變革及其相關的文藝作品。如是史論之中，上海通俗文藝雜誌翻譯往往不是主角，而流於邊緣。正因如此，筆者論述不能自絕於宏大敘事，而應以之為背景和參照，試述「通俗」雜誌翻譯在新文化和新文學「經典化」中所顯出的歷史價值。

本書選題出於兩點考慮。其一，民初雜誌翻譯的研究尚在起步，大有探索空間。關於近代翻譯，史論大多認同報刊雜誌是翻譯的出版媒介之一，卻鮮將兩者結合探討。翻譯的分析多抽離於雜誌語境，而

---

[1] Itamar Even-Zohar, "Polysystem Theory," *Polysystem Studies, Poetics Today* 11, no. 1 (Spring 1990), 15–16. 中譯參考張南峰譯，〈多元系統論〉，《中外文學》，30卷3期（2001年8月），頁24。「通俗」和「經典化」的術語討論，詳見第一章。

慣於集中在有限的譯者和譯本。[2] 明確以雜誌翻譯為對象的研究在過去廿載與年俱增,但總量仍在少數。這些研究多呈現出個別期刊的個案,討論多重於小說體裁,不及探討其他雜誌翻譯文本,亦未能放眼譯事活躍的雜誌文藝界整體。[3] 民初雜誌翻譯研究一面悄然興起,一面仍囿於選材的慣性。這一新的翻譯研究領域開拓至此,當在視野和方

---

[2] 就這一點,筆者參考三本流通較廣的翻譯史:謝天振、查明建編,《中國現代翻譯文學史(1898–1949)》(上海:上海外語教育,2003);孟昭毅、李載道編,《中國翻譯文學史》(北京:北京大學,2005);方華文編,《20世紀中國翻譯史》(西安:西北大學,2008)。這三本史論對翻譯史的分期方法基本一致;在每一時期,均以譯者、原著國別、原著作者、原著語種為線索來組織史料,以名家名譯為陳述主體。雖有提及《時務報》、《新青年》、《譯文》、《世界文庫》等刊物,但這些刊物都是以「重要人物的作品」或「機關刊物」的面目而呈現。

[3] 有關近代雜誌翻譯的詳細研究,多出於近二十年中國內地和臺灣碩博士論文,晚清小說研究為多。筆者根據華藝線上圖書館和中國知網,以2000年至2020年為限,以「雜誌」、「期刊」、「翻譯」為關鍵詞,搜得論著,按出版時間羅列如下:吳燕日,《翻譯相異性 —— 1910–1920年《小說月報》對「異域」的表述》(暨南大學博士論文,2006);杜慧敏,《文本譯介、文化相遇與文學關係 —— 晚清主要小說期刊譯作研究(1901–1911)》(上海復旦大學中國語文學系博士論文,2006);劉聲,《學術網絡、知識傳播中的文學譯介研究 —— 以「學衡派」為中心》(復旦大學博士論文,2007);趙健,《晚清翻譯小說文體新變及其影響 —— 以晚清最後十年(1902–1911)上海七種小說期刊為中心》(復旦大學博士論文,2007);章瓊,《1904–1927:《東方雜誌》翻譯文學研究》(四川師範大學碩士論文,2008);董炎,《從傳統到現代 —— 晚清四大小說期刊中翻譯小說的「現代性」》(蘇州大學碩士論文,2010);李宥儒,《二十世紀初期安徒生故事中文翻譯 —— 以文學研究會主要刊物《小說月報》、《婦女雜誌》、《文學週報》為研究範圍》(國立臺灣師範大學國際漢學研究所碩士論文,2011);戴維斯,《世界文學視野下的民族文學發展訴求:《東方雜誌》(1920–1932)歐美文學譯介研究》(福建師範大學碩士論文,2014);翁珮清,《晚清四大小說期刊析論 —— 以創作小說和翻譯小說為中心》(國立中山大學中國文學系博士論文,2015);呂潔宇,《《真美善》的法國文學譯介研究》(西南大學博士論文,2015);李小玉,《贊助勢力下《新青年》與《東方雜誌》(1915–1923)翻譯文學原文本的選擇比較研究》(河南師範大學碩士論文,2016);石盛芳,《現實與現實主義:《文藝春秋》《文藝復興》的文學譯介研究》(西華師範大學碩士論文,2017);許方怡,《《中國叢報》中的中國古典小說譯介研究》(上海師範大學碩士論文,2017);吳勻媛,《五四時期報刊譯文與馬克思主義傳播研究》(廣西大學碩士論文,2018);王涓寬,《包天笑文學創作與報刊編譯活動之意義研究》(淡江大學中國文學學系碩士在職專班學位論文,2019)。

法上尋求突破。

筆者認為，求方法之變，回歸雜誌語境而探索翻譯是必要之舉。近代報業自十九世紀初由西方傳教士始創，於民國初年漸趨成熟。在這一時期，報業與譯事的興起一直相輔相成。不論是在華傳教士、外國駐華機構，還是致力於西學傳播的華人，都以翻譯為報刊取材。梁啟超（1873-1929）辦《時務報》時，以「廣譯五洲近事」為報業四大要務之一。[4] 強學會刊物《強學報》的外報譯聞，與京報摘錄、改革倡議共同構成三大欄目，平分版面。[5] 嚴復（1854-1921）的天津《國聞報》亦闢出寬闊版面，刊登俄、德、法、英、日各國報紙消息。新聞消息依賴譯電譯報，文學刊物則倚重譯介小說。梁啟超的《新小說》，1917年之後的《新青年》，以及1921年改版後的《小說月報》，都奉翻譯小說為文學改革之圭臬。

報刊依賴翻譯，翻譯也需要報刊。此時翻譯最主要的出版渠道是報刊雜誌。據統計，清末民初的文學作品，不論原創或翻譯，大多先在報刊發表，後才結集出版。[6] 報業作為翻譯的原生語境，固應得到充分研究。故此，本書分析雜誌翻譯時，並不將之視為孤立文本類型，而嘗試在雜誌脈絡中，尋找譯本與譯本、譯本與非譯本、翻譯與外界

---

4 梁啟超，〈論報館有益於國事〉，《時務報》，創刊號（1896年8月9日），頁數從缺。清末民初中文期刊的頁數標記無統一規則。本書所涉雜誌多不採連續頁碼，廣告、聲明、目錄頁、版權頁、插圖頁等通常無頁碼；亦有同一雜誌各期號使用頁碼原則不一者。本書對出處頁碼的註或缺，皆隨原刊。原刊若無頁碼，註腳記為「頁數從缺」。此外，雜誌文章若無署名，則不錄責任人；雜誌期號出版的具體日期，亦按原刊提供之資訊列出，若無，則不錄。下同不贅。

5 《強學報》（1895–1896）當時仍稱《萬國公報》，強學會借此向林樂知（Young J. Allen，1836–1907）創辦的上海《萬國公報》（1874–1904）致敬。見 Roswell. S. Britton, *The Chinese Periodical Press, 1800–1912* (Taipei: Cheng Wen, 1966), 90–94.

6 樽本照雄著，陳薇譯，《清末小說研究集稿》（濟南：齊魯書社，2006），頁179–181。

環境之間的種種關聯，細緻描寫雜誌翻譯的類型與特徵。

　　從上述史實亦可見，報業和翻譯為近代文人的共同實踐。由此可引出本書選題的第二點考慮，即雜誌翻譯是民初文人互動的重要現場，蘊藏著民初文藝界「經典化」進程的文本證據。本書所涉文人主要為上海通俗文藝雜誌背後的著、譯、編者群體。他們多生於1880至1900年代，來自江南地區，因1905年科舉廢除而轉赴上海，投身報業，成為雜誌界的核心文人；西學東漸之下，他們普遍能通外語，可獨力翻譯，不少更身兼出版人、記者、譯者、作家數職，令以雜誌為媒的譯事更具活力。在現存文學史論中，這些雜誌文人群體輪廓模糊，往往被歸入「通俗」而「舊」的文學派別。同一時期，「新」的派別則是基於北京大學、發起新文化運動的精英文人。兩方文人屬同一世代，同以雜誌為文藝活動的主要平臺，也同樣致力於翻譯。種種共性均指向一種可能：上海通俗文藝雜誌文人和新文化精英曾通過雜誌翻譯而互動，形塑著變動中的文學場域。

　　新舊文人在譯事上顯示的共性和互動，過往文學史論鮮有討論。新舊派別之爭往往是宏大敘事的主線，民初文化場域之變遂被呈現為一個單線發展、新陳代謝的過程，翻譯亦常被視作文化演變的一個表徵，而不常被理解為促成演變的一種機制。但事實上，諸如「新」、「舊」等對立概念之於民初文藝研究的制肘，早有學者從不同角度發出提醒。羅志田認為，「五四」及新文化運動期間最激烈的鬥爭，往往發生在觀念相對接近的群體，而非主張迥然不同的社團之間；惟研究者多著眼於新舊樣態明顯的史料，容易忽略一些「不新不舊」的人和事；這些現象處於中間地帶，性質雜糅，難於歸類，於是長期

「失語」，相關學術研究也出現空缺。[7]羅鵬（Carlos Rojas）認為，所謂「新」、「舊」其實同大於異。他以「五四」精英作家和鴛鴦蝴蝶派通俗文學作家為例，指出兩者的論爭，歸根結柢是源於佛洛伊德所說的「執於小異的自戀」（the narcissism of small differences）。也就是說，表面上你死我活，是因為底子裡難分彼此。[8]換言之，「新」、「舊」愈是意涵不明，就愈需要劃清界線；愈是相互混雜，「新」的成員愈要以「舊」為對立面。

研究者主動拒絕受限於已知的「新」、「舊」二元對立，而嘗試看破對立形成的過程，或能得到一種新的述史角度。立於這一基礎，本書所論的雜誌翻譯，亦應理解為一個「通俗」的「舊」與「經典化」的「新」相互顯現的現場，或者說至少要以此為假設，深入探討翻譯現象，方能產出洞見。這一立論根本，是本書在理論架構上有別於過往雜誌翻譯研究的關鍵之處。

第二節　理論架構

研究者從執於「對立」，轉為重於「互動」，已是中國現代文學史論近年的轉向。從「互動」的角度描述文化場景，銳意洞察「新」、「舊」之歷史性，並重視翻譯文本生成環境和活動態勢的思路，與1970年代以來翻譯學界稱為「系統論」（system theory）的研究

7　羅志田，《變動時代的文化履跡》（香港：三聯，2009），頁91–92。
8　Carlos Rojas, "The Disease of Canonicity," in *Rethinking Chinese Popular Culture: Cannibalizations of the Canon*, eds. Carlos Rojas and Eileen Cheng-yin Chow (London: Routledge, 2009), 2.

視野相符。「系統論」一詞泛指以色列學者埃文—佐哈爾（Itamar Even-Zohar）的多元系統論為起始，面向譯入語之語言及文化的研究體系。[9] 多元系統理論之前，翻譯學界盛行基於原文與譯文對比分析的「規範性」（prescriptive）研究，旨在釐定評價標準和翻譯指引，解決「翻譯該怎麼做」的問題。埃文—佐哈爾的研究方法不同於此，偏向視所有翻譯文本為一個有機而動態的整體，探索其活動的歷史和社會環境；譯文文本共同構成目標語文學系統下的一個子系統。當時多元系統論的主要貢獻之一，是令研究者目光從原文譯文之間的對應關係，轉向譯文與譯入語文化之間的互動關係，解釋「翻譯為何這樣做成、於文學系統有何作用」的問題。埃文—佐哈爾的系統論模型被指過於抽象和理想化，難以應用於實際研究。在他的基礎上，圖里（Gideon Toury）的「描述性」（descriptive）翻譯研究嘗試設計新的方法論，以發掘一時一地關乎翻譯的文本資料，先窮其共性，述其特徵，再思翻譯本質與功能。埃文—佐哈爾和圖里的研究集中於文學文本，而鮮有涉及文本以外的環境因素。在此基礎上，1980年代英美翻譯學界出現了著眼於譯本之外在環境的研究轉向。勒菲弗爾（André Lefevere）提出視翻譯為「改寫」（rewriting）的理念，用以強調原文在各種歷史條件和社會文化因素影響下被解釋、改變和控制的過程。[10] 勒菲弗爾認為，影響改寫的條件和因素是具體可見的；

---

9 「系統論」的術語來源與範圍，見 Theo Hermans, *Translation in Systems: Descriptive and System-Oriented Approaches Explained* (Manchester: St. Jerome, 1999), 31–45; Maria Tymoczko, "Trajectories of Research in Translation Studies," *META* 50, no. 4 (December 2005), 1082–1097.

10 Susan Bassnett and André Lefevere eds., *Translation, History and Culture* (London: Pinter, 1990), 10.

找出這些因素,有助解釋改寫如何推動文學演化。[11] 從中可見,「系統論」自身的發展脈絡,乃以翻譯現象為中心,向外輻射出愈來愈廣闊的要素網絡,把翻譯置於儘量完整的版圖中加以研究。本書的翻譯歷史與文化研究,思路與系統論的研究視野相通,亦當借系統論的方法與框架而得闡發,一方面以雜誌翻譯為主要研究素材,雜誌其他文本(如原創作品、刊方聲明等)為輔證,另一方面亦從民初上海歷史社會環境中發掘文本以外的現實因素,嘗試重構雜誌翻譯所在的文化圖景和演變軌跡。

上一節提到,上海通俗文藝雜誌與新文化刊物是同一時代的文化產物,而且都相當倚重翻譯,兩者翻譯實踐信有互為呼應、互成對照之處。這種著眼於文學團體之間互動狀況的視角,也與系統論的理論前設基本一致。多元系統論指出,由符號主導的人類交際形式(如文化、文學、語言、社會),須視為系統而非由各不相干的元素組成的混合體,才能作出整全的理解和研究。任何一個系統都是由不同成分組成的、開放的結構。使用「多元」(poly)這一字眼,是要明確表達異質的、動態的系統觀念。[12] 所謂「異質」,指一個多元系統是由若干個不同系統所組成,是系統的系統,這些系統並不是獨立個體,而是彼此交叉重疊,相互依存,共同組成一個有機組織而運作;所謂「動態」,是指這些系統之間的關係,以及它們在多元系統中互不均等、主次有別的位置,永遠處於變動狀態,其中的變化能推進多元系

11　André Lefevere, *Translation, Rewriting and the Manipulation of Literary Fame* (London: Routledge, 1992), 2.
12　Even-Zohar, "Polysystem Theory," 9, 12. 中譯參考張南峰譯,〈多元系統論〉,頁 18、21。

統的演變。換言之,多元系統論假設一切符號現象都在龐大而複雜的結構網絡之中;符號現象的運作既受所處系統的影響,亦導致系統的演變。

這種對層次、關聯和互動的關注,也是本書的寫作初衷。民初雜誌界固與社會文化其他領域相關,尤其深受教育界、政界和商界影響,亦承繼早期報業的翻譯傳統,更是中國文化系統接觸外國文化系統的中介。本書鋪陳史料和分析文本時,亦重於呈現翻譯現象的關聯,而不限於個別譯本、譯者的探討。

本書大體取法自多元系統論,但並不全盤接受。多元系統論以尋找系統運作和演變規律為依歸,深信系統規律可以通過觀察系統的結構和互動而歸納。這一目標曾引來批評。根茨勒(Edwin Gentzler)指出,多元系統尋求普遍客觀定律,有簡單化、籠統化、絕對化的傾向。[13] 意在尋找規律的研究者,可能會過分重視合乎其理論假設的證據,而有意無意忽略不符合假設的證據。[14] 赫曼斯(Theo Hermans)認為,多元系統論所得出的抽象規律,容易把文學或文化的演變描述為自動化的、循環不息的、依從某些固定不變的歷史規律的演變過程,因而帶有濃厚決定論色彩。[15] 此外,多元系統論自強調與靜態觀劃清界線,注重系統歷時性的動態發展。然而,研究者在系統演進的任何時間點嘗試歸納系統的普遍規律,都必然是一種重返靜態、無視

13　Edwin Gentzler, *Contemporary Translation Theories* (London & New York: Routledge, 1993), 121.
14　同上,頁124。
15　Hermans, *Translation in Systems: Descriptive and System-Oriented Approaches Explained*, 24. 註13–15的中文歸納參照莊柔玉,《多元的解構 —— 從結構到後結構的翻譯研究》(臺北:臺灣學生書局,2008),頁11、16–17。

變動的舉措。莊柔玉亦指出，用共時性定律來絕對化歷時性現象的做法，是多元系統自身矛盾之所在。[16] 故此，本書從雜誌翻譯入手，藉以重現民初二十年文藝雜誌界的歷史片刻，目的亦非尋找或總結規律，而是為當時文壇動態提供一次類似「慢鏡回放」的共時性梳理。

「雜誌翻譯」是本書的研究對象，但現存研究對此並無明確定義，筆者須自行界定。界定的難處在於，上海通俗文藝雜誌對譯本的標記本身就不甚清晰，亦沒有統一準則。大部分標註為翻譯的文本，並沒有註明原著標題、作者或來源等資料；亦有不少以外國為背景、記述外國人事的文本，表面雖有譯本的特徵，卻沒有被標記為翻譯。翻譯與非翻譯的界線難以釐定。再者，文藝雜誌雖然多以小說為主，但非小說類文本亦相當豐富，不應排除在研究範圍之外。這類文本包括散文、雜聞、笑話等文字文本，亦包括影像、繪畫等視覺文本，其中不少也有翻譯的標記，甚至還有專以外國文本為素材的翻譯欄目。這些散見於雜誌各期各頁、篇幅不一的翻譯文本，固然也應歸入「雜誌翻譯」的範疇。

清單式的枚舉法，固非嚴密的定義方式。故此，本書採先描述後定義的邏輯順序。具體而言，本書採用圖里有關「假定翻譯」的概念，以及翻譯是「受規範制約的活動」（norm-governed activity）的前設，試從雜誌文本中重構翻譯相關的一系列規範（norms），一方面描述雜誌翻譯現象的普遍特徵，另一方面亦探索當時一個文本被視為翻譯的條件，據此界定「雜誌翻譯」的範圍。「規範」是描述翻譯學中的重要概念，採自社會心理學，而能描述譯者群體共性。規範

---

[16] 莊柔玉，《多元的解構 —— 從結構到後結構的翻譯研究》，頁13。

的描述,既應以譯本為基礎,亦應重視「外文本」(extratext)的研究價值。根據圖里的定義,「外文本」包括翻譯理論、翻譯評述、譯者或譯者群體的文字材料等一切並非源於原著,但與翻譯相關的文本。[17] 在本書中,雜誌翻譯的「外文本」主要包括雜誌刊登的譯書廣告、雜誌徵稿條例、雜誌譯作刊登格式、翻譯評論、譯者序言的後記等文字材料。這些材料目前尚未得到充分研究,實則蘊藏大量有關當時翻譯實踐和譯者群體的重要線索。通過「外文本」的觀察和對比,更可展現上海通俗文藝雜誌譯者和新文化精英譯者之翻譯規範的異同,以察其互現過程。所以,本書主體章節將以「規範」為關鍵,雜誌翻譯的文本分析之組織和鋪陳,亦以「規範」為線索。然而,在此須再次說明,論文的最終目的並非尋找規律,「規範」亦非論證的終點,而是一個有助觀察翻譯中之互動過程的指標。

第三節　研究範圍

本書關注的時空是從民元 1912 年至 1920 年代的上海,範圍的選定宜作說明。在這一期間,民國甫立,風氣大開,但政權不穩,先有復辟危機,後有軍閥混戰。掌權者幾度更替,民國法律多次更改。具憲法性質的《中華民國臨時約法》,從民元 1912 年至 1916 年就有多達四個版本。在新聞、出版、教育等文化領域,立法也十分混亂(詳見第二章第一節)。此時上海有一個顯著優勢,就是時常能免受管治

---

[17] 這類文本亦可稱為「副文本」(paratext),惟兩者所指之範圍略有不同。詳見第三章。

危機的直接衝擊。原因之一，是上海的法治環境。上海租界林立，各有獨立法權，位於南市和閘北的華界亦有仕商自治的傳統，[18] 兩者皆能免受民國法律規限。

上海免受動盪政局威脅的原因之二，是其鮮明的商埠職能。不論租界或華界的管治者，都以維持穩定營商環境為宗旨，管治當局亦有商界勢力的滲透。事實上，從太平天國運動開始，上海租界一直是社會動亂的避難所。上海能成為全國最大通商口岸，與其說全靠自身發展，不如說是得益於連年戰亂，把漢口、南京、蘇州、揚州、杭州等長江沿岸港口的資金、業務和人口逐漸驅趕入滬。[19] 上海民生市況對政治變動的敏感程度亦低於其他大城市。

這種總能免於內憂外患的特點，直至1930年初日本正式占領東北三省，並準備南下時，才逐漸消失。在此之前，上海雜誌界一直比其他地區的雜誌界更為自由穩定。上海租界也素有庇護報業的傳統。清末以來，不少維新派和革命派選擇上海租界為辦報地點，或用外國人名義註冊報刊。袁世凱（1859–1916）計畫復辟期間，猛烈打擊反袁言論，只有租界內的出版物能免於直接審查。[20]

---

18 上海自治議事會（民國後稱為市政廳）議長沈恩孚（1864–1944）指出，上海自晚清實行自治以來，一直發展順暢。1914年，政府強行接管市政廳自治財產，引起當局強烈不滿。見沈恩孚，〈序〉，原載於《上海自治志》（1915），楊逸編，轉引自《中國方志叢書・華中地方・第152號》〔影印本〕（臺北：成文，1974），頁1–2。

19 葉文心著，王琴、劉潤堂譯，《上海繁華：都會經濟倫理與近代中國》（臺北：時報文化，2010），頁8。

20 例如，維新派《強學報》在北京創刊，查封後遷址上海法租界。章太炎（炳麟，1869–1936）、蔡元培（1868–1940）的革命派刊物《蘇報》（1896–1903），在上海租界以日本人名義登記。詳見第二章第一節。

在1920年代下半葉，民國當局逐漸收回上海管治權，租界管治下的自由氛圍不再；1930年代初，中日矛盾加劇，上海租界各國逐漸撤離，上海於1930年代中期淪陷，而進入孤島時期。故1920年代的終結，代表著上海自由安穩局面的瓦解。在此之後，影響文藝雜誌界的外在因素更為複雜。本書將研究課題限制在民元1912年至1920年代末，正正是希望儘量限制軍政因素對文學場域之討論的影響，集中探索雜誌翻譯與文學場域演變的關係。

此外，1920年代正是新文化運動從醞釀走向成熟，並且被官方樹立為文學正統、完成「經典化」的關鍵時期；不少新文化的主要理念，都在此時成形。同一時期，上海通俗文藝雜誌也紛繁活躍，逐漸脫於小說為主的文藝雜誌體例，而呈現多種樣態。換言之，民元1912年至1920年代是所謂「精英」與「通俗」各自成形、彼此角逐的關鍵時期；此中翻譯所起的作用，尤具研究價值。本書對研究時段有此限定，非為取巧，而是為了研究課題，量力而為。

民初上海通俗文藝雜誌卷帙浩繁。既為翻譯研究，當先以翻譯現象豐富者為代表性樣本，次以譯本自身顯示的文本關聯為延伸。本書集中研究六份民初上海通俗文藝雜誌（見表1）。六份雜誌都在民元1912年至1920年代出版。相對於同期同地其他雜誌，它們壽命較長，出版穩定，出版商均為當時上海規模最大、最活躍的書局。其中《小說月報》、《禮拜六》橫跨新文化運動前後，從其經營和風格演變，可察文壇氣象變遷。這些雜誌內容中，翻譯一直占穩定比例。翻譯表現形式有小說、散文、詩歌等文學體裁，也有評論、報導、消息等新聞體裁，甚至見於封面、插畫等圖像元素。此外，六份雜誌都有英文

表 1　本書所涉的上海通俗文藝雜誌

雜誌名稱	出版年分	出版商
《小說月報》	1910–1931	商務印書館
《禮拜六》	1914–1916；1921–1923	中華圖書館
《中華小說界》	1914–1916	中華書局
《小說大觀》	1915–1921	中華書局
《紅雜誌》；1924 年更名為《紅玫瑰》	1922–1924；1924–1932	世界書局
《小說世界》	1923–1929	商務印書館

名稱（見圖1），表明位於公共租界的出版社和刊方的目標讀者是具備英文能力，或至少對英文並不陌生的人；雜誌內容廣泛取材於外國素材，亦不足爲奇。作為翻譯研究的素材，應有其價值。

期刊研究文本量大，易以偏概全。本書分析兼採具代表性、或獨特性、或可與過往研究對照的雜誌翻譯文本，望通覽之餘，能見特徵，能作對比，能互為證明。縱有局部例證之慮，本書討論仍有價值，原因有二。其一，報刊較之成書，貴乎定期（periodicity）和連續（seriality）的特性。[21] 其二，報刊持續出版，文本漸生關聯，相互

21　Faye Hammill, Paul Hjartarson, and Hannah McGregor, "Introducing Magazines and/as Media: The Aesthetics and Politics of Serial Form," *ESC* 41, no. 1 (March 2015), 6–7.

緒論

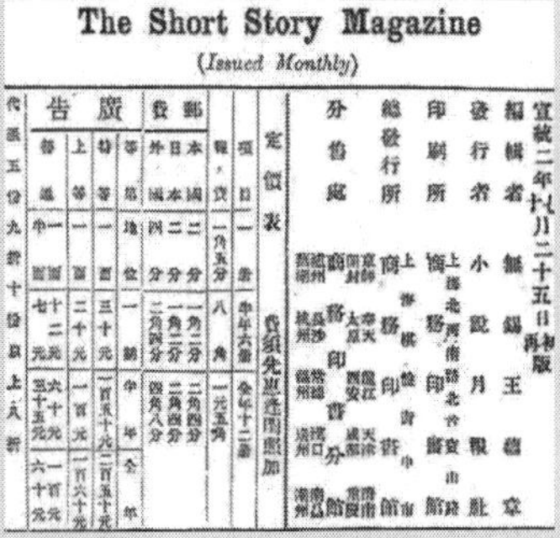

圖1 六份雜誌的英文標題：

　　（a）《小說月報》（封底）；
　　（b）《中華小說界》（封底）；
　　（c）《小說大觀》（封底）
　　（d）《禮拜六》（封面）；
　　（e）《紅雜誌》（封面）；
　　（f）《小說世界》（封面）

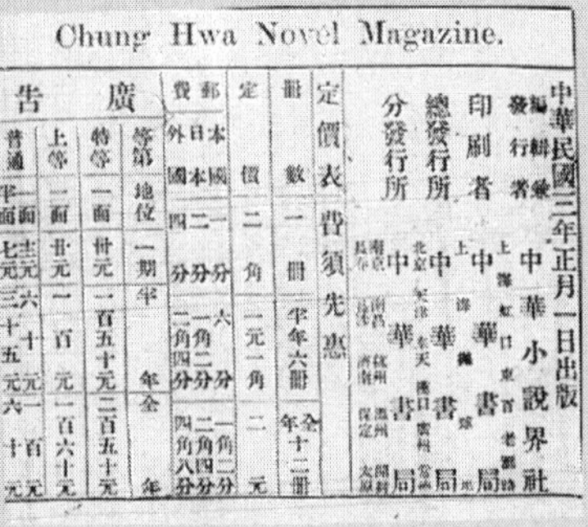

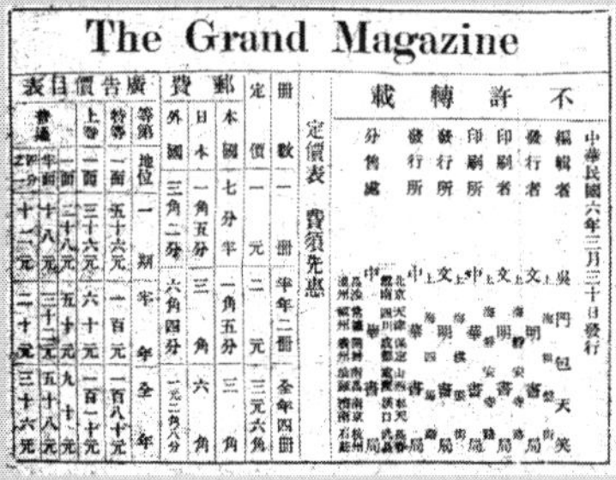

15

呼應，自能記錄各種形式、現象、思潮的萌發（emergence），可供發現跡象生滅，勾勒過程。[22] 一份或者一類期刊，不論出版體例、欄目設置、圖文樣式等結構要素，還是語域、行文等風格特點，往往不會單次孤立存在，而會按期不斷重複、有所延續，共同構成讀者的預設期望和閱讀依據。同理，期刊研究即使只能基於代表性樣本，仍可靠觀察重複及相關的現象，推知核心特徵。

此二為期刊研究的基本理念，引出「縱向」（vertical）、「橫向」（horizontal）、「綜合」（integrated）三種期刊讀法，即期刊中任一文本，至少可從全刊由始至終「縱向」觀之，從同一期號所載文章的語境脈絡「橫向」察之，與同一時空其他期刊「綜合」較之。[23] 多向對讀之後，可以避免文本剝離語境、割裂讀解的粗疏，重要的文本關聯也會浮現。本書核心章節有關雜誌翻譯的討論，皆以識別特徵、呈現關聯為重，論述亦以六份雜誌的典型翻譯現象，延伸至其他雜誌中直接相關或可供平行對照的翻譯現象。本書既以「通俗」與「經典化」之互現為題，主要相關及對照的文本來源之一，即為新文化刊物，其中又以《新青年》（前稱《青年雜誌》，1915–1926）和《新潮》（1919–1922）為主。多份雜誌之翻譯文本的並陳與分析，悉以文本自呈的關聯為線索，論述過程亦將解釋舉證之必要性，望勿以粗疏為責。

上文為本書課題與方法概述；以下主體章節，則以關鍵術語「通

22　Jeffrey Drouin, "Close- and Distant-Reading Modernism: Network Analysis, Text Mining, and Teaching the Little Review," *Journal of Modern Periodical Studies*, special issue: visualizing periodical networks, 5 no. 1 (2014), 113.

23　「縱向」、「橫向」、「綜合」三種期刊讀法，詳見Joan Judge, *Republican Lens Gender, Visuality, and Experience in the Early Chinese Periodical Press* (Oakland: University of California Press, 2015), 39–48.

俗」與「經典化」的解讀開始，先立寫史角度，續入翻譯文本分析，再作文化場域描寫。第一章回溯「通俗」一詞在清末民初的演變，說明「通俗」不是一種由作品內涵決定的特質，而是一個帶價值判斷的標籤，亦與社會上層結構之精英的「經典化」過程不可分割。第二章追溯民初二十年京滬雜誌界各自的編輯環境，勾勒雜誌文人圈子的輪廓，分析「通俗」和「精英」雜誌自成格局、自主譯寫的背景。第三至四章以翻譯研究系統論中「規範」概念為引導，詳細分析所涉雜誌翻譯及相關史料，描寫其中互為對照的文本特徵，包括譯者的顯隱和忠實原則的去留。從中可見，所謂「通俗」和「精英」的雜誌譯者不時關注同樣的翻譯問題，但往往抱持相反態度，奉用不同的翻譯規範。第五至六章闡述「通俗」譯者在不被「經典化」的過程中，呈出圖像、影戲、笑話、雜聞等獨特的翻譯欄目，承自晚清而不囿於民初以短篇小說為主的雜誌翻譯潮流，逐漸遠離「經典化」的雜誌文藝形式。第三至六章說明「通俗」和「精英」文人均藉雜誌翻譯宣示立場，漸現分歧。第七章即聚焦於翻譯而來的文藝經典，探討「通俗」和「精英」文人如何翻譯為徑，從而建立、議論、維護、攻擊或質疑新文化的「經典化」策略，從中可察雜誌翻譯對文人之相互定位以及文學場域演化的催化作用。綜此，本書從雜誌翻譯折射出的文學圖景，並非一幅聚焦於重要人物、事件或文本的史詩畫，而是一卷同代文人在中西新舊之交遙相呼應、彼此競逐的散點圖。在一般文學史中，期刊較之成書，翻譯較之原創，往往予人邊緣素材之感。本書聚合兩者，成一論著，正正希望在中國現代文學史的主流敘事之外，提出另一種寫史的可能，表明雜誌翻譯作為一種文本類型和文化生產方式，確能為人文學科研究引入新的線索和新的角度。

第一章

清末民初「通俗」的流變

一

第一節 「通俗」的定義

本書以「通俗」一詞來概括《小說月報》(1921年改組前)、《禮拜六》、《中華小說界》、《小說大觀》、《紅雜誌》(後稱《紅玫瑰》)、《小說世界》六份文藝雜誌,並非基於對雜誌內容或性質的判斷,而是採納目前中國現代文學史界的說法和判斷。陳平原以「雅—俗」的二元對立,來解釋清末民初小說界的演變,稱梁啟超在晚清發起的「小說界革命」,是「由俗入雅」的嘗試;民初《禮拜六》等雜誌的興起,則是小說「由雅向俗」的標誌。[24] 范伯群著有《中國現代通俗文學史》,書中提到的「通俗期刊」的典範,就包括這六份雜誌。[25] 范伯群認為中國文學史包括「精英文學」與「通俗文學」兩支,與陳的「雅—俗」框架相似。這一理論架構,在目前現代文學史論亦有所體現。大部分以「現代文學史」為標題的史論,意謂囊括所有文學類別,但實際上只收錄「精英文學」;[26]「通俗文

24　陳平原,《中國現代小說的起點 —— 清末民初小說研究》(北京:北京大學,2005),頁92-114。

25　范伯群,〈包天笑獨辦的《小說大觀》和《小說畫報》〉、〈不是「頑固壁壘」的前期《小說月報》〉、〈現代期刊第二波:其他文學期刊鳥瞰〉、〈《新聲》、《紅雜誌》和《紅玫瑰》〉、〈《禮拜六》的復刊及《半月》、《星期》、《紫羅蘭》的創辦〉、〈從《小說世界》引起的若干問題的思考〉,載於《中國現代通俗文學史》,范伯群編(北京:北京大學,2007)。

26　筆者基於以下主要史論來作此陳述:唐弢,《中國現代文學史》(北京:人民文學,1979);陳安湖、黃曼君,《中國現代文學史》(武漢:華中師範大學,1988);劉勇、鄒紅,《中國現代文學史》(北京:北京師範大學,2006);鄭萬鵬,《中國現代文學史》(北京:華夏,2007);朱棟霖、朱曉進、龍泉明編,《中國現代文學史(1917–2000)》(北京:北京大學,2007)。值得注意的是,2010年出版的《中國現代文學史(1917–1937)》(程光煒、劉勇、吳曉東、孔慶東、郜元寶編,北京:中國人民大學)已將通俗文學納入其中。有關文學史書寫的範式轉移,見本章第六節。

學」往往被排除在外,只在「通俗文學史」中才見其蹤跡。本書關注的民初上海文藝雜誌,通常被歸入「通俗」類別。

能否從「通俗」一詞的用法入手,來初步瞭解這六份雜誌?縱觀上述兩部史論,不難發現,「通俗」的定義往往趨於模糊。范伯群的研究致力於衝擊「五四」以來知識精英話語占主導的歷史觀念,指出曾遭「新文學」貶斥的文學流派的歷史價值,因而習慣與「精英」對比而論,來突顯「通俗」的特點。他指出,在中國現代文學源流中,「知識精英文學」和「大眾通俗文學」對應存在,前者側重「借鑑革新」,「重探索性、先鋒性」,有「高瞻遠矚」的視野,「崇尚永恒」;後者注重「繼承改良」,符合市民的「期待視野」,「祈盼流通」。[27] 范的行文常用這種對比來闡釋「通俗」,但同時指出,「通俗」不等同於「非精英」,而是一種符合都市市民「認識基點」、「底色」和「基調」的文化現象。[28] 從這點補充可見,要清晰定義「通俗」,單憑對比的手法和對立的視野尚不足夠,還須加入一定的描述。不過,對於研究者而言,「基點」、「底色」、「基調」等概念,可供描述印象,卻難以應用於研究和寫作。可以說,范的論述並未解決「通俗」的定義問題,反而突顯定義的難處。

陳平原在「雅—俗」的對比框架之下,也曾以「嚴肅」、「高雅」、「文人」等字眼,作為「通俗」的對立面,但沒有用對比思維來定義「通俗」,而更傾向於指出其複雜和模糊之處。他認為「通俗」的概念向來沒有嚴格界定,而是約定俗成。對文學而言,「通

---

27 范伯群編,《中國現代通俗文學史》,頁1–2;范伯群、孔慶東編,《通俗文學十五講》(北京:北京大學,2003),頁11–14。
28 范伯群、孔慶東編,《通俗文學十五講》,頁11。

俗」大致包括外在形式（如章回體裁、白話）和作品所表現的品格兩個層面。因此，文學史所謂的「通俗」，既可能指作品面向文化程度較低者的定位，也可能指作品淺陋鄙俗的趣味。但這兩個特徵，並不是有此即有彼，陳為此已提出不少例證。[29]

由此可見，「通俗」一詞實有不同指向，研究者難以從詞義或文學理論中歸納出統一的判斷標準。根據《漢語大詞典》，「通俗」一詞的解釋是「淺近易懂」，「通俗文學」則包括歷史上的民間文學，以及「現實創作的通俗化、大眾化，具有較高商業價值、以滿足一般讀者消遣娛樂為主要目的的文學作品」；又稱「大眾文學」、「俗文學」，這是相對於「嚴肅文學」、「雅文學」而言的。[30] 詞語的定義涉及幾種解釋的方法，包括列舉類型（「歷史上的」和「現實創作的」），描述特徵（「商業價值」和「消遣娛樂為目的」），同義詞和近義詞（「大眾化」和「通俗化」，後者固然有循環定義的疏漏），從中可見「通俗」的複雜內涵和長遠歷史。該詞條不同於過往各種詞典的版本之處，在於用「嚴肅」和「雅」作為「大眾」和「俗」的參照以助解釋。這說明文學的分類和命名確實存在相對性。

再者，「通俗」在時間上也有相對性。文學性質和價值的判斷標準會隨時代而改變；一部作品在某一歷史時期被視為通俗，在另一歷史時期卻未必如此。莎士比亞的戲劇、狄更斯的城市小說，以及中國的《詩經》、《紅樓夢》，最初是源於百姓或以百姓為主要受眾的作品，後來均成為文學經典。早期黑白電影如《小城之春》（費穆導演，

29　陳平原，《中國現代小說的起點——清末民初小說研究》，頁99。
30　漢語大詞典編纂處編，《漢語大詞典‧第十卷》（上海：上海辭書，2008），頁931。

1948），製作時是面向一般觀眾的影片，文革期間被批判，2005 年則獲香港電影金像獎評選為中國百年電影的最佳華語片第一名，成為經典。因此，「通俗」不能視為一部文藝作品的永恒標籤，而只反映某一時期對該作品的評價。「通俗」的標籤本身，與作品本身的內容和導向並無必然關係，更多的是反映某一歷史時空的價值判斷。上文所引《漢語大詞典》的解釋中，有「通俗化」一詞。在構詞法中容許加入「化」這一指涉過程的歐化字，恰恰表明一部文藝作品「通俗」或「非通俗」，可以經過時間或人為作用而實現。與此同理，「經典」或「非經典」，也不是作品本質所決定，而是人為賦予的標籤。這正與多元系統論對文學作品地位的理解相符。下文將從多元系統論的理念入手，探討清末民初「通俗」含義的演變，追溯上海文藝雜誌被納入「通俗」的過程，初探雜誌所在文學場域的權力關係和流派辯爭。

第二節　清末到民元：平民教育的初衷

文本地位由社會文化因素決定的觀點，可見於埃文－佐哈爾在多元系統論中對「經典化」現象的描述：

> 所謂「經典化」，意謂被一個文化裡的統治階層視為合乎正統的文學規範和作品（即包括模式和文本），其最突出的產品被社會保存下來，成為歷史遺產的一部分；而所謂「非經典化」，則意謂被這個階層視為不合正統的規範和作品，其產品通常最終被社會遺忘（除非其地位有所改變）。因此經

> 典性並非文本活動在任何層次上的內在特徵，也不是用來判別文學「優劣」的委婉語。某些特徵在某些時期往往享有某種地位，並不等於這些特徵的「本質」決定了他們必然享有這種地位。顯然，某些時代的文化中人可能把這類差異看作優劣之分，但歷史學家只能將之視為一個時期的規範的證據。[31]

以上論述透露了埃文—佐哈爾的一個假設：在一個文化中，作品地位的主宰者，是該文化的統治階層。一個文化的「統治階層」具體指什麼人或什麼機構，埃文—佐哈爾雖無明示，但在不止一處將之等同為「官方」；並且提到，在許多國家，教育系統正是官方指定的「經典性」和「非經典性」得以流通生效的渠道。[32]「通俗」作為文學作品的一種分類標籤，其生成和生效的過程，與「經典」獲官方教育體系確認的過程，是難以分割的。

從清末到民初，「通俗」一詞確曾多次在教育政策中出現，可一窺官方對該詞的定義。清末幾次戰敗之後，學部在各地大興西式學堂。光緒三十二年（1906）7月，學部又興平民教育，在各省成立為百姓所設的宣講所，並蒐集民眾讀物，作宣講之用。所謂「宣講」，即口述演說。這一政策的官方指引《宣講辦法》明言：「宣講用書重在啟發通俗。」所收讀物，有聖諭廣訓、人類譜記、養正遺規、警察白話、兒童修身等幾種。光緒三十四年（1908），學部編成《國民必讀》和《簡易識字課本》，並奏稱這兩冊宣講藍本是以「年長失學之

31　"Polysystem Theory," 15–16. 中譯參考張南峰譯，〈多元系統論〉，頁24。
32　同上。中譯參考張南峰譯，〈多元系統論〉，頁24–25。

愚民，與寒畯之家力不能入初等小學堂者之子弟」為對象，旨在令其「藉以謀生」，「不致流於邪僻」。[33] 此後宣講所也辦白話報。「通俗」此時的含義基本等於「啟蒙」和「掃盲」，旨在提高識字率和宣揚道德倫理，方式先是口頭講學，其次是推行淺易讀物，普及教育。

辛亥革命前夕，革命黨人為爭取民意，亦以宣講演說和白話報的形式在各地宣傳革命。民立以後，新政府教育部設三司，普通教育司負責中小學事項，專門教育司掌管高等院校、專業資格認證和學術研究事務，社會教育司則專為平民百姓而設，職責包括「釐正通俗禮儀」、「通俗教育及演講會」、「通俗圖書館及巡行文庫」、「通俗教育之編輯、調查、規劃」等事項。[34] 從教育部分工可見，有關「通俗」的事務是在正統教育體制之外，仍為教育程度最低者而設。

本書關注的六份雜誌，其作者或讀者多來自教育程度較高階層。筆者亦曾從民初上海雜誌廣告、投稿人資料和刊方聲明追溯出主創人員與實業界的密切關係。報人與中產階級互利共生，與低教育人群的關係反而不太明顯。[35] 這些雜誌無論從類別或功能上看，都不屬於教育部此時所說的「通俗」。下文將試論，民初上海文藝雜誌被納入「通俗」類別，很可能是從袁世凱復辟時控制言論的政策開始。

---

33 張靜廬編，《中國近代出版史料（二編）》（上海：群聯，1954），頁145–146。
34 見1912年8月2日臨時大總統令公布《參議院議決修正教育部官制》，轉引自薛綏之、韓立群編，《魯迅生平史料彙編（第三輯）》（天津：天津人民，1983），頁100–102。
35 葉嘉，《從「佳人」形象看《禮拜六》雜誌短篇翻譯小說》（香港中文大學翻譯系哲學碩士論文，2009）。

第三節　袁世凱復辟：以「通俗」為名的言論控制

辛亥之後，袁世凱軍權在握，以就任總統為條件，說服宣統遜位，促成國民政府與清廷妥協，1912年2月獲選為臨時大總統。隨後，據《中華民國臨時約法》，民國改總統制為內閣制。袁不滿有名無實，始與國民黨拉鋸。經過1913年暗殺宋教仁（1882-1913）一案，孫文（1866-1925）二次革命的失敗，袁復辟意圖日益明晰。1915年5月袁與日本簽訂《二十一條》，民國主權和領土隨之受損，國內反袁情緒日益高漲。袁的專制亦從對國民黨的政治和軍事鎮壓，擴至民眾教育和言論控制。1915年9月6日，民國教育部成立的通俗教育研究會，就深受影響，牽連的範圍也蔓及教育程度較高的社會群體。

通俗教育研究會所隸屬的機關，是負責百姓啟蒙事宜的社會教育司。成立時，分設小說、戲曲、演講三個部門（當時稱為「小說股」、「戲曲股」及「演講」），宗旨是「研究通俗教育事項，改良社會，普及教育」，負責「小說、戲曲、影片、幻燈、留聲片、畫報、白話報等編輯、撰寫和審核」，[36] 以演講為主開展啟蒙。該會在各省設通俗圖書館，為兒童、婦女、學生、失學者提供免費閱讀站，又立通俗巡迴文庫，在茶樓、市場、澡堂等鬧區為市民提供流動借閱服務。[37] 通俗教育研究會成立時，獲不少開明有識之士參與，確曾提出普及教育的良策，但不久就成為袁世凱宣傳復辟的工具。該會由袁氏撥發

---

[36] 舒新城編，《中國近代教育史資料（下冊）》（北京：人民教育，1981），頁812。
[37] 張樹華、張久珍編，《20世紀以來中國的圖書館事業》（北京：北京大學，2008），頁44-46。

經費並直接任命會長,不少會員是袁內閣的親信。[38] 在他們的督促下,通俗教育研究會通過了種種審核政策,借國民教育為名,宣傳帝制和君臣之義。對文藝雜誌界影響最深的,是小說股施行的審核條例。

通俗教育研究會的小說股原本的職責範圍是神話、傳奇、話本、稗史等民間故事形式。但成立不到一個月,調查的範圍即擴展至「國內外新舊小說」。[39] 1915年12月通過的〈審核小說標準〉和〈勸導改良及查禁小說辦法〉,把市面上的小說按內容分類,並按是否合乎國情、道德和風化,分為上中下三等,按照等次予以褒獎、限制或查禁。條例對審核標準並無明確指引,措辭也很模糊,往往要依靠執法者的主觀詮釋。例如,教育小說的等次劃分,是「理論真切合於吾國之國情者為上等,詞義平穩為中等,思想偏僻或毫無意義者為下等」;再如社會小說,「以改良社會為宗旨,詞意俱精美者為上等,記載翔實足廣見聞者為中等,描寫猥瑣有害道德及風俗者為下等」。[40] 這類條文對於審核工作的幫助十分有限。負責審核的工作人員亦表示,小說過於複雜,難以調查;審核範圍難以確定,因為沒有人能列出市面所有小說的清單;教育部所通過的標準也甚簡單,僅可作參考

---

38 薛綏之、韓立群編,《魯迅生平史料彙編(第三輯)》,頁138–140。現行史料對通俗教育研究會的記載極少。本節有關這一部門的資料,多來自《魯迅生平史料彙編》。該書按時間發展順序記述部門的起源與發展,也收錄了會議紀錄和日誌,是筆者所得資料中較為詳盡的一部史料彙編。惟該書本是魯迅研究的史料,敘述以魯迅為焦點;不少官方文獻、歷史事跡和人物引言,均無註明出處,筆者無法究其源頭,以辨真偽。魯迅(周樹人,1881–1936)是中國大陸文學文化的重要人物,也是學術研究的常見課題,其人其事的史料編集應可以取信之處。因此,筆者是在沒有其他史料可依,而該書具有一定可信度和權威性的情況下,方以該書為唯一資料來源。

39 見〈通俗教育研究會小說股辦事細則〉(1915年9月22日),出處同上,頁169。

40 〈審核小說標準〉,出處同上,頁170–171。

之用。[41] 由於標準模糊，審核工作舉步維艱。同時，袁世凱又指派親信任通俗教育研究會的會長，再三催促儘快編譯宣揚封建帝制和倫理道德的小說。[42] 所謂「有害社會」、「妨害風俗」者，最終都被理解為反對袁政府的意思。通俗教育部門的職責，從啟蒙大眾轉為控制言論和宣揚帝制。

在清末民初，報刊雜誌是小說發行的主要媒介。各種小說審查條例，也把報刊納入審查範圍。1915年〈勸導改良及查禁小說辦法〉第二條，即是針對「報紙所附之小說」。1916年通俗教育研究會第17次會議，明確將小說雜誌列入審查範圍，[43] 隨後根據小說審查的標準，制訂〈審核小說雜誌條例〉。[44] 至此，一眾文藝雜誌被納入了通俗教育研究會的職權範圍，正式成為政府的審查對象。1915年5月《二十一條》簽訂之後，國內反袁氣息更為濃厚。通俗教育研究會的小說審核工作在1916年達到高峰，查禁小說近300種。[45]

值得指出的是，中華書局出版的《中華小說界》，以及中華圖書館的《禮拜六》前百期，創刊以來銷情一直順暢，卻在1916年初突然停刊。儘管中華書局稱停刊與資金不足有關，[46]《禮拜六》編輯部則

---

41 〈小說股第三次會議〉（1915年9月29日），出處同上，頁159。
42 時為1915年底，出處同上，頁140–142。
43 時為1916年3月22日通俗教育研究會第17次會議，出處同上，頁140–142。
44 張靜廬編，《中國近代出版史料（二編）》，頁147。
45 同上。
46 中華書局於1912年成立後幾年內，一直購地興建印刷廠，引入先進印刷器械，擴充編輯團隊，在1917年終因入不敷支，引發「民六危機」，印刷廠停工遷址，書局營運停頓。轄下幾份暢銷雜誌在1916年中停辦，據稱是危機的先兆。見周其厚，《中華書局與近代文化》（北京：中華書局，2007），頁28–34。

說是歐洲一戰期間，進口紙墨供應不足所致。[47] 兩刊恰恰在〈審核小說雜誌條例〉頒布後中止，讓人不能忽略袁政府控制下通俗教育研究會對文藝雜誌界的影響。這一點在第二章將作詳細分析。

第四節 文學革命之後的「通俗」：從中性到貶義

從上文分析可見，從晚清至民元，「通俗」文本是為不識字和教育程度低的人而設的，旨在讓日常生活所需的文化知識能通達俗眾。袁世凱執政以後，為了自我宣傳和思想控制，通過教育部門的立法和執法，把「通俗」文本的範圍擴展到幾乎囊括社會上刊行的一切讀物。晚清梁啟超「小說界革命」以來，小說成為知識分子「醒民」與「群治」的有力工具。袁政府通過通俗教育研究會實行小說審核和查禁，正是借普及教育的名目，一方面壓制反袁言論，另一方面給百姓灌輸擁帝思想。「通俗」的目的等同於控制民情。從晚清至民初，「通俗」的涵義已有了明顯變化。

不僅是官方，民初知識分子界對「通俗」的界定也在發生變化。1917 年 2 月，陳獨秀（1879–1942）在《新青年》發表〈文學革命論〉，提出新文學的「三大主義」，其中一條就是「推倒迂晦的艱澀的山林文學，建設明瞭的通俗的社會文學」。[48] 陳所說的「山林文學」，主要針對中國古典中講求格律、對仗、用典，以描寫山林景色

47　〈中華圖書館啟事〉：「迫於歐戰影響，非但紙價昂貴，且致來源斷絕，況本週刊銷數既廣，所需紙料尤夥，茲時勢實難為繼，以此兩原因，不得已自百期以後暫停出版。」引自《禮拜六》，100 期（1916 年 4 月 29 日），頁數從缺。

48　陳獨秀，〈文學革命論〉，《新青年》，2 卷 6 號（1917 年 2 月 1 日），頁數從缺。

為主題的文學體裁。他認為這些文學作品只講究形式而無實質內容，民眾無法理解，也不能從中獲益。陳獨秀此時對「通俗」的理解，與晚清至民元「啟蒙」初衷一致，仍是通曉和教化平民百姓。當然，陳獨秀理想中的「啟蒙」遠不止讀書識字。「通俗」在〈文學革命論〉列為文學革命的目標之一，在早期《新青年》話語中具有崇高的意涵。

1917年文學革命開始之後，以《新青年》為機關刊物的北京大學知識分子圈內也開始探討「通俗」的意義。劉半農（1891–1934）在1918年為北京大學文學系作的一次演講，名為〈通俗小說之積極教訓與消極教訓〉，提出「通俗」小說的特徵是富娛樂色彩，能獲大眾喜愛。與清末平民教育和陳獨秀的主張不同的是，劉認為通俗作品不應含高深思想，否則民眾不能讀懂；而「到將來人類的知識進步，人人可以看得陳義高尚的小說，則通俗小說自然消滅了」。劉所謂的「通俗小說」，是知識水平較低者在適應「新文學」之前暫時的消費品；隨著民眾的集體進化，「通俗」終究會被淘汰。從劉所舉之例可知，「通俗」的類別只存在於舊小說。[49]「新─舊」的對立，「淘汰─進化」的模式，是「新文學」史觀承自進化論的詞彙。劉半農以此闡述「通俗」小說與「新文學」小說的關係，為「通俗」注入了「低等」、「過期」的貶義色彩。在兩個月後的另一演講〈中國之下等小說〉，劉半農更明確指出了「通俗」小說與下等社會的關係。[50]

劉半農所說的娛民的「通俗」趣味，無疑偏離了陳獨秀的「通

---

49 劉復，〈通俗小說之積極教訓與消極教訓〉，《太平洋》，1卷10號（1918），頁數從缺。
50 劉復，〈中國之下等小說〉，《北京大學日刊》，1918年5月21日，頁4。

俗」理想。不久後，周作人（1885–1967）提出「平民文學」的說法，用以概括「新文學」最初的理念，同時指出「平民文學不是通俗文學，而是啟蒙大眾的文學」；通俗文學是「含著遊戲的誇張的分子，專門做給平民看的」。他以日本明治維新前的小說為「通俗」的例子，認為這類作品「迎合下層社會心理」，「做書的目的，不過是供娛樂」。[51] 到1930年代初，郭沫若提出的「大眾文學」流行起來，但含義與「平民文學」是一致的。[52] 至此，「新文學」的倡導者，即日後主宰中國現代文學界的精英圈子，已普遍認為「通俗」是帶貶義的詞語；「通俗」作品的最顯著特點是「娛樂」和「遊戲」。這是立意嚴肅的「新文學」最為反對的文學態度。

第五節　上海雜誌界的「通俗」：從啟蒙到暢銷

本書聚焦的六份民初上海通俗文藝雜誌，以及背後的出版世界和文人網絡，對「通俗」的理解似乎比較清晰而穩定。在「新文學」成為經典之前，上海出版界和文人仍在沿用晚清學部對「通俗」的定義，以「啟蒙」為核心內容。上海文明書局1918年推出「通俗教育叢書」，正是以兒童讀物為主體（見圖2(a)）。廣告也提到教育部通俗教育會對叢書的認可，表明啟蒙也在官方規定「通俗」的範疇之內。由此可見，袁政府在1913年至1916年期間以推廣通俗教育為名，嚴厲審查出版物，但這一波折並未改變晚清以來「通俗」與

51　周作人，〈平民文學〉，原載於《每週評論》，5期（1919年1月19日），轉引自《周作人民俗論文集》（上海：上海文藝，1999），頁278–281。
52　郭沫若，〈新興大眾文藝的認識〉，《大眾文藝》，2卷3期（1930），頁630–633。

「啟蒙」的深厚聯繫。

　　通俗教育叢書內容的重點，是家庭社會倫理和個人修養；啟蒙的目標是將傳統道德觀念傳承下去。與之相比，1917年〈文學革命論〉提倡的「通俗」，則是相對於古文文體而言，旨在為知識分子提出一種新的文字和寫法；啟蒙的目標是由知識分子以新的寫作方式，將新的理念傳播給文化程度較低的人。從這一對比可見，在1917年至1918年這段時間，上海主流雜誌和《新青年》都有曾提出「通俗」的呼籲，都注意到平民的知識需求，但對「通俗」的理解和實現的手段並不完全一致。這一差別亦說明，上海雜誌對《新青年》的文學革命綱領，有可能是不接納不附和，也有可能是全不知情。

　　此時，具有「通俗」功能的出版物，還有畫報一類。1918年同一期《小說大觀》所推廣的《小說畫報》就是一例（圖2（b））。正如廣告所言，畫報以圖為主，文字為輔，以白話寫作，故能「雅俗共賞」。在此，「雅」和「俗」的分野，是以識字多少而論。除了學齡兒童和青少年外，學力較低的成人也位於「俗」的行列。至於畫報的內容，排在首位的仍是傳統道德教育，其次才是政治科學等講求時效的話題。「通俗」依然以識字和修身為宗旨，這與晚清學部的宣講用書並無二致。

　　《小說畫報》使用的「白話」，與始於1917年的白話文運動所提倡的「白話」，是為兩種啟蒙所用的工具。彼此就像上海文人的「通俗」與新文化人的「通俗」一樣，同行並存又不相往來。晚清維新以來已有不少為識字少者而設的白話教科書和白話報。《無錫白話報》（1898）的創始人裘廷梁（1857–1943）認為，欲啟民智，必用白話；白話報的責任是「演古、演今、演報」，讓百姓能知古今中外大

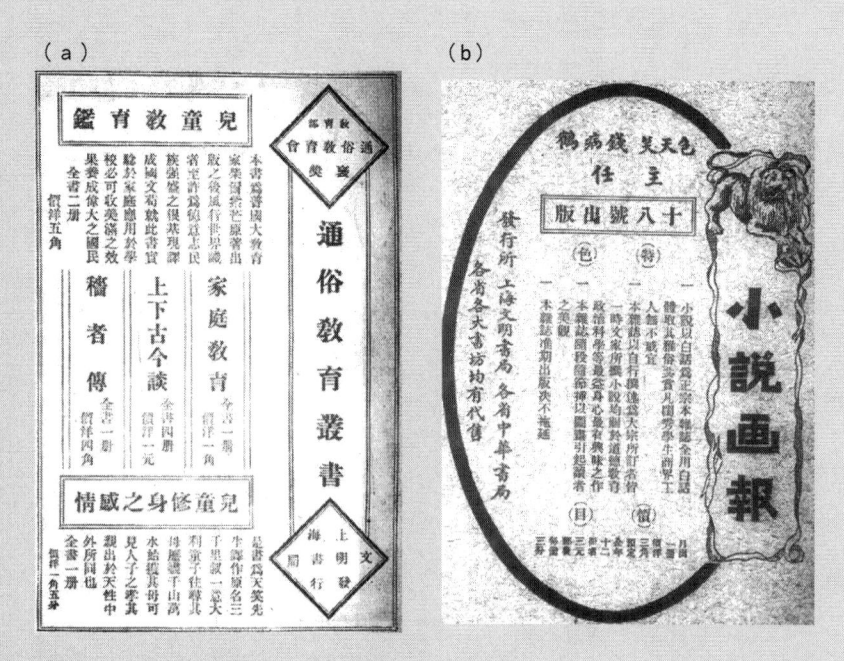

圖 2 《小說大觀》廣告（13 號，1918 年 3 月 30 日）

事。此處的「白話」講求接近口語，淺顯易懂；如此不僅能便於閱讀，也利於宣講，讓識字少甚至不識字的人都能得益。[53] 反觀白話文運動的「白話」，在胡適（1891–1962）提出〈文學改良芻議〉（1917）時，乃以施耐庵《水滸傳》、曹雪芹《紅樓夢》、吳趼人《二十年目睹之怪現狀》、李寶嘉《官場現形記》、劉鶚《老殘遊記》為正宗。胡適認為白話值得提倡，因為它是「活的」，文言則用者日少，陳濫

---

[53] 戈公振在《中國報學史》一書中亦稱《無錫白話報》以及隨之興起的白話報刊為重視通俗教育的讀物。見戈公振，《中國報學史》（香港：太平書局，1964），頁130。

累贅，不合時宜。之後，陳獨秀與胡適通信，辯析白話的問題，並在《新青年》公開信稿，藉此向學界提出廢除文言的要求。[54] 魯迅的《狂人日記》（1918）之後，白話文運動始有自己的「經典」，繼而以西方文法和文體為模板，發展出不同於明清章回白話小說、也不完全貼近口語的「白話」。《新青年》文人的「白話」是對晚清知識分子的寫作和閱讀習慣提出挑戰，而不是為平民百姓的學習和閱讀提供便利。

「通俗」、「啟蒙」與「白話」是清末民初出版界的常見詞，有報刊雜誌以此為宗旨，有文人學士以此為己任，還有書局、學校以此為商機。這些詞語在清末民初出版物隨處可見，顯示普羅百姓已走入文藝場域，亦表明各自以雜誌為領地的文人都有了訴諸大眾的傾向。文人對詞語的界定及有關定義的演變，正是觀察文化場域的有效指標。就以上分析所見，上海文藝雜誌界的「通俗」，基本上一直沿用晚清以來的定義。這一定義，儘管在1910年代先後經歷因袁政府而起的文化操縱，以及《新青年》發動的文學革命，但始終沒有改變。

1917年，陳獨秀赴北京大學任文學院院長，《新青年》隨之遷址。不久，以北京大學師生為主體、《新青年》為官方刊物的新文化運動漸成氣候。1920年代初，中華民國教育部順應新文化運動的潮流，規定白話為民國中小學授課語言，又以新文學精英的作品為主體，編纂了新的國文課本。[55] 原為傳統文言文學領地的《小說月報》，

54　陳獨秀，〈答胡適之〉，《新青年》，3卷3號（1917年5月15日），頁數從缺。
55　1924年世界書局發行的《中學國語文讀本》，含魯迅小說四篇、雜感五則。1935年開明書店《國文百八課》，在葉聖陶和郭沫若出版不到一年的小說集和詩集中選錄作品，四冊課本共144篇，逾六成為新文學家的白話文作品。見陳平原，〈「通俗小

也改組為新文學刊物，茅盾（沈雁冰，1896–1981）任編輯。新文學精英在短短幾年間成為官方認可的「經典」，在中國文化文學版圖中的位置與1910年代的情況大不相同。上海文藝雜誌界此時最明顯的轉變，是開始留意新文化陣營的人物和術語。1919年，新文學精英提出「平民小說」，一方面有正名之用，以區別於上海雜誌界的「通俗小說」；另一方面有定位之效，為「通俗」二字注入貶義，力求「通俗」的上海雜誌於是被推向邊緣，為「平民」而設的新文化刊物則進駐中心，成為主流。

然而，此時上海文藝雜誌界並沒有接納「通俗」的貶損定義，而認為「平民」只是「通俗」的新說法而已。《禮拜六》1921年一則文學評論寫道：

> 小說為平民文學之一，故小說以能普遍為最要。今人之倡白話小說，而欲廢古文說部者，其主要原因亦在於求其能通俗也。[56]

就評論所見，作者認為「平民」、「普遍」、「通俗」，都可形容同一類文學，表達同一個目標，只是詞性、使用者和時代感有所不同。新文學精英批評「通俗」文學有迎合社會下層趣味的傾向。《禮拜六》的作者則認為這種趣味並不是缺點，而是文學能通達大眾的必要元素；相反，新文學精英主張廢除文言，推行歐化語法的白話，讓文

說」在中國〉，中國現代文學館電子資源（檢索日期：2021年3月23日），網址：http://www.wxg.org.cn/jzzx/1490.jhtml。此為2000年8月13日陳平原演講的文字稿，內容基於陳平原1996年2月《上海文化》的〈「通俗小說」在中國〉一文。

56　張舍我，〈小說小說〉，《禮拜六》，135期（1921年11月12日），頁42–43。

學變得難以接受：

> 今之小說，都有佶屈聱牙，其難讀勝於古文者。一般人對之好惡興味，既無興味，則安能求其通俗？不通俗之小說，而可謂之平民文學乎？[57]

這幾句不點名的批評，正好說明北京新文化陣營與上海文藝雜誌界對「通俗」仍抱持不同的看法：前者欲立「平民」為正統，貶「通俗」為末流，後者則將兩者視為同一理想；前者認為「通俗」、「趣味」、「遊戲」、「消遣」是當前文學的一大流弊，需要取締；後者則認為這是文學普及的重要條件，值得發揚。

本書關注的六份雜誌和雜誌文人，不時談及「通俗」的話題，也經常為淺易讀物、兒童書、教科書、工具書等啟蒙書籍刊登廣告，在1920年代更被新文化人被歸類為「通俗」。然而，這些上海雜誌文人始終並沒有將自己或自己的作品歸入「通俗」的類別。據上文分析，這一矛盾現象的成因，正是因為被稱為「民國通俗流派」的上海雜誌文人，在1920年代前後並沒有採納新文化陣營對「通俗」的定義。這些文人普遍只認同某些文學作品或報業實踐是為教育程度較低者而服務，因而具有「通俗」的效用。[58] 但他們並不以「通俗」

---

57 同上。
58 除了寫作、翻譯和辦報以外，本書所涉六份雜誌的主編中，亦有文人在教育界從事「通俗」的工作。例如，包天笑（1876–1973）曾任上海城東女學國文先生，周瘦鵑（1895–1968）曾在母校上海民立中學教英文，胡寄塵（胡懷琛，1886–1938）曾任滬江大學、上海大學、南方大學、愛國女學的國文專科教授。其中城東女學收生標準極低，求學者無須識字，學校課程的主要目標就是啟蒙。見包天笑，《釧影樓回憶錄》（香港：大華，1971），頁341–343；周瘦鵑，〈筆墨生涯五十年〉，《文匯報》，1963年4月25日，6版；鄭逸梅，〈胡寄塵〉，載於《鴛鴦蝴蝶派文學資料（上）》，

去概括形容其文化活動的所有層面,因為他們在為低學歷人士普及教育的同時,亦在從事面向精英階層的文學創作(見本章第一節末)。

新文化陣營將「通俗」、「趣味」、「遊戲」、「消遣」同列為舊文學的流弊。六份上海文藝雜誌從不自稱為「通俗」,但確曾表達「遊戲」、「消遣」的文學理念。從1910年代雜誌刊登的書籍廣告可知(圖3),當時可供「消遣」的文學體裁主要是小說,題材主要有言情、偵探、稗史等等。廣告列出的書單中,既有原創小說,亦不乏翻譯小說。例如,廣告〈消夏好方法〉(圖3(a))推薦的《八一三》和《竊中竊》都是在《中華小說界》連載過的長篇翻譯小說;〈新小說〉(圖3(d))一則就有名譯《迦因小傳》。廣告正文把閱讀小說塑造為一種消閒活動,等同於「臥遊」、「觀劇」;同時亦有益身心,可「長見聞」、「助談資」、「淑德性」。而且,各大書局選在盛夏和新年時節推出新書,有意利用讀者公餘時間進行促銷。《禮拜六》創刊詞將讀小說與「買笑」、「覓醉」、「顧曲」等消閒活動並置,[59] 又選在假日出版,可見這些文藝雜誌和出版商的營銷理念如出一轍。廣告和刊詞也暗示,雜誌讀者主要是生活有工作和節假之分,可閱讀文言和傳統白話小說,且買得起「閒書」的人。他們不止是受薪階層,而且經濟能力不俗;不只識字,而且曾受過較完善的教育。

在廣告〈消夏好方法〉的清單中,可以找到《中華小說界》。也就是說,《中華小說界》也可視為一本消閒讀物。然而,《中華小說界》創刊時的定位並非如此。創刊詞稱小說為「已過世界之陳列

芮和師等編(福州:福建人民,1984),頁352。
59 王鈍根,〈《禮拜六》出版贅言〉,《禮拜六》,1期(1914年6月6日),頁數從缺。

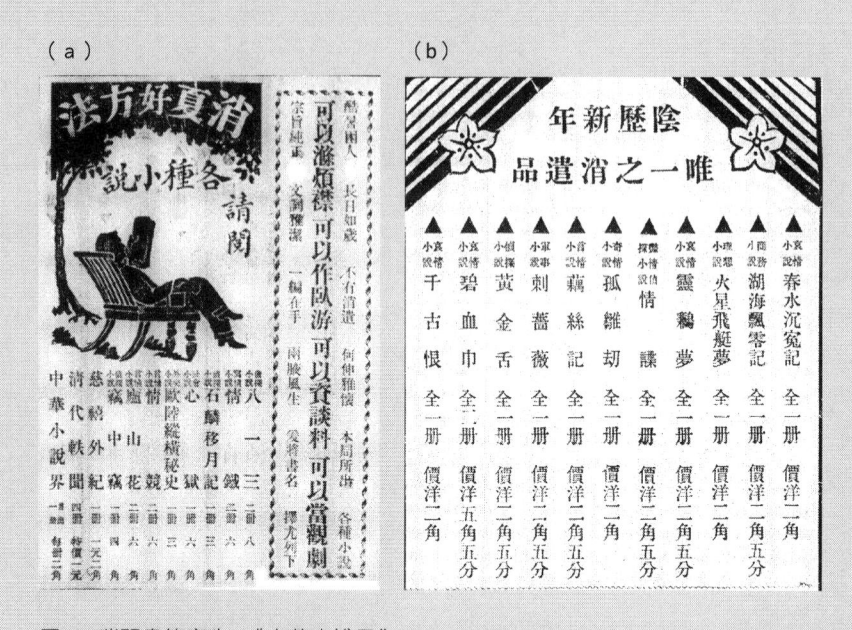

圖3　消閒書籍廣告：《中華小說界》
　　（a）2卷8期，1915年8月1日；（b）3卷2期，1916年2月1日

所」、「現在世界之調查錄」，以及「未來世界之試驗品」，而寫小說的人，也有「揚個人之志氣」、「袪社會之惡習」和「就說部之流弊」三大責任，視小說為學習知識的窗口，改革社會的工具，而不是消閒的玩物。[60]《小說大觀》創刊時也號召讀小說以觀察人心風俗，寫小說以改造人心風俗；又指梁啟超以來，以小說救國的做法並不成功，小說界甚至有愈發糜爛，荼毒民眾之勢。刊方承諾所選的小說，皆是「宗旨純正、有益於社會、有功於道德之作，無時下浮薄狂盪

60　〈發刊詞〉，《中華小說界》，1卷1期（1914年1月1日），頁數從缺。

第一章 清末民初「通俗」的流變

(c)

(d)

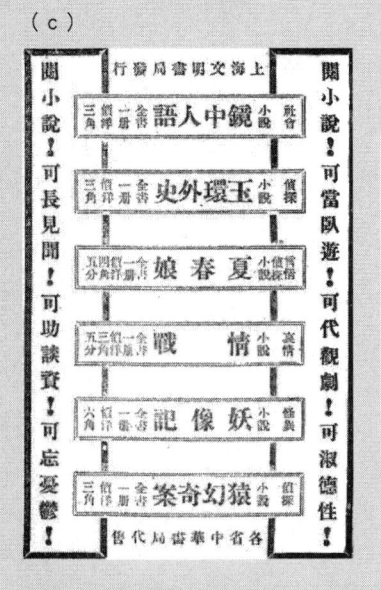

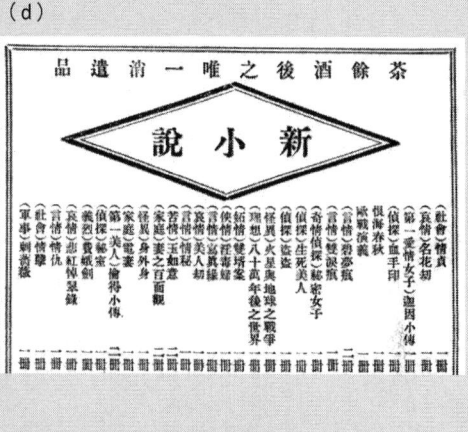

續圖3　消閒書籍廣告：《小說大觀》
　　　（c）11號，1917年9月30日；（d）13號，1918年3月30日

誨盜導淫之風」。[61] 此時《小說月報》注重小說的美學價值和創作新意，對作品和作者的選擇尤為嚴謹，並沒有消閒的意味。也就是說，在1910年代，本書關注的幾份雜誌中，只有《禮拜六》明確以娛樂消遣為旗號；其他三本均有類似於晚清梁啟超《新小說》及同時期《新青年》的定位，以教導讀者、改造社會為己任。《中華小說界》和《小說大觀》為讀者消遣娛樂的意向，不是開宗明義的，而是在廣

61　天笑生，〈《小說大觀》宣言短引〉，《小說大觀》，1號（1915年8月1日），頁數從缺。

39

告宣傳中逐漸透露的。

上海文藝雜誌這種教化為表、娛樂為裡的做法,在1920年代有了改變。眾多雜誌的「消遣」宗旨逐漸從暗示走向明示。《禮拜六》復刊後的一百期,雜誌的廣告語為「禮拜六是你的良伴,禮拜六是你的情人」,比起前百期更具遊戲意味。《紅雜誌》的宗旨是作「吉祥文字」,「博社會人士之歡迎」;[62]《紅玫瑰》的擇稿標準,是「在『趣味』二字上,以能使讀者感得興趣為標準」;[63]《快活》號稱要在「不快活極了」的世界裡,讓大家忘卻煩惱;[64]《社會之花》(1924–1925)比喻小說文藝為花朵,願供讀者「觀賞把玩」。[65]

此外,上海文藝雜誌的印刷形式也愈來愈便於消閒閱讀。《小說月報》在1910年創刊時用8開本,字體較大,各欄目按頁數依次出現。1914年開始發行的《中華小說界》和《禮拜六》週刊已開始使用32開本,面積僅《小說月報》的四分之一。次年創刊的《小說大觀》是季刊,每期內容比月刊和週刊較多,但亦使用16開本。到了1920年代,《禮拜六》、《紅雜誌》、《紅玫瑰》、《小說世界》(均為週刊)、《社會之花》(月刊)等暢銷雜誌全部使用32開本;亦逐漸出現一些善用頁面空間的做法,例如用笑話、雜聞來補白,或者大小兩個欄目並列刊行等。這些填充頁面的小欄目往往只有不到一百字,易於閱讀。雜誌印刷的字體也愈變愈小。同時,雜誌中開始出現眼鏡公司的廣告。近視患者增加,可視為是讀者群擴大、閱讀時間加

---

62 嚴獨鶴,〈發刊詞〉,《紅雜誌》,1期(1922年8月),頁數從缺。
63 茗狂,〈花前小語〉,《紅玫瑰》,5卷24期(1929年9月11日),頁數從缺。
64 周瘦鵑,〈《快活》祝詞〉,《快活》,1期(1922年1月),頁數從缺。
65 王鈍根,〈《社會之花》發刊辭〉,《社會之花》,1期(1924年1月5日),頁數從缺。

長的自然後果。從這些線索可以推知，這些上海文藝雜誌在1920年代確實已成為流行讀物。

上述史料表明，1910年代的上海文藝雜誌，已透過書籍廣告，肯定了文學作為遊戲和消遣方式的價值，亦試圖在目標讀者中培植出純為休閒趣味的閱讀心態。1920年代，雜誌更明確提出娛樂讀者、遊戲人生的主張，也順應讀者的需求，不斷調整雜誌的版面和內容。「通俗」和「消遣」在1910年代的上海出版界曾經是兩個文學類別，分別為低教育、低收入程度和中產階層的讀者群體而設。時至1920年代，新文化陣營將「通俗」、「趣味」、「遊戲」、「消遣」一概列為舊文學之弊病。這些詞語隨之被捆綁在一起，詞義的區別在新文化陣營對上海文藝雜誌的指責話語中逐漸變得模糊。換言之，上海文藝雜誌此時明確表達出「遊戲」、「消遣」文學觀念，因而落入了新文化陣營所定義的「通俗」範疇，因而被冠以「通俗」名號。上海雜誌文人過去的作品和辦過的報刊，也被列為「低等」、「下層」、「應被淘汰」的讀物。

新文化陣營在思想層面上，指責「通俗」文藝雜誌的內容純供消遣，對讀者無益；在經濟層面，亦批評刊方一味追求銷量，不顧文學價值。「暢銷」也是「通俗」的貶義內涵之一。上海文藝雜誌卻十分以「暢銷」為傲，不僅常在廣告強調自己銷量領先，還善運經營策略，繼續促進銷量和吸納讀者。例如，中華圖書館每逢新年即推行預購優惠，旗下四本雜誌若一併訂購滿一年，即有可觀的折扣；[66] 又

---

66 〈遊戲雜誌、女子世界、禮拜六、香艷雜誌新年大贈品〉，《禮拜六》，32期（1915年1月9日），頁數從缺。

實行會員制,介紹親友訂閱,即送贈品。[67]中華書局規定,連續訂閱《中華小說界》的讀者每滿半年可獲禮品。[68]文明書局則推出限量精裝布盒,每盒恰好容納四本《小說大觀》,專供讀者按年分收藏這本季刊。[69]位於英美租界的書商善用西方節慶的良機,在聖誕節、情人節推出雜誌專號和主題畫冊。這類今日常見的市場策略,早在二十世紀初已被上海雜誌界廣泛應用。

不論從廣告宣傳還是現實收效看來,上海文藝雜誌的創作活動皆與銷量和盈利相關,新文化陣營遂稱其核心文人為「文丐」、「文娼」,藉此與之劃清界線,並剝奪其「文人」身分。賀麥曉(Michel Hockx)指出,在二十世紀初的中國文學場域,參與者如果選擇追求象徵資本(地位、聲譽、影響力),就意味著要拒絕經濟原則(文學創作所能實現的金錢收益)和政治原則(政治機構等非文學團體的地位、權威和權力)。[70]這一現象亦見於本章的分析。新文化陣營以北京大學為領地,而且得到教育部門推崇,持有象徵資本居多,對經濟利益的追求則不明顯。《新青年》等雜誌在北京大學多以傳閱而非購買的方式流行起來,編輯部同仁(主要是北京大學教授)亦時有自資出版之舉。新文化人明言不計收益的同時,亦指責上海雜誌文人的做法,是以「消遣」為旗號、借文學而牟利,甚至對其不斷上升的讀

---

67 〈禮拜六發售第二屆定書券〉,《禮拜六》,121期(1921年8月6日),頁數從缺。
68 〈俱樂部諸君鑒〉,《中華小說界》,1卷8期(1914年8月1日),頁數從缺。
69 〈本雜誌特別啟事〉,《小說大觀》,9號(1917年3月30日),頁數從缺。
70 詳見Michel Hockx, "Introduction," in *The Literary Field of Twentieth-Century China*, ed. Michel Hockx (Honolulu: University of Hawaii Press, 1999), 1–20. 作者的論述運用了波迪厄(Pierre Bourdieu)提出的"field"和"symbolic capital"兩個概念,故此處中文撮要採用社會學中文文獻對這兩個術語的通用譯法「場域」和「象徵資本」。

者數量表示擔憂。[71] 由此可見，象徵資本和經濟原則確實位於對立的境地，代表著兩類文人的定位和追求。新文化陣營通過重新定義「通俗」，並針對「消遣」和「暢銷」兩種附生的特點予以抨擊，從而把自己和上海文藝雜誌文人置於互不相容的位置。上海雜誌人不認同「通俗」的標籤，卻樂於被稱為「消遣」和「暢銷」，並以此為特色和追求，用多種方式去宣傳和實現。這種自我宣示，恰恰令上海雜誌人落入新文化陣營對「通俗」的貶義定義。來自北京精英的批評日益激烈，上海的雜誌園地卻日益繁盛，京滬文人相互對立的局面亦隨之深化。

綜上所述，本書關注的六份民初文藝雜誌被納入「通俗」範疇，首先因為袁世凱復辟期間，為了控制言論，藉通俗教育之名，審查文學作品，把面向知識分子的文藝雜誌也歸入通俗教育研究會的職權範圍，成為通俗讀物的其中一類。及至文學革命之後，新文學倡導者在闡釋文學觀點和立場時，逐漸從「通俗」衍生出負面含義，與「消閒」、「暢銷」劃上等號。1920年代後，新文學精英與民國教育部相結合，旨在消閒、追求美感的上海文藝雜誌正式被列入「通俗」類別，成為新文學批評的對象。在此期間，上海文藝雜誌一直將「通俗」理解為晚清的「啟蒙」，而不同於新文學的「通俗」；消遣的文學傾向和暢旺的銷售形勢，雖然受盡抨擊，在他們看來卻是文學實踐和雜誌經營的成功標誌，是普及文學、通達民眾的必經之路。從民元

---

71 見志希，〈今日中國之小說界〉，《新潮》，1卷1號（1919年1月1日），頁106–117；西諦（鄭振鐸），〈文學與革命〉，《文學旬刊》，9號（1921年7月13日），1–2版；李芾甘（巴金），〈致《文學旬刊》編者信〉，《文學旬刊》，49號（1922年9月11日），4版。

1912年到1920年代，隨著新文學被確立為「經典」，上海雜誌文人相應成為「非經典」的「通俗」流派。從上述史實看來，促成這變化的，一是民初教育部的政策，二是逐漸成形的新文學精英話語，三是京滬兩地雜誌界在對峙中的自我定位。

本章第二節所引埃文－佐哈爾的有關「經典化」的論述，似乎還透露了另一個假設：統治階層的價值判斷，會自然而然被統治階級以外的社會群體所接受，作品的經典或非經典地位得以保持。那麼，經典化和非經典化的過程，就是以某項政策的頒布，或某個權威文本的發表為完成的標誌嗎？政策的實行，文本的流通，都需要時間。「經典化」的文本要通過與文化系統中的其他因素互動，才能穩固其地位；被「非經典化」的文本，亦不太可能甘於停留在非中心的位置，而去衝擊新確立的「經典」，兩者的位置是相互界定的。反觀清末民初的雜誌界，在文學革命以前，《新青年》為主的文人與上海文藝雜誌的文人之間，還沒有「精英」和「通俗」的分化，各色雜誌的內容和雜誌人的實踐每每有交錯重疊。幾年之後，「精英」和「通俗」變得針鋒相對。一般史料和史論，都是從官方和精英的角度去再現這段歷史。至於上海通俗雜誌文人如何主動去參與、去「消化」這場變革，卻很少討論。本書從這一問題為出發，試圖從翻譯文本中尋找這段過程的蛛絲馬跡，從而也探索翻譯在此間的作用。

第六節　解讀「精英」與「通俗」：從對立到互動

前四節大致能解釋「通俗」在清末民初的來龍去脈，初展通俗文藝雜誌的社會政治文化環境。「通俗」一詞，前文常以引號括出，

強調其命名的相對性。為便於閱讀，下文用到「通俗」時，若作為文人或刊物的統稱，則不用引號；若涉主流史觀對文學派別的意見時，則使用引號，以保留其定義的相對性。

目前，「精英」與「通俗」多由人為劃分、並無絕對分化的觀點，在當代文學和文化理論中已得反覆證實。事實上，在識字率偏低的歷史時期，文化生產者只有少數人，「精英」與「通俗」是難以分割的。例如，近代以前的中國，詞、曲、小說本是非正統的通俗文學體裁，其創作者和讀者卻是受正統教育的精英階層。當代流行文化產品如雜誌、電影、舞臺劇等，在清末民初西風東漸之時，都由文化精英引介、發展和經營，消費群體也僅限於精英階層。在西方也有類似情況，如十七世紀的法國，通俗文本如口袋書卡（chapbook）的讀者主要來自精英階層，包括貴族女性；而同時期英國中產階級、知識分子是田野詩歌、鄉村歌謠等民間文藝作品的發掘者、整理者、消費者乃至生產者，具有「雙重文化」（bicultural）身分。[72] 這些史實表明，現代初期社會的文人身分是複雜多變的。僅僅以「精英」或「通俗」作為標籤，來界定這一時期的文化產品或文人，難免會掩蓋文人活動的多樣性，簡化或扭曲文化產品的內涵，亦難免會將一個時期文化場景，呈現為幾個互不干涉的流派所拼接而成的版圖。與其生硬地劃分「精英」與「通俗」類別，強調兩者的區別，不如探討其互動關係，更有助認識一個時期的文化場景。

近年來「精英─通俗」二元對立的解除也引起學界對中國現代文學史的反思。學者曾提出多種敘述現代中國文學的範式。1949年

72　Peter Burke, *What is Cultural History?* (Cambridge & Malden: Polity, 2008), 28.

至文革結束，中國大陸一直以1919年「五四」及新文化運動為現代文學的發端，「新文化」被描述為是文學進化歷程中的先鋒，清末民初文學則是封建時期的「末流」，必然要被淘汰。這種深具進化論色彩的史觀，自晚清嚴復《天演論》的譯介，就在中國知識分子（尤其改革派）中流行。陳獨秀在早期《新青年》預言，銳意革新的青年將是歷史「新陳代謝」的勝者，陳舊腐朽者必遭「天然淘汰」。[73] 魯迅在《清小說之四派及其末流》列民初通俗文學為「末流」，也有一錘定音之效。1950年代以後，在毛澤東（1893–1976）《新民主主義論》的影響下，以「魯郭茅巴老曹」為敘述框架和評價標準的現代文學學科得以建立，「通俗」文學更被置於次等。

1980年代之後，民國通俗流派的相關史料陸續整理重刊，通俗文學逐漸獲得重視。國外第一部關於民國通俗流派的研究專著在1981年出版。美國學者林培瑞（Perry Link）的著作《鴛鴦蝴蝶：二十世紀初中國都市的暢銷小說》(*Mandarin Ducks and Butterflies: Popular Fiction in Early Twentieth-Century Chinese Cities*)，[74] 視清末民初小說為梁啟超「新小說」的延續，在「都市」和「報業」的文化生態中，解讀鴛鴦蝴蝶派的種種文學實驗。中國學者魏紹昌在1962年編寫的《鴛鴦蝴蝶派研究資料》，於1980年和1982年分別在上海、香港兩地再版。1980年代末，范伯群出版鴛鴦蝴蝶派小說選集和論集，重現了民國通俗派與新文化精英在1920年前後就文學體式、語言、功能的幾次辯論，視兩者為同代、平等、競爭的關係，而非自然

73　陳獨秀，〈敬告青年〉，《青年雜誌》，1卷1號（1915年9月15日），頁數從缺。
74　Perry Link, *Mandarin Ducks and Butterflies: Popular Fiction in Early Twentieth-Century Chinese Cities* (Berkeley: University of California Press, 1981).

而然的「新陳代謝」。[75] 千禧年後編寫的幾套中國通俗文學史，奠定了民國通俗流派作為獨立研究課題的基礎，呼籲學界重審通俗文學在現代文壇的位置。[76]

　　國外學界也曾對中國現代文學史的敘述範式提出反思。1977 年，英國學者白之（Cyril Birch）指出，清末民初小說的「滑稽—諷刺」模式與文革期間高度教化式的政治寓言之間，有一脈相承的訓誡意味，此乃中國虛構文學的根本傾向；而新文化時期小說中的「悲劇—反諷」只是主旋律中的一次變奏，並將一去不返。[77] 白之的預言在文革後不攻自破，但無疑在生硬的「傳統—變革」或「新陳代謝」的模式之外，提出另一種關注歷史現象潛伏性和延續性的史觀。1995 年王德威的《被壓抑的現代性：晚清小說新論》，連貫了晚清小說與中國當代小說的傳承脈絡，將民初通俗文學納入現代文學的譜系。王德威著重複數的 "modernities"（多重現代性），[78] 暗示晚清小說的現代性嘗試一度被「五四」提倡的現代性「版本」所遮蓋，其實驗精神在1980 年代重現於中、港、臺文學，證明鴛鴦蝴蝶派之流不曾被

75　范伯群，《禮拜六的蝴蝶夢：論鴛鴦蝴蝶派》（北京：人民文學，1989）；范伯群，《民國通俗小說：鴛鴦蝴蝶派》（臺北：國文天地雜誌社，1990）。

76　范伯群編，《中國現代通俗文學史》；范伯群、孔慶東編，《通俗文學十五講》；范伯群、孔慶東、湯哲聲編，《20 世紀中國現代通俗文學史》（北京：高等教育，2006）。

77　Cyril Birch, "Change and Continuity in Chinese Fiction," in *Modern Chinese Literature in the May Fourth Era*, ed. Merle Goldman (Cambridge: Harvard University Press, 1977), 385–404. 此處所引中文解釋出自微周譯，《白之比較文學論文集》（長沙：湖南文藝，1987），頁149–172。

78　王德威原著之中譯本《被壓抑的現代性：晚清小說新論》（北京：北京大學，2005）的譯者宋偉杰亦明言，中譯書名中「現代性」不能體現 "modernities" 的複數意義（同上，頁10–11）。筆者遂採納中譯本對該詞的另一譯法「多重現代性」（同上，頁16），以突顯原著作者對「現代性」本身多元、多向（而非單一、單向）可能性的強調意味。

取代、淘汰或戰勝，而且仍具活力。「沒有晚清，何來五四」的說法流行起來，清末民初通俗文學成為研究熱點。

目前，中國現代文學史的書寫範式，已從「進化」轉為「並行」。並行各方之間的「互動」，是近年的研究趨勢。范伯群在2010年把中國文學現代化描述為一種「多元共生」、「先鋒」和「常態」雙線並行的歷程。[79] 所謂「先鋒」和「常態」，其實就是取代「精英」和「通俗」，以消除其價值判斷意味的術語。羅鵬用巴西後殖民主義「食人論」的觀點，把新文學和通俗文學理解為同大於異、互相蠶食、各自壯大的同源體。[80] 受「多重現代性」的啟發，近年不斷有學者提出史料，證明新文化精英的「現代」提案只是當時的其中一種意見。1915年至1916年《東方雜誌》（1904–1948）主編杜亞泉（1873–1933）與《新青年》創辦人陳獨秀在雜誌上有關「全盤西化」的激辯，[81] 1920至1930年代初新文化陣營與「禮拜五派」在多本同人雜誌上的罵戰，[82] 都是有力的證據。這些來自民初期刊的證據，讓研究者意識到，中國現代文學起源還有不少懸案深藏於期刊文本之中，有待發

---

79 見范伯群，《多元共生的中國文學的現代化歷程》（上海：復旦大學，2010）。
80 Rojas, "The Disease of Canonicity," 1–3.
81 Leo Lee, "Incompleted Modernity: Rethinking the May-Fourth Intellectual Project," in *The Appropriation of Cultural Capital: China's May Fourth Project*, eds. Milena Doleželová-Velingerová and Oldřich Král (Cambridge: Harvard University Asia Center, 2001), 31–65.
82 Michel Hockx, "Perverse Poems and Suspicious Salons: The Friday School in Modern Chinese Literature," in *Rethinking Chinese Popular Culture: Cannibalizations of the Canon*, eds. Carlos Rojas and Eileen Cheng-yin Chow (London: Routledge, 2009), 15–39. 根據賀麥曉的解釋，「禮拜五派」泛指1920年代末至1930年代活躍於上海的一群雜誌文人，他們的作品和作風偏向舊派情趣和傳統道德，多為娛樂消遣而缺乏嚴肅立意，固頗受新文化精英的抨擊。代表人物包括曾樸（1872–1935）、曾虛白（1895–1944）、張若谷（1903?–1960?），代表刊物為《真善美》（1927–1931）。

掘。日本漢學家樽本照雄修正了阿英的《晚清小說目》，把小說採錄範圍擴大到雜誌，得出雜誌是小說的第一載體的結論，亦提出清末民初小說研究須奉行「雜誌主義」。[83] 事實上，期刊幾乎是清末民初一切文藝創作的主要載體。如果說「並存」和「互動」是目前現代文學歷史敘述層面的一種轉向，那麼「雜誌主義」就是在搜證層面的另一種轉向。

翻譯無疑是清末民初雜誌界的重要文藝實踐。但雜誌翻譯成為研究熱點，卻是較近期的事。原因之一，是翻譯本身的學術價值未得重視。過去翻譯一直被視為附屬品，價值低於原創作品。早期翻譯理論也一直秉持原文與譯文的從屬關係，以建立各種對等關係、重現原文為翻譯的最終目標。直到二十世紀中葉翻譯研究的興起，這種規範性範式才引起反思。然而，這種反思似乎仍限於譯學界。一般大眾要評論一個譯本時，仍以忠實程度和可讀性為首要準則。此外，在中文譯界，嚴復的「信、達、雅」，傅雷的「神似」，錢鍾書的「化境」等用字簡潔但意義含糊的術語廣為流傳，表面上有助普及翻譯學科，實則掩蓋了譯本從生成到流通的複雜過程。翻譯家的意見被提升為翻譯的目標和理想，亦淡化了名家傑作之外大量存在的譯者和譯本。目前翻譯文學史多以翻譯名家的生平介紹為綱，如同譯者史。至於是否錄入某位譯者，如何評價其譯作，又深受現代文學史觀影響，難免會忽略「經典」以外的譯本。清末民初的雜誌翻譯，因其譯者和傳播媒介均不在「經典」之列，因此研究價值常被低估。

清末民初雜誌翻譯固然有其獨特的研究價值。比起過去，清末民

---

83 樽本照雄著，陳薇譯，《清末小說研究集稿》，頁179–181。

初時期思想更多元化，文化交流更頻繁，社會生活亦逐漸融入歐西主導的國際秩序。這種轉變在租界林立的上海最為明顯。此時，雜誌翻譯常能導入西方文明、保持中外同步。同時，譯界規範龐雜，缺乏統一標準，譯者和刊方求新求快，準確性反而不是主要考量。翻譯既是西風東漸之下的時尚，無數不明來源的譯本、充當原創的譯本還有偽裝成譯本的原創作品，得以占據各大雜誌版面。不少雜誌的排版設計和運營方式，也是模仿外國刊物而來。可以說，整個民初上海雜誌界本身，就是一個大譯本，但卻很少有人觸及它的翻譯本質以及雜誌人的譯者身分。本書認為，若能不自限於「精英」或「通俗」的價值判斷，從譯者的角度去理解清末民初文人的共性，從雜誌翻譯回溯其互動，或能以另一種角度展現文壇動態，也有助探討翻譯此時的本質和角色。

　　本書使用「通俗」二字，固然不是對文藝雜誌之屬性或內容的客觀描述，而是一個歷史標籤，由位處「經典」的新文化精英命名和定義，並沉澱至今；所謂「經典」，同樣是一個由人為劃分，用於標記文化場域中之位置的歷史標籤。採用「通俗」一名，乃希望正視這一標籤的存在，並追溯上海文藝雜誌被納入「通俗」範疇的過程，從而表明所謂新舊優劣的判斷，實為文人群體區分你我的策略；「通俗」的標籤所掩蓋的互動與對話，正亟待發現與重構。此為本書有關雜誌翻譯與文化場域之互動關係研究的理念由來。本書在寫作過程中，一方面要儘量擺脫「通俗」、「經典」和「精英」的價值判斷，另一方面仍不得不用這些名號，以指示不同的文人團體；為了探討互動過程，也不得不將兩者進行對比。這是本書論述的弔詭之處，筆者在書寫中自當小心處理。

第二章

雜誌的外在環境

緒論和第一章大致交待選取六份民初上海文藝雜誌作為研究材料的理由：首先，這些雜誌均由民初上海大型書局營辦，行銷穩定，頗具代表性；其次，雜誌在現代文學史上被列為「通俗」，是官方文學施加價值判斷的結果，易讓人忽略雜誌在其歷史時期和文化場域的活動和價值；再者，雜誌發行期間，翻譯一直占重要版面，翻譯在雜誌語境所記錄的互動和演變是值得觀察的現象。雜誌翻譯是民初翻譯史的重要組成部分，有待重構，同時也是民初上海文化圖景演變的文本證據，有待整合。

本章勾勒雜誌翻譯的歷史環境，觀察與雜誌翻譯文本相關的兩個重要外在因素：出版環境和編輯人士，指出六份雜誌在民初上海公共租界享有較高的編輯自主權，因此雜誌內容是刊方文人取態的表現。同時，被「經典化」的北京精英文藝刊物同樣具同人編輯的色彩。故兩方期刊所載文獻，信為互動互現的存證，可為本書立意提供論證基礎。

第一節　雜誌的出版環境

分析民初上海雜誌的「出版環境」殊不容易。民初雜誌是百年以前的文字資料，在今日已屬珍本，有些期數甚至是孤本。目前研究者可持的只有影印本、微縮膠卷、數位掃描等形式的文檔，頁面殘缺、期數不足者亦不少。再者，民國初年出版業統計工作不足，僅有大型書局發行年報，公布出版總量，難見業界全貌。雜誌刊方自行公布的數據可能含有自我宣傳的意圖，亦難以盡信。研究者既無法觸摸

雜誌的實體，也難以根據客觀數據推測出版界的輪廓；影響出版環境的因素有很多，要悉數列舉，排列主次，再逐一分析，亦不是易事。因此，任何「重構」環境的嘗試都難免落入以偏概全的窠臼。

本書以雜誌翻譯為研究對象，其載體是雜誌本身。正如緒論解釋研究範圍時所言，雜誌定期發行，每期都有全新內容，在時間維度上有自我更替、自我延續的特性。這種特性有賴穩定的出版環境來維持。因此，筆者關注的首先是出版環境中維持和破壞雜誌穩定發行的因素，由此推知雜誌所在的現實環境，以及雜誌對環境的回應。

回顧中國早期報業出版狀況，政府監控對報刊的存亡有關鍵影響。現代意義上的中國報業誕生於清末，最初以傳教士報刊為主，後有晚清名臣學士提倡新學的刊物。以《申報》、《循環日報》為標誌的大型商業日報在滬港出現後，民辦報刊在各地也陸續出現。無論官辦或民辦、洋辦或華辦的報刊，都非一帆風順，暢行無阻。早期報刊缺乏健全的採訪制度。有關中國的報導，主要依賴清政府公布的消息，或在華洋報的採譯，取材頗受制約。清政府十分在意非官方報刊的引述是否忠於官方文件，同時也監視報刊的其他報導有否損害朝廷的利益。[84]

甲午戰爭後，改革派和革命派呼聲漸起，宣傳政見的報刊大批湧現，清廷的禁報潮隨之開始。維新派刊物《強學報》（1895）出版數月就遭查封，隨後遷入上海公共租界，改名《時務報》，但仍受朝廷監視，刊行不超過一年。革命派刊物《蘇報》為避免查封，由創辦人胡璋（1848–1899）的日本人妻子在公共租界內註冊，得以維持七年

84　Yutang Lin, *A History of the Press and Public Opinion in China* (Shanghai: Kelly and Walsh, 1936), 89–90.

之久（1893-1900）。章太炎、鄒容（1885-1905）在《蘇報》發表〈革命軍〉之後，清廷以亂賊為名追捕，《蘇報》被封。由於逮捕地點在租界，章、鄒須在租界法庭審判，朝廷難以干涉，兩人終被輕判。嚴復1897年創《國聞報》，廣譯西報對中國政府的評論。為了避開清廷的干涉，嚴先把報館設在北京使館區，後又宣布「行銷不暢、資本折閱」，把報館盤給日本人，並在報上加印明治年號，製造日資日辦的假象。以上史實反映了中國早期報業的兩種狀況：第一，報業自誕生起已遭政府審查；第二，租界常常為報人提供庇護。換言之，是否受到政府注視，是否得到外國權力領域的保護，是影響中國早期報刊能否穩定出版的重要因素。

本書所述六份雜誌，其編輯、印刷、發行機構，都位於上海英美公共租界，具體位置在棋盤街福州路附近（見表2）。棋盤街指以外灘和河南路為東西界、廣東路和漢口路為南北界縱橫排列的街道群。棋盤街以福州路最負盛名，中國第一商業報館《申報》館和第一家綜合性出版機構商務印書館，均設址於此。棋盤街後來發展為各大報館書局聚集地。在此立足的報刊，當屬主流刊物。

本書關注的時期內，公共租界一直是上海英美領事法治領域。在租界註冊的華人報刊和報人，包括本書所涉各大出版機構，都在公共租界的管治範圍內。上海英美公共租界自鴉片戰爭後成立以來，逐漸發展出一套獨立的司法體系，比起天津、青島租界和北京、廣州使館區，更不易受中國政府干涉。這正正是上海租界在戊戌變法和辛亥革命期間成為眾多激進報刊和社會團地發源地的原因之一。

英美公共租界能逐步實現司法獨立，與晚清頻繁的社會動亂有關。公共租界成立初期實行華洋分治。英美駐滬領事享有領事裁判

表2　雜誌相關地址

雜誌	地址
《小說月報》	編輯部及發行所：福州路棋盤街中市商務印書館
《中華小說界》	編輯部：上海虹口東百老匯路中華小說界社 發行所：上海拋球場中華書局
《禮拜六》	編輯部：上海交通路通裕里113號；後遷至寶山路滬甯車站東北角升順里第2弄25號 發行所：福州路棋盤街中516號
《小說大觀》	編輯部：福州路棋盤街文明書局 發行所：上海拋球場中華書局
《紅雜誌》、《紅玫瑰》	編輯部及發行所：福州路紅屋
《小說世界》	編輯部及發行所：福州路棋盤街中市商務印書館

註：地址來源於各雜誌封底版權頁。《禮拜六》遷址寶山路一事，見73期（1915年10月23日）。

權，洋人居民享有治外法權，不受中國法律制約；租界華人由華官管理。英美領事在租界的職權限於商業活動和城市建設，而沒有獨立司法權。華洋居民發生糾紛時，應由華官裁決。這是租界成立的法律依據《土地章程》（1845）的基本原則。根據規定，租界內犯罪者須「由領事行文地方官憲，依法懲判」。[85] 即一切司法程序，須由外國駐滬總領事書面通知上海道臺，上海道臺依大清律例予以辦理。所依之法，執法之人，皆出自清政府。

　　1850至1860年代，太平天國起義，小刀會作亂，華官無力保護租界，英、美租界與法租界自行組織政府（即工部局）和警隊，以求自保。同時，上海附近大批華民逃入租界避難，引起界內華洋共處的治安問題。華官自顧不暇，三國領事遂成立法庭，審理界內華人之違警及民事小案。動亂期間，租界的立法、司法、執法制度漸見雛形。

85　徐公肅等編，《上海公共租界史稿》（上海：上海人民，1980），頁48、50–51。

原則上華人仍歸華官管理，實際上已落入領事裁判範圍。1854年，上海道臺追查太平軍，要求上海各領事交出租界內受僱於洋人的華人名單。各領事不允，要求道臺開示通緝者姓名和罪狀，方可代為調查。此事表明清政府在租界的管治權已盡失。[86] 1864年，工部局再次修例，明確規定華人若受洋人僱傭，無須受華官管治。[87] 同年，公共租界擴展司法系統，設立領事法庭、領事公堂、會審公廨三種法庭。華人為被告的案件，由會審公廨處理。起初上海道臺仍有派員參與公廨的審理過程。1911年辛亥革命軍起，華官盡逃，英美領事開始全權處理一切涉及華人的案件。[88]

中華民國的成立，並沒有改變公共租界司法自主的局面。1912年1月5日，中華民國臨時大總統孫文向各國首領發出《臨時大總統宣告各友邦書》，聲明「凡革命以前所有滿政府與各國締結之條約，民國均認為有效，至條約期滿為止」。[89] 同年1月12日，外交部部長伍廷芳（1842–1922）就上海租界問題頒布《中華民國對於租界應守之規則》，表示應「維持各地租界現狀，免生枝節」。[90] 1913年袁世凱就任總統，在國慶日發表《中華民國正式大總統宣言》，亦表明清政府與各國所定的條約、協約、公約繼續生效。[91]

民國政府一方面承認現有租界，另一方面則嚴防各國再度擴張租

86　同上，頁29。
87　同上，頁35。
88　同上，頁37。
89　轉引自中國史學會編，《辛亥革命》，第8卷（上海：上海人民，1957），頁22。
90　中國第二歷史檔案館編，《中華民國檔案資料彙編》，第2輯（蘇州：江蘇古籍，1991），頁9–10。
91　見〈中華民國正式大總統袁世凱蒞任宣言書〉，《新聞報》，1913年10月14日，1版。

界。1912年3月,公共租界計劃越界加設捕房,民國政府即致函工部局表示反對。[92] 伍廷芳對於租界所涉之主權,認為「重大事件斷不可退讓」,「惟現值軍書旁午,不宜多起交涉……應俟大局底定,再設法收回」。由此可見,民國政府允許租界維持現狀,是由於新政權尚未穩定,不宜處理前清遺留的外交問題。1919年4月,中國代表團出席巴黎和會,曾提出廢除外國人在華特權的書面要求,但不獲認可。[93] 收回租界管治權的時機在1927年之後才出現。這一年民國政府合併上海租界周邊南市、閘北、龍華、吳淞等華界地區,成立上海特別市,注重市政建設,欲包圍租界,與之競爭。1930年,上海特別市政府下令收回會審公廨,成立上海特別法院,才逐步收回租界主權。[94]

從租界問題的演變可見,民初二十年的外交政策,以維持穩定為宗旨,主要是由於內政混亂,無力旁騖,即伍廷芳所說「軍書旁午」的局面。民國初年戰事連年,在此略作說明。武昌起義之後,革命黨人與立憲派對新政府之組成各有計畫,導致江浙一帶和上海周邊地區,一度出現革命黨人主持的滬軍都督府與立憲派掌權的吳淞軍政府並立的情形。在這兩個行政機關中,各自還有同盟會與光復會成員的權力鬥爭。民國成立後,立憲與共和之爭仍是關鍵,先後有1913年宋教仁案和討袁二次革命,1915年袁世凱復辟和國民黨護國運動,

---

92　徐公肅等編,《上海公共租界史稿》,頁92。
93　對在華外國人的要求有七:廢棄勢力範圍;撤走軍隊巡警;裁撤郵局和電報機關;撤銷領事裁判權;歸還租借地;歸還租界;實行關稅自由。七條要求都涉及租界生存的命脈。見中國社會科學院近代史研究所編,《秘笈錄存》(北京:中國社會科學院,1984),頁154–155。
94　同上。

以及1917年張勳（1854–1923）復辟和國民革命軍護法運動。袁歿，北洋軍閥分化出各系軍閥，混戰綿延十年之久。1924年直、奉軍閥的江浙戰爭，更直接威脅到上海。1926年，重組後的國民黨與新生的共產黨聯手北伐，欲結束軍閥混戰的局面，恢復法治。北伐漫長，國共且和且戰，內戰延至日本侵華，仍未告終。在此期間，日本扶植宣統帝溥儀先後在天津和東北復辟，也是政局不明、民心不穩的原因之一。

西方國家視上海為東亞第一商埠。公共租界管治素以維護安定、營商保民為原則。工部局面對民初的頻繁戰亂，也一貫嚴守中立，免受牽連。1913年中國民國第一次國會選舉，國民黨勝出，主席宋教仁待任國會總理期間，在上海遇刺。宋案疑兇事後在租界落網。但由於案件發生於華界，民國政府要求會審公廨交出此案，自行審理。袁的北平政府和革命黨人的南京政府均有意接收審判權。面對兩方勢力，租界當局的對策是立刻交出審判權，並要求民國政府在租界以外組織特別法庭審理。[95] 二次革命時，上海租界當局亦照會南北兩軍，「如欲在滬開戰，須離租界三十英里」。[96]

不僅外國管治者不願涉足中國內政，租界內的華人亦反對戰爭。上海總商會曾致函南北兩軍：「上海係中國商場，既非戰地，製造局係民國公共之產，無南北爭持之必要。無論何方先啟釁端，是與人民為敵，人民即視私黨。」[97] 上海工商界在辛亥革命時曾大力支持革命黨人，但此時更傾向於維持和平穩定的營商環境。民國軍政人士亦視租

---

95 楊國強、張培德編，《上海通史・民國政治》（上海：上海人民，1999），頁75。
96 〈上海方面之維持〉，《申報》，1913年7月23日，6版。
97 〈滬商會致南北兩軍公函〉，《時報》，1913年7月22日，13版。

界中立為慣例。直、奉軍閥在江浙戰爭打響之前,就簽訂《江浙和平公約》,承諾「對於外僑力任保護,凡租界內足以引起軍事行動之政治問題,及為保境安民之障礙者,均一律避免之」。[98]

　　上述史實可簡略說明,上海公共租界為何能在民初二十年能延續獨立法治,維護穩定市況。位於公共租界心臟地帶的上海雜誌群,因為有獨立法治的庇護,故能在動盪中保持穩定。出版的另一保障,則是租界的言論環境。清末民初政府對報刊審查之嚴厲,恰恰能突顯租界報業氣氛之自由。自清末至民初,政府頒行的出版法律一直給報界設下諸多限制。中國第一部出版法《大清印刷物專律》(1906)規定,京師設印刷註冊總局,另設地方分局,一切印刷物須註冊後方可印行;印刷註冊隸屬商部、巡警部、學部,此三部門皆有取締印刷物的權力;巡警部門負責具體登記、批核事宜,能直接聯絡印刷物負責人;所有印刷物須上交副本兩份,一份存巡警衙門,一份送印刷總局;印刷物的內容不得譭謗、教唆朝廷。此後,《大清報律》(1907)更進一步規定,印刷物在發行前就要送副本至巡警處和地方官署,以便隨時查核;法律訴訟、外交、軍事等事不得揭載;在外國發行的報刊,若侵害朝廷利益,就嚴禁入境。種種跡象表明,清政府對出版言論的監控更趨嚴謹,乃因國內革命思潮萌芽,而早年流亡海外的革命派又正在伺機回流。晚清的兩部報律,幾乎被民國政府原封不動地沿用。原因之一,是時局動盪,政權一再易手,民國政府每任當權者都有收緊言論以鞏固政權之舉,這種心理與晚清統治者相似。原因之二,是民國立法草率,行之無效。辛亥後憲法未立,而先行《中華民

98　楊國強、張培德編,《上海通史・民國政治》,頁157–158。

國暫行報律》(1912),報界認為是本末倒置之舉,反對執行,故立即廢除,仍沿用《大清報律》。

　　民初出版法律另一個承自晚清報律的特點,就是規定出版機構直接受執法機關監管。儘管《臨時約法》賦予國民言論、著作、刊行及結會自由,但是各屆政府以「維持治安」為名目的言論控制從未鬆懈。袁世凱執政期間,就接連頒布幾部法例,直接或間接限制出版自由。先有《戒嚴法》(1912年12月15日),賦予地方官員廢止新聞雜誌等印刷物和拆閱郵信電報的權力,這一法例日後仍被各系軍閥援引。《治安警察法》(1914年3月2日)則允許各地行政官署以「維持公共之安寧秩序」、「保障人民之自由幸福」為理由,行使治安警察權,扣查印刷製品。《報紙條例》(1914年4月2日)更被確立為「一種命令式的法律」,規定一切報刊須在警察官署登記,申請執照,並禁止洩漏國家機密或報道國會及官署會議。違禁者將被沒收營業器具,查封營業場所,作者、編輯人、印刷人、發行人同罪。一旦實施起來,幾乎所有談及政治的報刊都會被暫停待查。1915年底,黎元洪入京,順從民意,廢《報紙條例》,但《戒嚴法》與《治安警察法》依然有效。袁世凱當權其間,全國報社至少71家被封鎖,49家被傳訊,9家被反動軍警搗毀;新聞記者至少24人被殺,60人被捕入獄。[99] 1925年4月,皖系軍閥幕僚專政,罔顧報業反對,頒《管理新聞營業條例》,繼續取締言論自由。[100]

　　編輯部設在外國租界的報刊,按照租界慣例,並不受以上出版法

99　方漢奇,《中國近代報刊史》(太原:山西人民,1981),頁720。
100　本節所引清末民初出版法律條文,詳見戈公振,《中國報學史》,頁316、320-323、330-331。

律的限制。官方固然深明上海租界對報業的庇護作用,遂從其他渠道控制出版物,例如發行和銷售。1916年的《郵寄禁令》規定,所有報刊須通過警察部門審查,獲准在封面上加印「中華民國郵政局特准掛號認為新聞紙類」的字句,各地郵局才能受理,否則經銷無門。[101] 上海交通便利,四通八達,主流報刊向來以上海為總發行地點,再分銷至各大城市。這一條例,無疑阻礙了報刊的對外輻射,對租界報業有致命打擊。第一章提到,袁世凱下令民國教育部審查小說和小說雜誌,名為推廣國民教育,編纂國民讀本,實則一方面壓制《二十一條》簽訂後國內的反袁聲音,一方面宣傳君臣之義,準備復辟。小說審查工作在1916年達至高峰,《郵寄禁令》也恰在這一年頒布。同年,一直暢銷的《中華小說界》和《禮拜六》突然停刊。《禮拜六》100期的聲明,更將上海雜誌界此時的困境和停刊的無奈表露無遺:

> 本週刊發行以來,已屆百期,從未偶一愆期。雖當去秋全市營業萬難之際,亦不敢稍有停頓。惟近來時局不靖,各處運寄不靈,常有郵遞不到之處,以致屢遭讀者及分銷處來函詰責。蓋本週刊既係按期出版之初,且又素蒙社會歡迎,則自與他書性質不同。[102]

政府審查,郵寄窒礙,內戰紛亂,以第一章第三節所述因歐戰而引發的紙缺墨荒,恐怕就是上海雜誌界「萬難」之最難處。從停刊一事可知,上海租界暢銷雜誌的處境,已不同於清末早期報刊。這些雜誌本身佔盡地利,言論享有較高自由度。影響出版的最大因素已不是政

101　Lin, *A History of the Press and Public Opinion in China*, 117.
102　中華圖書館啟事(無標題),《禮拜六》,100期(1916年4月29日),頁數從缺。

治條件,而是印刷物料、交通運輸、銷售網絡等物質條件。換言之,政治氣氛對雜誌界的影響,不及物資短缺、行銷受阻的影響來得深切。

第二節　雜誌的文人圈子

《禮拜六》停刊聲明可以看出,雜誌的自我要求頗高。刊方堅持準時出版,不負「期刊」之名,而且一直使用進口優質紙墨,保證印刷美觀。面對經營困難,刊方選擇停刊,而不去敷衍質量或迎合政治氣氛,以換取順暢的營銷。由此可見,雜誌經營者頗有主張。

本書所涉雜誌有著共同的時代背景,編輯團隊也有相似之處。考察諸位主編的生平,不難發現,他們多來自江浙一帶,都生於1870至1890年代;幾乎都具備中國傳統和西方新學的教育背景,有一定的外語能力,甚至做過翻譯(見表3)。這一點並非巧合。晚清政府在1905年廢除科舉,此後超過90萬科舉考生無處安置。[103] 與此同時,全國各地大興新式學堂,廣設科學、實業和外語科目,期望從中拔擢新學人才。科舉考生不管仍然嚮往仕途,還是順應時勢,都紛紛入讀新學堂。1903年全國新學堂僅769所,1906年已達23,862所,學生人數接近55萬。民國成立時,新式學堂學生人數已超過晚清科舉考生數目。[104] 可以想像,新式學堂是當時讀書人在科舉廢止後的普遍出

---

[103] 有關科舉生員人數的推算,見張仲禮著,李容昌譯,《中國紳士:關於其在19世紀中國社會中作用的研究》(上海:上海人民,1992),頁95–98。
[104] 1903年至1912年學堂和學生的數據,見王笛,〈清末新政與近代學堂的興起〉,《近代史研究》,3期(1987),頁107–110、254。

表 3　雜誌主編的基本資料

雜誌	編輯者	生卒年分	籍貫	教育背景和報業以外的職業
《小說月報》	王蘊章	1884–1942	江蘇無錫	光緒二十八年舉人；英文教師
	惲鐵樵	1878–1935	浙江臺州	1903年入讀南洋公學；西醫；教師
《中華小說界》	沈瓶庵	不詳	不詳	紅學者*
《禮拜六》	王鈍根	1888–1951	江蘇青浦	科舉落榜，入京習英文
	陳蝶仙	1879–1940	浙江錢塘	貢生，浙江鎮海知事；化工實業家
	周瘦鵑	1895–1968	江蘇蘇州	上海民立中學英文教師
《小說大觀》	包天笑	1876–1973	江蘇蘇州	光緒二十一年秀才；自學英、日文；教師
《紅雜誌》	嚴獨鶴	1889–1968	浙江烏鎮	江南製造局兵工學校；廣方言館
	施濟群	1896–1946	江蘇南江	電影編劇
《紅玫瑰》	趙苕狂	1892–1953	浙江湖州	上海南洋公學電機系畢業
《小說世界》	胡寄塵	1886–1938	安徽涇縣	上海育才學校畢業；大學教授

註：編輯者名單得自各雜誌封底版權頁；生卒年分及籍貫，參考芮和師等編，《鴛鴦蝴蝶派文學資料（上）》（福州：福建人民，1984），頁312–391；《上海新聞志‧人物》，上海地方志電子資源（檢索日期：2021年3月23日），網址：http://www.shtong.gov.cn/Newsite/node2/node2245/node4522/node10080/index.html。

* 沈瓶庵以編撰《紅樓夢索引》（王夢阮編，1916）著稱，該書在《中華小說界》有節選和廣告宣傳。沈的生平鮮有史料記載。《紅樓夢索引》的前言沒有介紹其人，《紅樓夢大辭典》言「生平事跡不詳」，但稱之為「鴛鴦蝴蝶派作家」，見馮其庸、李希凡編，《紅樓夢大辭典》（北京：文化藝術，1990），頁1184。

路。二十世紀初正值報業蓬勃、民風大開之時，作家這一職業亦因稿酬制度的出現而逐漸成熟，[105] 不少江浙文人完成學業之後，赴上海投身報業。生於十九世紀末的上海報人，或多或少具有西學背景和外語能力，是清末民初教育改革和報業發展兩大趨勢之下的群體特徵。

若將上海雜誌界視為一個文人、出版社與刊物的網絡，那麼雜誌

105　稿酬制度的形成，見張天星，《報刊與晚清文學現代化的發生》（南京：鳳凰，2011）；作家作為自由職業者的出現，見徐小群，《民國時期的國家與社會：自由職業團體在上海的興起，1912–1937》（北京：新星，2007），頁257–277。

主編就是網絡的關鍵節點。他們編撰雜誌的同時，也掌握上海各大日報副刊主編權，影響力遍及報紙和雜誌兩大印刷媒體。《禮拜六》創辦人王鈍根1911年出任《申報》副刊《自由談》主筆，有賴於江蘇同鄉、《申報》館經理席子佩的引薦；此後二十年，《禮拜六》另外兩位主編陳蝶仙和周瘦鵑，相繼接任《自由談》的主編。《紅雜誌》主編嚴獨鶴則執筆上海另一大報《新聞報》副刊《快活林》。此外，主編在同一出版商旗下也經常合作。在中華圖書館，《禮拜六》幾位主編同時合編《女子世界》（1914–1915）、《遊戲雜誌》（1913–1915）和《香艷雜誌》（1914–1916）；在世界書局，嚴獨鶴與施濟群編輯《紅雜誌》和《紅玫瑰》之餘，還與偵探小說翻譯大家程小青，合編《偵探世界》雜誌（1923–1924）。雜誌主要撰稿人又與雜誌主編一樣，多數來自江浙一帶，有同鄉之誼，共同組成上海報業的廣大人脈。

　　從雜誌文本中，還可發現雜誌主編之間幾點聯繫。例如，他們常在彼此刊物上發表。周瘦鵑第一部譯作〈愛之花〉在《小說月報》發表，未有《禮拜六》之前也常供稿《中華小說界》。包天笑的長篇合譯作品更是《中華小說界》連載欄目的支柱。雜誌以外，文人亦互相幫忙。《小說月報》主編惲鐵樵1920年離任，棄文從醫，醫務所廣告長期刊登在《禮拜六》。陳蝶仙開設化工廠，研發暢銷產品「無敵牌牙粉」，《禮拜六》、《紅雜誌》也有廣告。不難看出，上海文藝雜誌主編之間，並非互不往來、各自經營，而有頗多互惠互利的舉動。

　　此外，這些主編均為南社成員。[106] 文明書局1917年《南社小說

106　王蘊章、王鈍根、陳蝶仙、包天笑、胡寄塵、周瘦鵑都是南社社員。見〈南社社友

集》(見圖4(a))即為南社社員作品集,當中不少名號也在上文主編列表之中。廣告列明每位作者的籍貫,是南社地域性的表現。文明書局另一本作品集《小說名畫大觀》(圖4(b))則可說明南社與其他文人的關係。該書收錄的作者,除南社成員以外,還有林紓(1852–1924)、陳景韓(1878–1965)等文壇和報界前輩,可見南社與晚清文學的淵源頗深,人脈亦廣。兩代文人的合作不止於此。南社刊物《春聲》(1916–1917)特邀林紓撰文。[107] 新文學革命之後,傳統文學經典逐漸被廢除,林紓與南社雜誌人的合作更見緊密。袁世凱三子袁克文(袁寒雲,1889–1931)與周瘦鵑合辦《半月》雜誌(1921–1925),在籌備期間已公告讀者,將獲林紓加盟,擔任主撰人。[108] 林紓過去在《小說月報》上的發表作品最多,1920年代起《小說月報》成為新文化刊物,他改在《禮拜六》發稿。可見在新文化運動興起之後,同屬晚清傳統文學一脈的兩代文人的關係加深;原有輩分之分和師生之隔,到1920年代則呈現融為一體的趨勢。

　　《小說名畫大觀》收錄的文人中,有兩類比較特殊。一是譯者。魏易(1880–1930)和張毅漢(1895–1950),分別是林紓和包天笑口傳筆受的合作者,[109] 因為翻譯小說的流行而廣為人知。這表明民初文壇已有譯者參與。翻譯成為主要文學實踐的一種,文人可以靠翻譯而

　　　姓氏錄〉,載於《南社叢談:歷史與人物》,鄭逸梅編(北京:中華書局,2006),頁364–415。
107　見《春聲》廣告,《小說大觀》,5號(1916年3月30日),頁數從缺。
108　〈將次就緒之《半月》〉,《禮拜六》,121期(1921年8月6日),頁61–62。
109　亦作「口傳筆授」。這一合譯方式,源於東漢至西晉外僧與華僧合作的佛經翻譯。有關東漢大乘佛典譯者支婁迦讖之譯經組合的記述有言:「玄口譯梵文,佛調筆受。」本書故沿用「口傳筆受」的寫法。

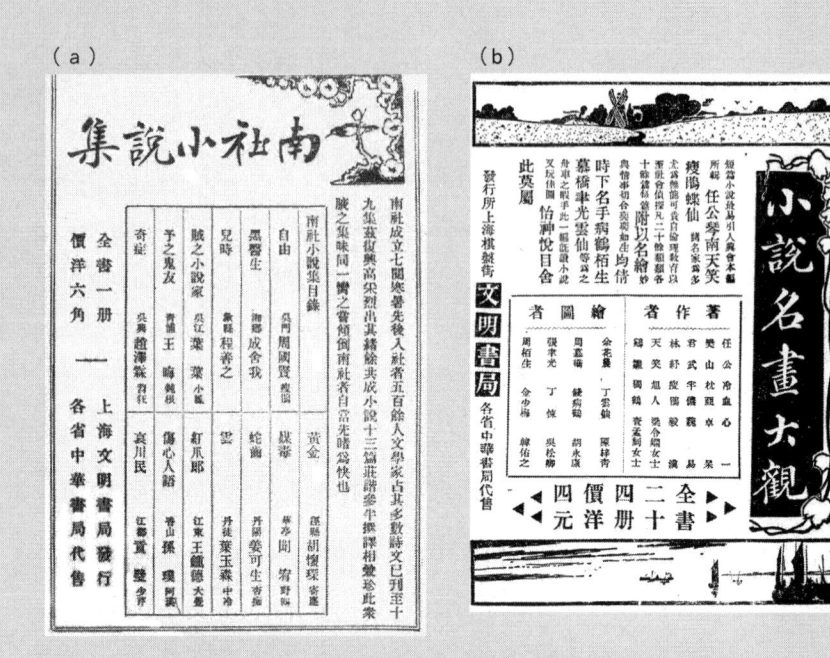

圖4　雜誌文人作品集的廣告兩則（《小說大觀》，9號，1917年3月30日）

成名，獲得發表機會。第二類為女性作者，即名單中被稱為「女士」的兩位。男女作者合集當時並不常見，皆因明清以來，女子作品向來是獨立的文學類別。小說集接納女性作者，表明此時上海文藝雜誌界已有女性參與；性別壁壘比起過去已稍有消退。[110] 譯者和女性作者地位的提升，是民初與清末的不同之處。

根據雜誌廣告和宣傳資料，不僅可追溯主編之間的密切關係，更

110　有關民國初年雜誌界中女性讀者和女性作者的參與，見葉嘉，《從「佳人」形象看《禮拜六》雜誌短篇翻譯小說》，頁19–20。

圖5 《禮拜六》編輯部同人合影（《禮拜六》，38期，1915年2月20日）

可發現雜誌主要撰稿人幾乎可歸入同一圈子。幾份雜誌雖然都曾公開徵稿，實則由一群以南社成員為主體的核心作者負責，刊物具同人性質。《禮拜六》曾公布過一張編輯部同人的合影，可見雜誌主編王鈍根和孫煦，以及作品發表數量最多的周瘦鵑、陳小蝶（1897-1989）、陳蝶仙等人，[111] 還有負責封面設計的畫家丁悚（1891-1969）（見圖5）。

---

111 前百期雜誌參與編著作家，以筆名統計，共238位，其中約200位發表五篇或以下文章，152位僅發表一次。刊載文章數量較多的約三十位作者中，周瘦鵑共發表81篇、陳小蝶38篇、陳蝶仙27篇，其餘者每人約十至二十篇，數量遠高於其他作者。

1921年復刊後,《禮拜六》得到更多雜誌界名人加盟,包括《小說月報》前主編王蘊章、《快活林》前主編李涵秋（1873–1923）、《紅雜誌》主編嚴獨鶴、《家庭雜誌》主編江紅蕉（1898–1972）等,[112] 他們的名字可見於每期雜誌版權頁的主創人員名單。核心作者發表作品時,署名通常去掉姓氏,只留筆名,有朋輩筆談之意。其他作者的來稿不僅會註齊姓名,還會加上籍貫和任職機構,與核心作者有明顯區分。核心作者經常互相點評,為彼此作品寫序言、後記,甚至寫小說續集,也提供畫作、照片,作為雜誌插畫和封面。《中華小說界》亦有類似現象,短篇、長篇、談叢、筆記等按作品體裁劃分的主要欄目,均由固定十多位文人負責;其他作者的作品,不論體裁,均收入「來稿俱樂部」欄目。該欄目在1914年7月增設,1915年11月取消,徵稿條例亦同時消失,同人性質更為明顯。《小說月報》1918年5月曾設「小說俱樂部」,做法與「投稿俱樂部」類似。《小說大觀》以主編包天笑的作品為最多,每期平均五篇以上,其他撰稿人多為包的熟人,有同為雜誌主編和中學教師的周瘦鵑,也有包的合譯夥伴張毅漢。

　　民初上海出版業蓬勃,競爭激烈。本書所涉雜誌皆由不同的出版社營辦,定位又都是文藝雜誌,按照一般市場規律,理應勢成水火。但從雜誌主創人員的個人背景及文學活動來看,雜誌之間與其說是競爭對手,不如說是同一文人網絡。以上雜誌文本證據表明,民初上海文藝雜誌界背後確實有一個以籍貫和出版為脈絡的文人圈子。同人編輯的做法普遍,是因為編者有意把刊物塑造成某一文人圈子的標誌性

---

112 〈小說週刊《禮拜六》撰述者〉,《禮拜六》,101期（1921年3月19日）,版權頁。

刊物，還是因為投稿數量少或質量低，而導致編者必須呼朋喚友，自行填補版面？單憑雜誌投稿名單和徵稿條例，目前還無法判斷。但可以肯定，民初上海文藝雜誌，或多或少具有同人性質。這個同人辦刊的圈子比起清末文壇更加多元化。雜誌正值流行，文人在各大書局支持下變得更具影響力，相互合作亦更緊密；這個圈子亦不是靜止封閉的，它在新文化運動期間吸納了清末文學傳統的代表人物，與新文化精英群的區別亦更見分明。

事實上，新文化運動在北京的標誌刊物也有同人「圈子」的輪廓。《青年雜誌》（即《新青年》前身）1915年在上海創刊初期由陳獨秀為首的安徽文人獨立編輯，後來陳應蔡元培之邀，往北京大學任職，雜誌北遷，逐漸接受北京大學師生投稿。1918年正月4卷1號恢復同人編輯。[113] 另一標誌刊物《新潮》（1919–1922）的同人色彩更鮮明，因為它首先是一份北大學生雜誌。學生自辦雜誌的想法，形成於1917年秋天，是同住一個宿舍的傅斯年（1896–1950）、顧頡剛（1893–1980）和徐彥之（1897–1940）閒談的結果。潘介泉（潘家洵，1896–1989）、羅家倫（1897–1969）、康白情（1896–1959）後來也加入「頭腦風暴」，有意者愈眾。1918年10月13日，核心成員召開第一次預備會議，雜誌得名，同人成社。創刊號有不少文章，在此前後已寫成。《新潮》得校方資助，1919年元旦正式出版。《新潮》堅持學生主理，不與出版社合作，不接受校外資助。稿件方面，主編亦求道同者，且與今日學人一樣，奉行「不出版便出局」的遊戲規則。

---

113 投稿章程取消及舊稿未載之處理，見〈本誌編輯部啟事〉，《新青年》，4卷3號（1918年3月15日），封面2。

社員有責任供稿，一年內不投稿則自動退社；欲入社者，須先在《新潮》發表三篇文章，並得社員推薦。這些原則之下，《新潮》三卷共12期的刊物中，逾八成文章由社員發表。據筆者統計，75位投稿人中，38位多次發表，其中25位是社員；37位單次發表，6位是社員。另有7位社員從未發表，專責社務。社員投稿是命脈所在，亦讓雜誌脆弱非常。在四年內，《新潮》從月刊變為季刊，再變為年刊，蓋因核心社員奔走社運、各赴前程之故。[114] 諸多不利因素之下，《新潮》數度瀕危仍堅持自理，正是學生為本、同人編輯的證明。

《小說月報》1921年改組為新文化官方刊物後，亦採同人編輯。改組後第一期〈改革宣言〉即列明，雜誌的六大欄目中，「論評」、「研究」、「譯叢」、「創作」、「特載」五欄均由同人主筆，只有「雜載」一欄無此限制。[115] 文人圈子決定雜誌創作人員的輪廓，當屬民初文藝雜誌界的普遍現象。1920年代《紅雜誌》、《紅玫瑰》和《小說世界》的主創人員多從《禮拜六》（此時已終刊）而來，本已秉承一貫作風；又因面臨新文化精英的猛烈抨擊，這些雜誌內部凝聚力強，一直堅持同人編輯的做法。

此外，從稿酬的變化，亦可看出雜誌正逐漸轉為同人編輯。民立初期，雜誌編輯部對於錄用的稿件，一般按等級付酬。《小說月報》

---

114 《新潮》始末的陳述，主要基於傅斯年〈新潮之回顧與前瞻〉（《新潮》，2卷1號，1919年10月，頁200–205）及徐彥之〈新潮社紀事〉（《新潮》，2卷2號，1919年12月，頁398–402）兩篇。周策縱在《五四運動史》亦早有詳述，惟敘事頗重於蔡元培、陳獨秀、李大釗、胡適等北大師長對《新潮》學生的影響，與筆者聚焦於學生身分及其自主性發揮的角度略有不同。見 Tse-tsung Chow, *The May Fourth Movement: Intellectual Revolution in Modern China* (Stanford: Stanford University Press, 1960), 51–61.

115 〈改革宣言〉，《小說月報》，12卷1號（1921年1月10日），頁數從缺。

和《禮拜六》將稿件分為四等,稿酬每千字二至五元。[116]《中華小說界》、《小說大觀》以及《青年雜誌》的稿酬亦在每千字一至五元左右。[117] 各雜誌的稿酬制度是公開的,而且基本在同一價格範圍內,可見雜誌之間互有共識,遵守同一市場標準;徵稿投稿的做法亦十分普遍。但在1920年代,呼籲投稿的雜誌明顯減少,仍在徵稿的編輯部則大多放棄了明碼實價的做法。《禮拜六》、《小說世界》和《紅玫瑰》不再列明稿酬,而改用「奉以薄酬」等含糊的說法;甚至歡迎讀者自願供稿而不受酬勞。同時,雜誌亦用書券、贈書等形式,代替現金獎勵。[118] 徵稿制度不再公開,酬勞相應減少,說明此時通俗文藝雜誌不像從前一樣依賴投稿。可以想像,僅靠編輯部的文人圈子,雜誌已有充足稿件。

總括來說,本書考察的幾份上海通俗文藝雜誌,其編輯者彼此有同鄉、師徒、盟友之誼,於公於私,都有密切聯繫;文藝雜誌又以同人編輯為慣例,因此雜誌界與江浙文人圈子的關係,是解讀雜誌文本的重要線索。已有學者指出,中國早期報刊發行量一直遠遠超過讀者市場的需求,表明此時報刊的服務對象不是大眾,而是出版商、贊助人和意見領袖。[119] 上文的分析,尚不足以引申到刊物在資金、資源或意識形態方面曾受的影響,但仍能初步說明:民初上海文藝雜誌的形

---

116 〈本社通告〉,《小說月報》,2卷1號(宣統三年〔1912〕1月25日),版權頁;〈歡迎投稿〉,《禮拜六》,2期(1914年6月13日),頁數從缺。

117 〈投稿簡章〉,《中華小說界》,1卷3期(1914年3月1日),頁數從缺;〈本社通告〉,《小說大觀》,1號(1915年8月1日),頁數從缺;〈社告〉,《青年雜誌》,1卷1號(1915年9月15日),頁數從缺。

118 見〈歡迎投稿〉,《禮拜六》,102期(1921年3月26日),封面2;苕狂,〈編餘瑣話〉、〈投稿簡章〉,《紅玫瑰》,特刊號(1924年7月2日),頁1、封底版權頁。

119 Britton, *The Chinese Periodical Press, 1800–1912*, 129.

態和風貌，主要由江浙文人為主體的編輯團隊來形塑，此中包括編者、著者和譯者；出版社和讀者對雜誌的影響，遠遠不及這群文人。同樣的觀察，亦適用於北京為基地的新文化運動精英刊物。換言之，民初文藝雜誌文本所體現的，主要是雜誌文人的己見。據此，又可推測，雜誌翻譯文本所體現的，主要是刊方和譯者的立場。

誠然，相對自由的出版環境和同人編輯的特質，並不意味著上海通俗文藝雜誌對民國官方話語完全置之不理。雜誌有不少跡象表明，雜誌文人確實意識到某種主流的存在。第一章提到，在民初文學領域，民國教育部是建立經典的主要官方機構。這些雜誌的聲明與告示中，最常引述的政府部門也是教育部。《中華小說界》的書籍廣告也常附有教育部的正面評語。上海租界的出版機構雖然無須受教育部規管，但因為行銷網絡遍及全國，教育部的認可仍然有利於雜誌和書局的穩定發展。

雜誌不止刊登有利於刊方的教育部評語，也轉載具指引性質的教育部文件。1915年教育部開展小說審查期間，《禮拜六》刊登了教育部的兩份文件〈教育部規勸著作家〉和〈教育部咨內務部禁止荒唐小說文〉，內容都是針對小說界乃至小說雜誌界的兩大「流弊」，即「纖佻浮薄、龐雜零散之小品文」，和「猥鄙乖離、有傷風俗之小說」。[120] 兩份文件詳述這些文學作品的負面影響，但並沒有具體列出好的小說應具備哪些條件，反而告誡小說家，與其創作這類文字，不如「甄擇撰譯」一些普及生活常識的西方著作，譬如「小本百科全

120　分別載於《禮拜六》，38期（1915年2月20日），頁2–3；58期（1915年7月10日），頁2–3。

書」和「家庭、大學叢書」。沒有能力翻譯的人，則可「鑽研故記，考訂舊文」。在此可見官方間接提出的一個有關翻譯的指引：為了阻止小說的「流弊」繼續蔓延，小說家最好停止創作，專門從事相當於「進口」和「溫習」的翻譯工作。

　　前文提到，教育部的小說審查，由於作品數量太多、範圍太廣，又欠典範和標準，工作難有進展。教育部勸諭作家暫緩文學創作，恰恰表明審查部門面對民初小說的驚人產量，已不勝負荷；兩份文件對於小說界只行禁令，而不給出指引，又正正反映出文學典範和標準的缺乏。面對這個困局，教育部的解決辦法是提倡儘快從西方作品中選出合乎國民教育需求的小說，譯作範文，給小說家參考。此舉引來一些審查人員的批評，認為即使譯者的工作也需要標準。應該先完成小說審查，定出標準，才可進行翻譯。[121] 翻譯新作品與審查舊作品，孰本孰末？標準何來？這似乎是民初教育界、文學界和譯界的一大盲點。

　　此時，上海雜誌人似乎也意識到，初生民國政局混亂不堪，出版市場卻蒸蒸日上，大可不必急於改變現狀，來迎合當權者訂立的經典。雜誌人有一定社會地位和自主權，又以追求銷量、爭取讀者為目標，因此專注於培養刊方文人圈子和讀者之間的關係；對於出版界外圍權力環境和官方話語，似乎沒有立時服從的必要。事實上，上述兩份文件刊出之後，幾份小說雜誌風格沒有明顯變化。從六份上海通俗文藝雜誌的翻譯文本以及譯書廣告、譯作格式、譯稿條例、翻譯討論等外文本線索，更可以發現這些雜誌翻譯自有一套規範；翻譯規範的

121　薛綏之、韓立群編，《魯迅生平史料彙編（第三輯）》，頁140–142。

持續實踐，亦形同一種文本生產機理，令上海通俗文藝雜誌譯者逐漸衍出獨特品趣，在新文化精英「經典化」的過程中愈顯其棱角。本書第三至六章將以雜誌翻譯的代表性文本和外文本為基礎，嘗試重構種種翻譯規範，同時展現其與「經典化」之譯事的相異之處，從而開始呈出本書「互現」的想法。

■■ 第三章

譯本的規範：
譯者形象

前文提到，民初上海通俗文藝雜誌大本營位於法治獨立的上海英美租界，比其他地區出版界更有自主權。雜誌編輯團隊既是江浙同鄉，又是主流報的負責人，雜誌多具同人性質，自由度高。雜誌出版商、編輯部、雜誌文人之間，並不單純是自上而下的管理關係，而是一個抱有共同理念的文人圈子。相對較弱的政治影響以及文人為主導的編輯氛圍，是上海通俗文藝雜誌身處經典繁變的民國初年仍能保其風格的重要原因。本書的研究對象──雜誌翻譯──正是在這種環境下誕生。前文分析表明，影響雜誌翻譯的最關鍵的環境因素有二：雜誌媒體本身（包括出版環境、報業傳統和讀者群等）以及雜誌文人圈子。制約雜誌翻譯的有關規範，亦涉及雜誌媒介特徵和文人理念兩方面。

有關翻譯規範的研究，大致可回溯到上世紀中葉。列維（Jiří Levý）將翻譯行為視為一個決策過程。譯者在產生譯本的每一步驟中，須不斷從可行方案中作出選擇；這種選擇涉及翻譯的每一層次，上至原著選取和篇章構造，下至遣詞造句和標點符號。[122] 麥法連（John McFarlane）認為，有的決策可由譯者掌控，有的則超出譯者能力範圍，而由語法規則、文化特徵決定。[123] 波波維奇（Anton Popovič）指出，譯者通常要在原文文化和譯文文化的規範之間作出權衡和選擇；每一選擇都是對某種規範的回應。譯者在規範指導或制約下作出的翻譯選擇直接影響譯本的面貌；譯本在流通過程中，也會

---

[122] Jiří Levý, "Translation as a Decision Process," in *To Honor Roman Jakobson*, vol. 2 (The Hague & Paris: De Gruyter Mouton, 1967), 1171–1182.

[123] John McFarlane, "Modes of Translation," *The Durham University Journal* 45, no. 3 (1953), 77–93.

反過來影響讀者對翻譯的看法,翻譯規範隨之得以建立和鞏固。[124]

近年來的翻譯理論中,圖里以列維和波波維奇的觀點為基礎,提出以「規範」為分析工具來研究翻譯。圖里對「規範」有如下定義:

> 從一個社群共享的價值或理念 —— 用於判別正誤、制定標準 —— 轉化而來的、可適用並應用於特定場合的行動指引。[125]

圖里的定義與社會學和社會心理學對「規範」的定義有相似之處,即同樣認為規範在特定人群中有普遍約束力。因此,尋找規範的主要方法,是觀察和歸納群體的共性和規律。放諸翻譯研究,要找出規範,當以翻譯文本的共性和規律為主要線索。圖里認為,翻譯規範可從兩種材料中重構出來:一是「文本的」(textual),即翻譯文本本身,具體指原文和譯文之間文本關係所呈現的規律和模式;二是「外文本的」(extratextual),包括指引性的翻譯理論,翻譯活動相關的人士(譯者、出版者、評論者等)對於翻譯的評述,譯者或譯者群體的活動等等。[126]

本書第三至六章先從「外文本」入手,發掘影響雜誌翻譯的一系列規範;有關雜誌翻譯的「文本」分析,亦將隨規範的重構而逐

124　Anton Popovič, "The Concept 'Shift of Expression' in Translation Analysis," in *The Nature of Translation: Essays on the Theory and Practice of Literary Translation*, ed. James S. Holmes (The Hague & Paris: De Gruyter Mouton; Bratislava: Slovak Academy of Science, 1970), 78–87.
125　Gideon Toury, *Descriptive Translation Studies—And Beyond* (Amsterdam: John Benjamins, 1995), 55.
126　Ibid., 65.

步呈現，以回應有關論點，或加以印證，或用作參照。這些規範主要涉及雜誌譯者的文本形象以及翻譯實踐的有關原則。論文亦將回溯這些規範在晚清以來的成形過程，以及新文化運動後的轉變，展現上海通俗文藝雜誌譯者不同於新文化精英的翻譯思維，並為「雜誌翻譯」作一清晰的概述。

本書論及的「外文本」主要包括雜誌刊登的譯書廣告、徵稿條例、刊方有關翻譯的討論，以及雜誌翻譯的「副文本」，如譯作刊登格式和譯序、譯後記等。從字面上理解，圖里所說的「外文本」，主要包括涉及翻譯及譯者行為的意見陳述和事實記載。在敘事學上，「副文本」多指伴隨著作品正文並共同構成出版整體的文字因素（如封面、序言、排版）。[127]「外文本」與「副文本」雖是不同的術語，但兩者並不衝突。雜誌翻譯的格式、譯序、譯後記等副文本因素，正正是譯者行為和思維的可靠紀錄。再者，民初雜誌具有同人編輯、編著譯合一的傳統，雜誌翻譯的副文本因素實可反映整個雜誌譯者群體的翻譯理念。因此，對於本書而言，敘事學上的「副文本」可納入圖里的「外文本」。本書的目的，並非嚴格應用並驗證圖里的理論，因此筆者不會拘泥於「外文本」的字面定義，而將副文本一併納入研究範圍。為寫作便利起見，下文將統稱上述文本證據為「外文本」。

「外文本」在本書可作為一種獨立的文本證據，是因為雜誌在組成上與獨立成書的「單行本」有本質區別。首先，一份雜誌的各個

---

[127] 這一解釋取自敘事學和文學評論權威學者熱奈特（Gérard Genette）有關副文本的專著：*Paratext: Threshold of Interpretation*, trans. Jane E. Lewin (Cambridge: Cambridge University Press, 1997), 1. 法文原著在1987年出版。"Paratext" 尚有「類文本」、「準文本」、「伴隨文本」等中譯，本書採用較為通行的譯法「副文本」。

元素是相對獨立的，例如雜誌登載的文學作品、插圖、報導、聲明和廣告，彼此沒有語意的必然聯繫，可視為獨立篇章，列作獨立研究對象。其次，通俗文藝雜誌比起一般文學作品單行本，視覺元素尤其豐富。廣告、插圖、封面等注重視覺效果和即時感受的文本是刊方和文人最直白有力的表達，對讀者而言又是極具感染力的元素。因此，第四至六章特別關注這些外文本所反映的翻譯規範。

在外文本元素中，雜誌的譯書廣告可反映出版商和讀者對譯本的期許；徵稿條例可反映刊方對譯本的選擇標準；譯作刊登格式可視為刊方刻意塑造譯本和譯者形象的證據；譯序、譯後記等有關翻譯的討論，則可顯示雜誌譯者在實踐中的取捨與反思。本書關注的六份雜誌，在近二十年的發行期間，合共推出逾千期刊物，外文本的資料可謂浩如煙海。為了兼顧論證嚴密性及合理篇幅，以下章節將選取具有代表性的文本作為依據。例如，有關譯書廣告的分析將以大型書局的廣告為主；譯作副文本的分析，則在雜誌核心文人和刊方重點推薦的譯作中選材，因為這些譯作具有示範和指引作用，能有效反映雜誌翻譯的規範。下文亦將在有必要處，及時補充有關選材代表性的解釋。

第一節　從譯書廣告看譯者

第二章有關民初雜誌文人背景研究中提到，這些文人大多具備西學背景和外語能力，能做翻譯或至少能參與口傳筆受。雜誌編輯、創作、翻譯工作由雜誌文人共同分擔，無明確分工。雜誌譯者身兼編輯、作家、報人數職，活躍於各大報刊，常得書局和雜誌宣傳，因而能樹立鮮明形象，銷量和聲譽均具「明星效應」。

民初譯者的「明星效應」大致始於林紓。林紓成名作《巴黎茶花女遺事》於1899年出版後，兩年內重印四次，「不脛走萬本」，[128] 1903年再由文明書局鉛字排印，大量發行，而有嚴復詩〈出都留別林紓〉（1904）所言「斷盡支那盪子腸」之力。書商皆以「林譯」為外國小說中譯本的上乘之作。林紓只熟中文，必須依賴通曉外文者才可翻譯，合譯者至少有王壽昌（1864–1926）、魏易、陳家麟和曾宗鞏（生卒不詳者不列，下同）。口傳者不時更換，但「林紓」的名字歷晚清至民初，依然是銷量保證。以中華書局兩則小說廣告為例（見圖6），《情鐵》的廣告標明為「林紓譯述」，字體略大，十分顯眼。廣告正文第一句強調該書是林紓近期作品，將譯作著作權歸於譯者；原著和原作者則全無介紹，可見譯者林紓是宣傳重點。《情鐵》廣告旁邊，是另一小說《情競》的廣告。從題目、題材、小說類別看來，兩書極為相似，情節都涉兩男一女三角戀愛，主角都是貴族；兩書售價一樣，廣告也同置一頁，並列刊登。最不同處，是《情競》沒有出處或署名，亦未提及作品是原創或譯本。出版商和刊方很可能是借林譯的名氣，推出與之相似、如同複製的小說。這一廣告策略，足可證明譯者林紓的商業價值。

林紓的新譯甚獲推崇，舊譯的重印亦一樣得到重視。圖7兩則林譯再版的廣告，同樣突出譯者，而忽略原著和作者。《黑奴籲天錄》（1905）、《滑鐵盧戰血餘腥記》（1904）和《利俾瑟戰血餘腥記》（1904）都是早期林譯小說，此為文明書局重印版的廣告。兩則廣告

128　陳衍，〈林紓傳〉，載於《福建通志》，第26卷〈清三·文苑傳〉（上海：上海古籍，1987），頁2501。

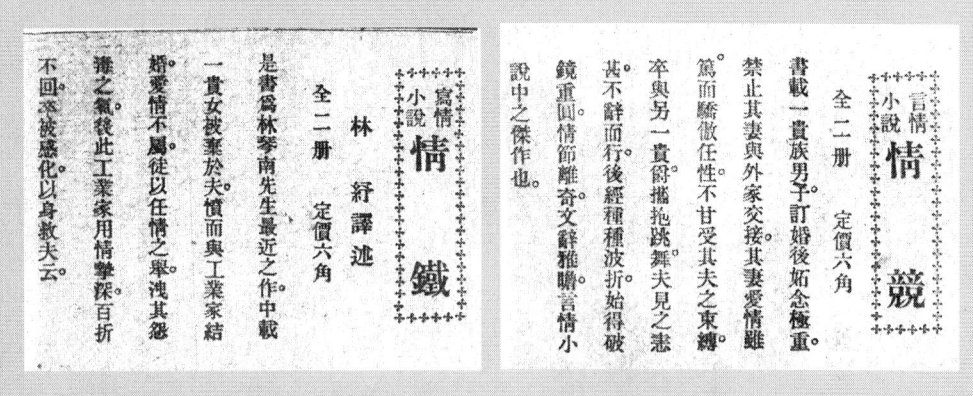

圖6　林譯廣告二則（《中華小說界》，1卷11期，1914年11月1日）

相隔一年，但宣傳策略基本一致。版面設計和文字介紹都以林紓為焦點；廣告都有「初著」二字，一方面交待三部小說乃林紓早期出品，引起書迷的收藏慾，另一方面將作品所有權歸於林紓。廣告賦予林紓的稱號是「大小說家」，而不是符合其工作性質的「譯者」。由此可見，他與這三部小說的關係，是作者和作品，而非譯者和譯作。1916年2月廣告對於三部小說是翻譯作品這一事實，並沒有提及。可見在出版商眼中，或者說在出版商所預期的讀者眼中，林紓與三部小說的關係最值得突顯，作品的真正來源則並不重要。

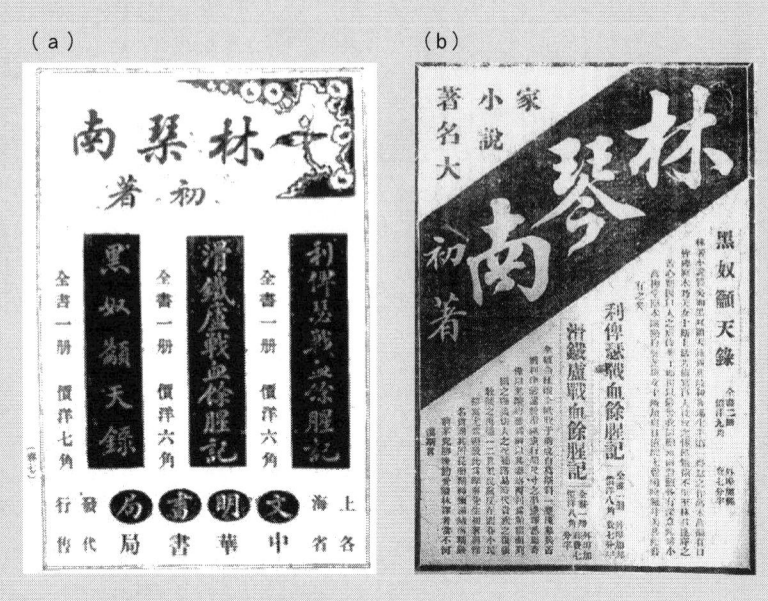

圖7　林譯廣告（a）《中華小說界》，3 卷 2 期，1916 年 2 月 1 日；
　　（b）《小說大觀》，9 號，1917 年 3 月 30 日

　　1917 年 3 月廣告有關《滑鐵盧戰血餘腥記》和《利俾瑟戰血餘腥記》的介紹，全是情節概述，同樣沒有提到原著和作者。林譯小說往往附有前敘，交代原著和作者背景以及翻譯動機。例如，《利俾瑟戰血餘腥記》乃自法文小說英譯本轉譯而來，作者名為阿猛查登。[129] 有關譯本來源的訊息並不難找到，但出版商和刊方選擇略過不提，這正是視譯者為作者的表現。

129　林紓，〈《利俾瑟戰血餘腥錄》敘〉，載於《阿英序跋集》，張錫智編（開封：河南大學，1989），頁 205–206。

《黑奴籲天錄》廣告策略稍有不同。廣告提到原著作者是「斯土活女士」（Harriet Beecher Stowe，1811–1896），並略述小說內容和筆法。不過，廣告仍然稱小說為林紓「最初著述」和「生平第一傑作」，尤其強調「迻譯之苦心」，以及作品對本國的借鑑意義。言下之意是，沒有譯者，讀者不可能接觸原著，從中獲益。譯者在此獲得的關注，顯然比作者和原著要多。

　　上述林譯廣告分別來自中華書局和文明書局。當時另一大型書局商務印書館，也在重印林譯小說。各大書局的重印書目通常不會重疊，但廣告所呈現的翻譯規範卻基本一致。圖8標為「林琴南先生譯」的三則廣告，行文大致始於譯者的名氣和譯筆，繼以向讀者承諾閱讀體驗，如《橡湖仙影》的「奇情秘事，動盪心魄」，《蠻荒誌異》的「光怪陸離，足令閱者駭心悅目」，《海外軒渠錄》在奇趣之外「具有微旨，令讀者時於言外得之」。這些宣傳語句皆針對讀者對閱讀期待而寫成。文中雖有提及原著作者，但不論在廣告版面或行文中，作者的重要性依然不如譯者。《橡湖仙影》的原著作者乃英國小說家哈葛德（Henry R. Haggard，1856–1925）。此處用簡寫「哈氏」，相信是由於中國讀者對哈葛德並不陌生，這與1905年林譯《迦茵小傳》的流不無關係。[130] 然而，書商和刊方對哈氏的描述，並不見推崇之意。廣告文稱其作品一貫「專工言情，其脈絡貫通之處，非二女爭一男，即二男爭一女」，三言兩語的概括，頗有看破讀盡之意。惟該書比起舊作，情節和角色均更為複雜，因而值得推薦。廣告的結

---

[130] 《迦茵小傳》的原著 *Joan Haste*，在1901年先由包天笑、蟠溪子（楊紫驎）合譯出半部《迦因小傳》，1905年再經林紓譯出全部。兩部譯著有很大出入，在譯界與讀者間曾引起爭議。這一爭議讓哈葛德更為讀者所熟知。詳見第四章第一節。

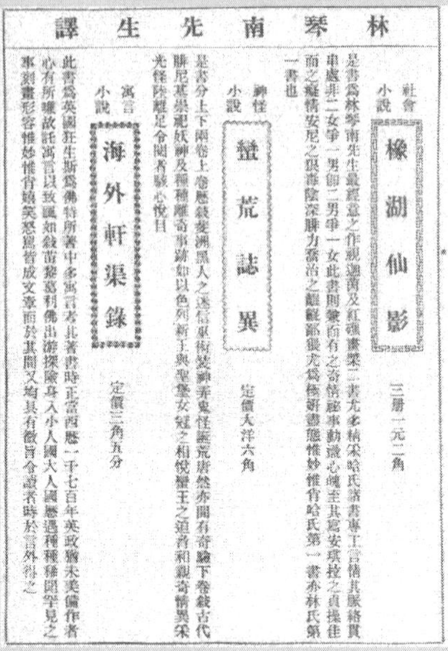

圖8　商務印書館林譯小說廣告（《東方雜誌》，9卷1號，1912年7月1日）

尾稱「哈氏第一書，亦林氏第一書也」，意即原著作者的傑作經過翻譯，也成了譯者的傑作。言下之意是譯作盡歸譯者所有；一貫追捧林紓的讀者，亦不妨將之作為林紓的佳作來拜讀和收藏。

《海外軒渠錄》廣告透露作者是「英國狂生斯為佛特」，此外並無更多訊息。讀者單憑廣告，不可能知道作者的真實姓名是 Jonathan Swift（1667–1745），更無從知其背景，只會因其國籍而產生模糊印象。音譯「狂生」的選字，極可能是為配合原著歷險和奇遇的主題。廣告對作者介紹極為粗簡，卻為原著的歷史背景作了精要概述，即指出原著在十八世紀初的英國寫成，針對當時政改未善的狀

況,而有借寓言以諷世之意。配合來看,「狂生」二字又帶有無懼權勢、大膽針砭的預告。作者譯名、原著介紹,以及廣告結尾向讀者承諾的微言大義,實際上都在相互呼應,並都指向譯作在讀者中可引起的思考。廣告介紹固然讓作者和原著有所顯形,而不致被譯者完全遮蓋,但背後依然存在一種以譯入語文化的期待和需求為依歸的翻譯規範。

晚清以來,已有一些西方作家在中國獲得譯介而廣為人知,正如上述的斯土活女士和哈葛德。對於名家名著,出版商在宣傳時亦會善用作者和原著的知名度。但就以上幾例所見,譯者在廣告版面中始終最為顯眼,以顯其在讀者和書商心目中的地位。即使廣告行文對作者和原著有所介紹,譯者形象亦不會因此而黯淡,譯入語文化和讀者為本的翻譯思維依然有所體現。馬君武(1881–1940)所譯俄國作家托爾斯泰(Leo Tolstoy,1828–1910)的《心獄》(見圖9)也是一例。《心獄》的原著是長篇小說《復活》(英譯 Resurrection)。馬君武在1913年至1916年德國留學期間譯出,由中華書局出版。

民初雜誌讀者對托爾斯泰並不陌生。早在1902年,梁啟超就介紹過托爾斯泰其人其文,同年創刊的《新小說》第一幅插圖就是他的畫像,[131] 晚清以來也陸續有一些托爾斯泰小說的譯介。[132] 廣告強調《心獄》是「俄國文豪」的手筆,但對譯者的推崇並不低於原著作者。廣告以「東西兩大家」的「珠聯璧合」,來形容作者托爾斯泰與譯者馬君武的關係,意謂兩者缺一不可。廣告行文也暗示,原著即使是立

131　簡介見〈論學術之勢力左右世界〉,《新民叢報》,1期(1902年2月8日),頁69–78;畫像見《新小說》,1期(1902年11月14日),頁數從缺。
132　謝天振、查明建編,《中國現代翻譯文學史(1898–1949)》,頁121。

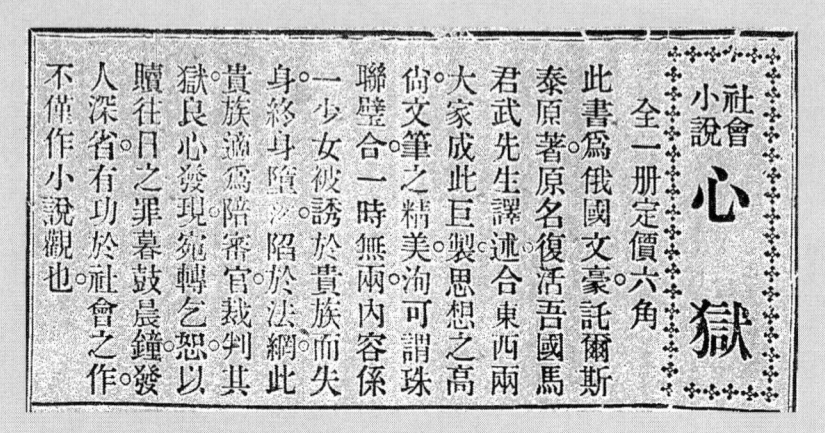

圖9 《心獄》廣告（《中華小說界》，1卷12期，1914年12月1日）

意高尚的鉅著，也要有知名譯者和精美譯筆，才能成為有說服力的優秀譯本。這與《黑奴籲天錄》廣告所流露的態度是一致的。林譯的廣告強調翻譯小說的借鑑意義，《心獄》廣告也稱譯本「有功於社會」，又呼籲「不僅作小說觀」。這種針對譯本社會價值的宣傳角度，反映晚清梁啟超有關「小說與群治」的主張，此時仍是人們衡量小說價值的重要依據。

關於《心獄》原著，廣告提到原名為「復活」，此舉也明示譯者的存在。今日的研究者固然知道《復活》是哪一部著作。但這一訊息對民國初年的讀者有何意義呢？或可提出三種可能性：其一，《心

獄》之前，國內已有名為《復活》的中譯本，讀者可領會此為重譯本；其二，《心獄》是國內第一譯本，但當時已有為數不少的讀者知道《復活》即托爾斯泰名著，「復活」是俄文書名的直譯。日本明治時期譯者內田魯庵（1868–1929），在1905年已譯出《復活》，這一漢字書名隨著日本書獻轉譯而流入中國且為人知曉，也並非不可能；其三，這是大部分讀者第一次聽說《復活》，由此得知《心獄》不是作品原名，而是譯者為譯本取的名字。不論是以上何種狀況，關於原著書名的訊息都指向一個原著的存在；原著和譯本書名的差異，正正是譯者留下的痕跡。換言之，《心獄》廣告在提供作者和原著訊息的同時，也是在突出譯者的存在。

以上幾則名家名譯的廣告均營造出一種觀感，即譯本是譯者自己的作品。譯本和譯者完全可以獨立於原著和作者而存在；原著和作者反而要依賴譯者，才可觸及中國的讀者。廣告均以譯者的選譯動機和精彩譯筆為宣傳重點，可見在出版商和讀者眼中，譯者在外來文本的傳播過程中占據至關重要的位置。不論作者和原著有否在廣告中出現，譯者的形象都十分鮮明；譯者比作者更能獲得重視。林紓更是此中的特例。他在清末民初文壇已有年資和名望，在廣告中的形象往往不是代表原著作者的「譯者」，而是取代了原著作者的「作者」。

林紓和馬君武在1910年代均為享有盛譽的文人，他們的地位在譯書廣告中得到彰顯，名號被書商和刊方用作招牌，都可說是理有固然的現象。清末民初從事翻譯的文人不在少數，名家之外尚有許多籍籍無名的譯者。這些譯者是否因名氣不大，而退居於原著作者身後，流於隱形？在此，不妨對照商務印書館另一則廣告以一探究竟。

圖10的譯書廣告，與上文所引的商務印書館林譯廣告並列在相鄰的兩頁並列刊出。[133] 廣告標記為「商務印書館發行白話小說」，並沒有確認這幾部小說的翻譯性質。但從廣告文中有關主角和地域的描述，可知這幾部小說所載之人和事，均來自外國，明顯的字眼包括「貴族少年」、「伯爵夫人」（《寒桃記》）、「歐美」（《回頭看》）、「美洲童子」、「加里奉尼亞」（《舊金山》）、「英國女子」（《一束緣》）、「白人」和「黑人」（《俠黑奴》）；其中《寒桃記》更提到「譯筆亦能曲折以赴之」。可以推測，這一頁所載之廣告均為翻譯小說。在此，譯者、作者、原著的訊息完全欠奉，書名附近較顯眼的是小說的分類。「某某小說」的分類標記，最顯見的功能是提示和概括故事情節，如「偵探小說」、「義俠小說」和「冒險小說」；此外，小說的分類也代表了刊方和書商所指定的解讀方向。例如「道德小說」往往導人向善，自省其身；「理想小說」則一般從虛構和幻想中折射對現實的批判。這些元素，均反映出版者更重視翻譯小說對於讀者及讀者所處社會的借鑑價值。廣告文所著力強調的，除了情節之緊張離奇，文筆之精妙動人，就是故事的勸誡意義。由此可見，民初雜誌譯書廣告中的譯者也有「隱形」的時候，尤其是那些名不經傳、無甚商業價值的譯者。但即使在譯者「隱形」時，以譯入語文化為依歸的翻譯規範依然生效。

從上例又可看出，譯者在廣告中「隱形」時，作者和原著也通常是「隱形」的。後者「顯形」而前者「隱形」的情況，在本書所

---

133 在該冊《東方雜誌》，林譯廣告頁居左，白話小說廣告在右，讀者可同時看到兩頁。在白話小說一頁，《寒桃記》和《回頭看》兩則廣告位上方，《舊金山》、《一束緣》和《俠黑奴》位於下方。在此為圖文排版起見，將之改為左右並列，不影響論述。

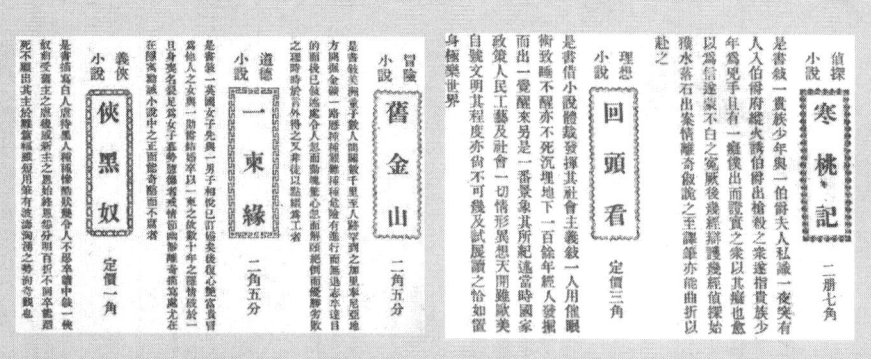

圖10　商務印書館小說廣告（《東方雜誌》，9卷1號，1912年7月1日）

關注幾份雜誌於1910年代的出版期數中，幾乎是不存在的。這進一步說明，當時上海通俗文藝雜誌的譯者所得的關注，確實高於原著和作者。

重視譯者對於原著和作者的現象，亦見於非小說類翻譯文本的廣告。以歷史著作《世界第一大戰》的廣告為例（見圖11）。這則廣告的排版同樣把譯者放在比作者顯眼的位置。陳冷汰、陳貽先兄弟是中華書局的譯員，在此之前，已合譯過《慈禧外紀》和《庚子使館被圍記》等外國人撰寫的清廷紀事。[134] 這類作品在民初十分流行，陳氏兄

134　《慈禧外紀》原著為 China Under the Empress Dowager (London: William

圖11 《世界第一大戰》廣告(《小說大觀》, 9號, 1917年3月30日)

弟因此出名，成為譯書局的招牌。相比之下，《世界第一大戰》的作者形象則比較模糊。作者「艾倫」只有音譯，沒有英文拼寫，讀者無從知曉作者的真實姓名，正如上述林譯《海外軒渠錄》的「狂生斯為佛特」。廣告更注重作者是美國歷史博士這一事實，相信是因為作品為社科文本，作者的專業背景能保證作品可信度和權威性。廣告沒

Heinemann, 1910)，由英國東方研究學者白克好司（Edmund Backhouse，1873–1944）和英國《泰晤士報》(*The Times*)駐上海記者漢蘭德（John Otway Percy Bland，1863–1945）合著。《庚子使館被圍記》原著為 *Indiscreet Letter From Peking* (New York: Dodd, Mead and Co., 1907)，作者是英國人璞笛南姆威爾（B. L. Putnam Weale，1877–1930）。兩部譯本的廣告，分別見《中華小說界》，1卷9期（1914年9月1日）；3卷5期（1916年5月1日），頁數從缺。

有透露原著的名稱,只在第八項特點提到,原著曾獲美國總統背書稱許,暗示原著在原文文化中享有一定地位,值得推薦。換言之,作者和原著只有某些特質被提取出來,用作證明譯書來源和品質。對讀者而言,作者和原著並不是真實而具體的人物和文本,而只是出版商塑造出來的一個形象。作者其人和原著出處,書中也許有寫,但廣告不標明,表明在有限版面和字數中,這些訊息都可減省,比起「譯筆精潔」、「百讀不厭」這種廣告詞來得次要。出版商用於吸引讀者的仍是譯者、譯筆、作品內容和社會功用。以上來自大型書局的譯書廣告,均反映當時出版界和譯界流行一種重視譯者多於作者的觀念。

在此期間,有一類譯書的作者是格外得到重視的,即陳氏兄弟所擅長翻譯的宮廷回憶錄。在民國初年,國家政體煥然一新,過去對清室的言談忌諱不復存在。有關宮闈秘事的作品紛紛出現,回應民間的好奇心和懷舊情緒。曾任職清廷的外國人所寫的回憶錄,往往能提供獨家資料和新穎視角,特別受歡迎。出版商宣傳這類作品的譯本時,均強調作者的身分和經歷,以增加敘事的可信度和真實感。圖12所載的《清季宮闈秘史》和《慈禧寫照記》,原著都是關於慈禧的回憶錄,都用英文寫成。《清季宮闈秘史》的作者是晚清外交大臣、滿洲貴族裕庚之女裕德齡(1885–1944)。德齡自幼習以英文寫作,1902年回京任御前女官,將侍奉慈禧的經歷寫成《清宮二年記》(*Two Years in the Forbidden City*)。[135] 出版商中華圖書館的廣告和《新聞報》的書評第一句都提到原著作者的身分和寫作背景,且都以傳記披露宮

---

135 譯名《清宮二年記》取自陳貽先、陳冷汰合譯本(上海:商務印書館,1940),原著為 *Two Years in the Forbidden City* (New York: Mofatt, Yard and Co., 1911)。廣告中的《清季宮闈秘史》是目前所知最早的中譯本。

廷生活之巨細無遺為宣傳重點。「為吾人所夢想不到」、「可窺見清宮內容之一斑」等字句透露讀者對這類讀物的期待心理。《慈禧寫照記》標題下顯眼處，以較大字體註明原著作者為「卡爾女士」，其身分是「入宮寫照」者，顯示作者身分特殊，資料珍貴而可信。作者卡爾的宮廷畫師身分是譯著的主要賣點，她的真實姓名和原著書名則沒有透露。[136]

中華書局此時負責編譯和出版的外國人回憶錄，還有前文提到陳冷汰、陳貽先兄弟所譯的《慈禧外紀》和《庚子使館被圍記》，以及劉半儂根據英國使節馬戛爾尼（George Macartney，1737–1806）訪華日記譯出的《乾隆英使覲見記》。[137] 這些譯著的廣告特別強調作者的外國人身分，說明作者紀事真確，眼光獨到。例如，《慈禧外紀》廣告文稱此書貴在「出於外人之手，遇事直書，毫無顧忌」；《庚子使館被圍記》廣告提到身為英國記者的作者正是「庚子拳變，使館被圍中之一人」，書中所言「均及身親歷之談」；《乾隆英使覲見記》則「能言華人之所不敢言」，甚至可視為「十七世紀末葉之中國社會史」。

比起其他題材的外國著作，回憶錄的作者更能得到書商和讀者的關注。然而，在這種情況下，譯者的形象並沒有黯淡，反而更為明顯。這一方面是由於原著作者的外國人身分，以及原著敘事中跨文化交際的元素，讓人更易察覺翻譯的事實。《清宮回憶錄》的廣告

136　作者是Katherine A. Carl（1865–1938），原著是 *With the Empress Dowager* (New York: The Century Co., 1905)。最新中譯本為王和平譯《美國女畫師的清宮回憶錄》（香港：三聯，2011），該書後記也提到《慈禧寫照記》為最早譯本，惟譯本出自1920年代的說法有誤。

137　廣告見《中華小說界》，3卷5期（1916年5月1日），頁數從缺。

圖12 （a）《清季宮闈秘史》廣告（《禮拜六》，3期，1914年6月20日）；
（b）《慈禧寫照記》廣告（《中華小説界》，2卷9期，1915年9月1日）

不僅致力宣傳作者，同時並沒有忽略譯者。《清宮回憶錄》三則書評都提到譯者則民，《申報》尤其欣賞譯者「文筆雅馴」；劉半儂在《乾隆英使觀見記》的譯筆「明達透澈」；陳氏兄弟的譯本「敘事顯明」，給讀者以「如觀劇本，如聽評話」的體驗。《慈禧寫照記》廣告提到譯者是「大中華譯員」陳霆鋭，「大中華」指的是當時中華書局出版、梁啟超主編的《大中華》雜誌（1915–1916）。陳氏在《大中華》和《中華實業界》常發表有關社會研究、科學普及的譯作，是主撰人員之一。譯員身分的介紹，加上「文筆明顯，曲而能達」的譯法，作為譯書品質的保證。這些譯書廣告披露譯者姓名和背景，又對譯筆大加讚賞，正有彰顯譯者的效果。

以上幾則譯書廣告，作品體裁和題材不同，出版商也不一樣。但每則廣告的譯者形象均十分顯著，比作者更具體、更富個性，甚至取代作者而成為作品的主人。名家鉅著和回憶錄的譯本廣告中，作者和譯者同樣得到宣傳。廣告交待作者和原著的背景，有助解釋譯本的內容和實用價值；介紹譯者的資歷和風格，則可為譯書品質作出保證。作者和譯者的形象顯隱並沒有互相消長的關係。譯者的形象在民初譯書中一直是顯而易見的，這是出版界和譯界的觀念所致，也是讀者對譯作和閱讀體驗的期待所向。

第二節　從譯作刊登格式看譯者

有關譯書廣告的分析表明，民國初期各大出版商和讀者對於翻譯作品的要求與期待，大致以譯者和譯筆為焦點。各雜誌編輯部亦順應這一主流。雜誌刊登翻譯作品時，往往有一套慣用的排版格式，用來列出譯作的相關資料，如原著國別及名稱、作者和譯者姓名、作品類別等。這些訊息分布在譯作標題附近，是頁面上最顯眼的內容，也是一般讀者閱讀的開端。訊息的排列方式、先後次序、字體大小和語言文字都影響著譯作所呈現的譯者形象。譯作刊登格式與譯書廣告類似，都有瞬間聚焦、吸引讀者的意圖，因此可視為研究雜誌譯者形象的另一外文本依據。

本書所關注的六份雜誌中，《小說月報》（改版前）、《中華小說界》、《禮拜六》（前百期）和《小說大觀》均屬於1910年代前期。筆者從每本雜誌中各擇一篇譯作，用以說明雜誌常見的幾種刊登格式（見圖13）。選取條件和原因如下：

1. 所選譯作都是短篇小說，因為這一文學體裁在民初文藝雜誌中最為常見，占每期雜誌篇數的比例普遍在60%以上，占據的篇幅亦過半。
2. 所選譯作皆是該期雜誌中第一篇出現的翻譯小說。通俗文藝雜誌一般按照作品的重要性來安排順序。雜誌核心文人的作品往往排在前面，投稿者次之；作者或譯者知名度愈高，愈有可能占據首篇的位置。刊方對譯作的處理方式亦是如此。首篇出現的翻譯小說，往往是該期翻譯小說中較受重視和推薦的一篇，其格式亦可相應反映刊方的慣常做法。
3. 所選的譯作皆出自雜誌1915年8月的第1期。這是為了儘量控制四篇譯作面世時間的差距，以便橫向比較。四本雜誌的出版頻率都不同。《禮拜六》逢週六出版；《小說月報》和《中華小說界》逢每月一號出版；《小說大觀》是季刊，開始是逢3、9、12月的1號出版，後改為30號。選擇1915年8月初這一時間段，是因為此時四本雜誌的最新期數之間時差最短，僅為七天（見圖13說明部分），是最便於比較的月分。

　　圖13的四篇作品，各自都有可供識別為譯作的標記。〈下流不易〉的小說標題下方註明「Henry原著」，暗示作品源於某個外國人的著作，性質是譯作；作品的所有者「銘三懌懌」沒有被註為譯者，但譯者的身分不言自明。〈大理石像〉並無原著或作者的線索，透露翻譯事實的是「天笑毅漢」這對「同譯」組合。〈人耶非耶〉的標題旁有原著作者姓名「威爾士」，下方也有譯者組合。〈慈母之心〉的著譯訊息最為完整，包括原著名稱，作者的英文全名、中文譯名和國籍。不僅如此，譯者在小說開頭附上作者小傳，介紹生平事跡和主要

著作。

從直觀的對比可見,雜誌刊登譯作時,必會註明譯者姓名,但未必有作者姓名和原著名稱;刊登譯者名稱所用的字體一般略大於作者名稱,或者與之等大,但不會小於作者。這些特徵在上一節列舉的譯書廣告中亦很常見。從標題附近的排版又可看出,譯者在版面上有穩定的位置(豎行排列,標題正下方),與原創作品見刊時作者署名的位置一樣。這種編排所呈現的譯者是譯作的首要擁有者。

至於作者和原著的標註,則沒有固定的位置。在圖13幾例中,註有原著和/或作者的,都以較小字體列在標題的側邊或下方。在雜誌的其他譯本中,還可發現其他的標註方法。例如,把作者化為說書人,以「某某曰」為開篇句,暗示小說的敘述者原本是一個外國人;亦有不少譯者在小說完結處才註明譯作的出處。

這些有關原著和作者的標註,散見於小說頭尾各處,沒有固定位置,亦無統一形式。原著名稱、作者名稱、作品國籍等對研究而言十分重要的訊息,往往沒有完整提供。大部分譯作都只註明譯者姓名,而沒有作者訊息,提供原著名稱的譯作更是少見。註明作者姓名時,通常只有譯音而沒有外文拼寫,有的甚至只譯姓而不譯名,令人難以將作品與真實的作者聯繫起來。即使是知名的外國作家,也不一定有統一的音譯姓名。例如法國短篇小說家Guy de Maupassant(1850–1893),就曾有「莫泊桑」、「莫泊三」、「毛柏桑」等譯法;[138] 偵探小說家William Le Queux(1864–1927)的姓氏,則有「勒

138　分別見天虛我生譯,〈密羅老人小傳〉,《禮拜六》,38期(1915年2月20日),頁1–5;瘦鵑譯,〈傘〉,《禮拜六》,74期(1915年10月30日),頁29–43;張黃譯,〈白璞田太太〉,《新青年》,6卷3號(1919年3月15日),頁40–47。

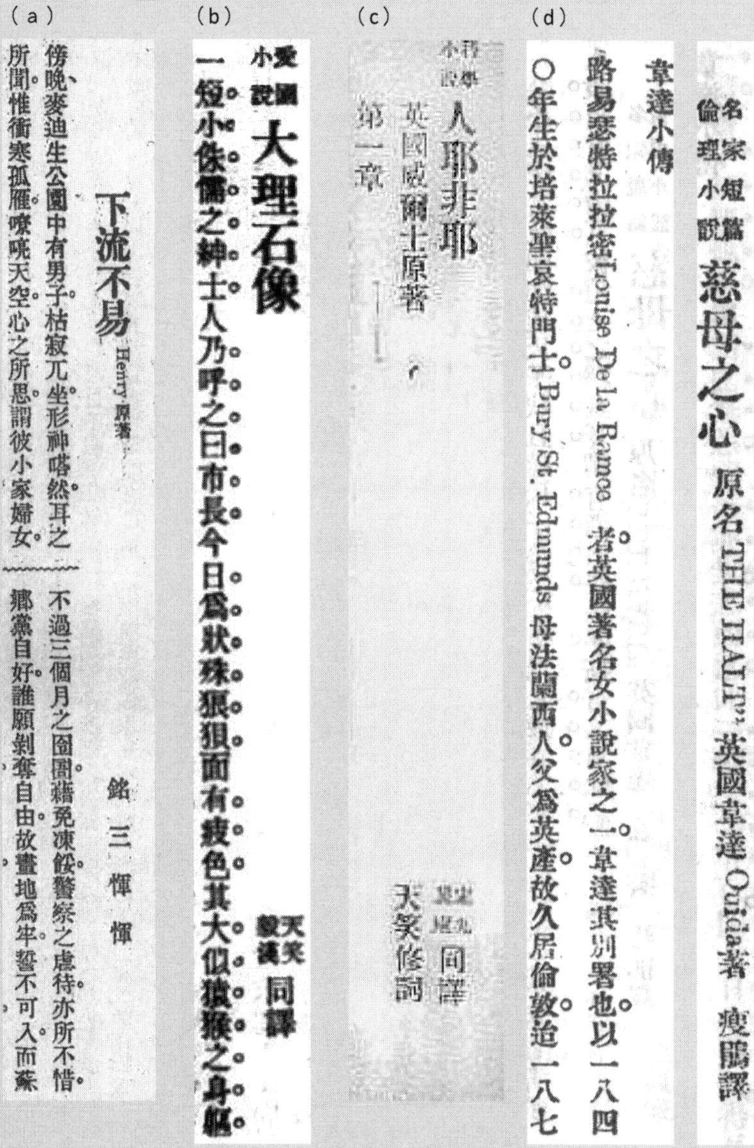
（a）

下流不易　Henry 原著　銘三　惲　惲

傍晚、麥迪生公園中有男子。枯寂兀坐。形神嗒然。耳之所聞。惟衝寒孤雁。嘹唳天空。心之所思。謂彼小家婦女。

不過三個月之囹圄。藉免凍餒。警察之虐待。亦所不惜。鄉黨自好。誰願剝奪自由。故畫地爲牢。誓不可入而蘇

（b）

愛國小說　大理石像　天笑 毅漢　同譯

一 短小侏儒之紳士人。乃呼之曰。市長。今日爲狀殊猥狠。面有疲色。其大似猿猴之身軀

（c）

科學小說　人耶非耶　天笑 星九　同譯

英國威爾士原著　天笑修詞

第一章

（d）

名家短篇倫理小說　慈母之心　原名 "THE HALT" 英國韋達 Ouida 著　瘦鵑譯

韋達小傳

路易瑟特拉拉密 Louise De la Ramee 者。英國著名女小說家之一。韋達其別署也。以一八四○年生於培萊聖哀特門士。Bury St. Edmunds 母法蘭西人。父爲英產。故久居倫敦。迨一八七

圖13　（a）〈下流不易〉（《小說月報》，6卷8號，1915年8月1日）；
（b）〈大理石像〉（《中華小說界》，2卷8期，1915年8月1日）；
（c）〈人耶非耶〉（《小說大觀》，1號，1915年8月1日）；
（d）〈慈母之心〉（《禮拜六》，62期，1915年8月7日）

格」、「勒苟」、「萊苟」等譯法。[139] 只有片面而不統一的音譯，讀者實難以把翻譯小說逐一歸入某位作家的作品集內，亦很難建立起對該作家的印象和意見。

雜誌刊方和譯者極少提供原著和作者的資料。在看似訊息完備的譯例中，又有不少資料是錯誤的。例如，《中華小說界》小說〈情哲〉（見圖14），註為「譯美國文倉雜誌」（Every body's manazeine）。[140] 此處 "Every body" 的拼寫中多了一個空格，應為 "Everybody"，"Yalbot Nundy" 也是錯的。據譯本出版日期（1915年4月1日）回溯查找這本英文月刊，並未發現 Yalbot Nundy 的紀錄，反而找到名為 "Talbot Mundy" 的作者的若干篇小說。經對比英文和中文小說情節，可確定翻譯小說〈情哲〉的原著是英籍旅美作家 Talbot Mundy（1879–1940）在該刊1914年1月號發表的小說 *Burberton and Ali Beg*。[141] "Yalbot Nundy" 是 "Talbot Mundy" 的錯誤拼寫。

這些資料的錯誤，成因固有可能是譯者交稿時謄抄潦草，刊方編輯時粗心大意，或者印刷時校字不慎。然而《中華小說界》刊方在〈情哲〉出版之後，並沒有提出更正。〈情哲〉標題下註明「冬青犖公原譯」和「瓶庵潤辭」，可知譯本是由兩位譯者共同完成，還由

---

139 「維廉勒格」，見周瘦鵑譯，〈翻雲覆雨〉，《禮拜六》，15期（1914年9月15日），頁1–14；「維廉勒苟」，見劉半儂譯，〈萬國胠篋會〉，《小說月報》，8卷3號（1917年3月25日），頁數從缺；「維廉萊苟」，見陸澹盦譯，〈一夕話〉，《紅雜誌》，1卷8期（1922），頁數從缺。

140 冬青、犖公原譯，瓶庵潤辭，〈情哲〉，《中華小說界》，2卷4期（1915年4月1日），頁數從缺。

141 Talbot Mundy, "Burberton and Ali Beg," *Everybody's Magazine* 30, no. 1 (January 1914), 43–54.

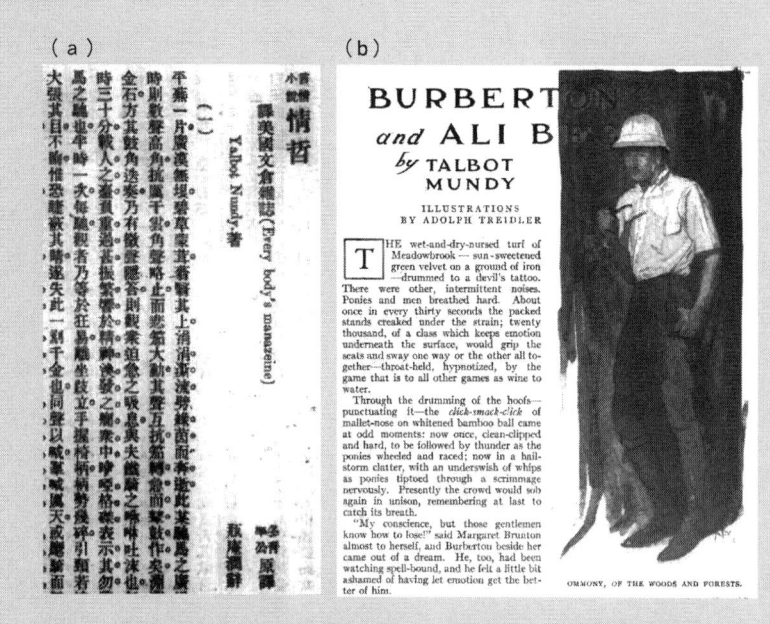

圖14 （a）〈情哲〉（《中華小說界》，2卷4期，1915年4月1日）；
（b）原著 Burberton and Ali Beg（*Everybody's Magazine* 30, no. 1, January 1914）首頁

雜誌主編親自修改。譯本經過三位編譯人員之手，但原著和作者名稱卻出現不止一處明顯錯誤，可見參與翻譯過程的人員並不將譯本的來源視為重要訊息；核對原著和作者資料，也並不是譯本出版的重要步驟。這一譯例足可證明，雜誌刊方和譯者對原著與作者確實不甚重視。

相比之下，譯者姓名不僅在譯作刊登格式中占據顯眼位置，亦很少出錯。多產而知名的譯者甚至不須落款全名。前文提到，民初通俗文藝雜誌流行同人編輯的做法。編輯部和核心文人之間關係匪淺，發稿時亦常常留名不留姓，營造朋輩筆談的氛圍。文人以譯者身分出

現時，也有類似做法，如上述例子中的「（周）瘦鵑」。「（包）天笑（張）毅漢」的簡略署名，則說明譯者組合也能在雜誌中累積一定的名聲。當時知名的譯者組合還有林紓和陳家麟、[142] 陳蝶仙和陳小蝶、屏周和周瘦鵑[143]等。有些譯作甚至會註明合譯者各自的職責。合譯的分工一般有兩種，一是「口傳」加「筆受」，如《小說月報》早期常見的「陳家麟口譯，林紓筆述」；[144] 二是草譯加潤飾，如「定九藹廬同譯、天笑修詞」（見圖13（c）），類似的還有「衛聽壽譯述，朱炳勳潤詞」、「天游原譯，半儂潤辭」等表達方法。[145] 刊方和譯者主動披露合譯的分工情況，表明出版界和讀者仍然認為「口傳筆受」是可靠的翻譯方法，亦認同譯稿的潤色是合譯的必要步驟。包天笑和張毅漢的早期合譯作品，在雜誌出版時通常註明為兩人「同譯」，後來不僅兩人姓氏略去，連「同譯」二字也省掉。陳冷血和綠衣女士，以及屏周和周瘦鵑這兩對組合，也有類似待遇。[146] 這說明知名譯者組合往往就是翻譯標記，讀者可自行領會兩人共同署名的文稿正是翻譯作品。

總括來說，雜誌刊登譯作時，譯者姓名是必備訊息；原著和作者則時有時無，多數情況下既不完備亦不清晰，並無明顯準則可言。雜誌譯作呈現方式傾向於突出譯者，譯者亦可透過雜誌積累名氣，建立

142　合譯作品多刊於1910年代初的《小說月報》，譯作多為長篇連載小說。
143　這兩對組合的合譯作品多刊於中華圖書館旗下的雜誌，即《禮拜六》、《女子世界》、《遊戲雜誌》和《香艷雜誌》。
144　見〈雙雄較劍錄〉，《小說月報》，1號（1910年9月25日），頁數從缺。
145　分別見於〈合歡草〉，《小說月報》，1號（1910年9月25日），頁數從缺；〈黑肩巾〉，《中華小說界》，2卷7期（1915年7月1日），頁數從缺。
146　見〈牢獄世界〉，《中華小說界》，1卷8期（1914年8月1日），頁數從缺；〈勛爵亦為盜乎〉，《中華小說界》，2卷12期（1915年12月1日），頁數從缺。

形象。譯作刊登格式和譯書廣告的種種文本線索，皆展現同一種觀感：作者模糊而原著缺失，譯者「顯形」並占有譯本。由此亦可推知，重視譯者多於原著和作者的翻譯規範，不僅存在於旨在推銷謀利的出版商之中，亦已落實到雜誌刊方和譯者身上。

第三節　從譯序和譯後記看譯者

從前兩節分析可見，民初上海文藝雜誌的譯者一直處於「顯形」狀態。刊方譯書廣告重視譯者和譯筆多於作者和原著；譯作見刊時，譯者亦以高於原著作者的姿態出現。雜誌譯者作為一個群體，顯然也意識到「譯者顯形」這一翻譯規範，並時常透過各種文本手段來呈現自我。其中，雜誌翻譯的譯序和譯後記，尤能直接反映譯者的思想。

雜誌中的譯序和譯後記，多為翻譯小說而寫，通常沒有獨立標題，而是在譯文起始的段落，以「譯者曰」的句式引出，類似於明清白話小說體裁中的入話、頭回、引子和結語。譯者直接訴諸讀者，甚至稱呼讀者為「諸君」、「看官」，也會使用「話說」、「按下不表」、「欲知後事，且聽下回」等銜接語句，呈現出話本小說中說書人的形象。從宋話本到明清小說，說書人的視角大多是全知的；傳統話本小說一般具有說教意味。譯者亦如說書人一樣，習慣在重述故事的同時，從故事中引申出教育意義，作為導讀或總結。

譯者以敘事者和說教者的姿態出現，自晚清以來已成傳統。嚴復譯《天演論》時，就把作者赫胥黎（Thomas Henry Huxley，

1825–1895）化為一個角色，而由自己敘述赫胥黎其人其事。林紓的翻譯小說，大部分附有序跋，文中也有批語，從小說情節引申至中外社會之對比，以告誡讀者。[147] 民初上海文人對晚清文學傳統多有承襲。他們為雜誌翻譯的文本儘管篇幅長短不一，但深具訓誡意味的序跋和結語依然是常備元素。例如愛情小說〈厄維利亞〉的譯者，就以如下的開篇方式，來引導讀者：

> 諸君呀，〔……〕[148] 我這一段文字，無非要使街上做丈夫的，苟然運道好，得著這種幸福，總要掏摸出些良心來對待妻小。〔……〕且述一段英國故事出來，與諸位做個榜樣。[149]

譯者在小說開始之前，先以「諸君」直呼讀者，與之對話；繼而開宗明義，點出夫妻恩愛的主旨。這篇翻譯小說，遂成為某一道德主旨下的典型範例，並作為「榜樣」呈現給讀者。這種文本安排，無疑與話本小說的說教方式一脈相承。

譯者從譯本引出的評論，不僅限於家庭生活、情感教育方面，也常有對比中外、針砭社會的用意。短篇小說〈倫敦之質肆〉，講述倫敦貧富懸殊，窮人被迫變賣家當，而經營當鋪的富人則藉機發財，以致貧者愈貧、富者愈富的現象。結尾的「譯者曰」如下：

---

147 有關林譯思想的論述，詳見韓洪舉，《林紓小說研究 —— 兼論林紓自傳小說與傳奇》（北京：中國社會科學，2005），頁60–83。有關批語，1903年商務印書館版《伊索寓言》是一典型例子，篇中以「畏廬曰」起首的批語多達21處。
148 本書引文中，括號內省略號表示筆者對原文的省略；若無括號而只有省略號，則代表此為原文本身已有的省略標記。
149 霆銳、瓶菴譯，〈厄利維亞〉，《中華小說界》，1卷6期（1914年6月1日），頁數從缺。

> 嗚呼，自有金錢，而世界之人品遂日以墮落，故欲求真平等，欲真道德發現，非先廢金錢不可。[150]

譯者有感於故事，用「拜金有害」的結論來總結全文。這種編排，亦與傳統話本小說的收篇方式一致。此處的譯者又與話本的說書人有所區別。話本小說的訓誡，意在鞏固傳統道德倫理。但民初上海雜誌譯者，經過清末小說界革命的洗禮，又乘民國風氣大開、上海報業發達之便，對時政的觸覺極為敏銳，對公眾輿論也負有責任感。他們在翻譯中仍運用說書人的文本手段，但「說教」的內容已不止是傳統道德教義，而多了對外國事實的借鑑，以及本國現狀的反思。

引申自〈倫敦之質肆〉的教訓，可算是緊扣故事情節。也有一些翻譯小說的「譯者曰」，與小說情節並沒有直接關係。例如短篇〈默然〉，原為家庭小說，講述一對父母溺愛獨子，為教養方式爭吵不休，以致家庭崩裂的故事。譯者在後記中先有如下概括：

> 溺愛常事也。因溺愛而交謫，亦常事也。不圖結果之惡，竟至於此，非家庭之大變耶。

然後，譯者筆鋒一轉，忽然從父母與子女的關係，聯想到政黨與國家的關係，發出如下感想：

> 世之政黨，莫不以國利民福為藉詞，莫不以殃民誤國為互斥之資，卒至民不堪命，造成悲慘之結局。余譯是篇，余有感矣。[151]

150　半儂譯，〈倫敦之質肆〉，《中華小說界》，1卷8期（1914年8月1日），頁數從缺。
151　半儂譯，〈默然〉，《中華小說界》，1卷10期（1914年10月1日），頁數從缺。

這篇小說本身並沒有提及政治時事。有關政黨之爭的議論,純然是譯者自己的發揮。是篇刊於1914年,正值國民黨與保守派爭持不下,地方與中央未達統一的階段。由此看來,譯者的憂思實有其歷史背景,而翻譯小說則給了譯者一個聯想的開端,一個發言的機會。涉及政治、司法、刑事的作品,通常最易讓譯者聯想到本國政局;就連偵探小說,也曾被用作針砭時政的材料。〈不可思議之偵探〉是一篇美國短篇偵探小說,講述一對擅於喬裝為夫妻的騙徒如何逃過種種追查,結果聰明反被聰明誤,終於落網的故事。譯者發出如下感想:

> 以美之法最稱公恕者,而猶有如此之失入。〔……〕嗚呼,吾國蠢如鹿豕木石之吏,顧欲高踞萬民之上,用其矜驕卑之小智以治獄,無怪含冤而死者之纍纍不絕也。[152]

譯者言下之意,是美國法制雖以健全公平著稱,但也難免有漏網之魚;思及本國,官員無才無德,更感悲觀。譯者的後記,顯然是出於對時下法治的不滿,而並不是針對偵探小說本身的情節而寫成的。

另一短篇小說〈同歸於盡〉的後記,則反映了譯者對中國外交狀況的憂慮。是篇譯自拿破崙(Napoleon Bonaparte,1769–1821)所著短篇小說的英譯本,講述一個穆斯林先知哈格姆,策動教徒爭取平等,意圖推翻當地宗教領袖,最終落敗而與部下集體自盡的故事。不同宗教背景的人,相信會對故事有不同的感悟。譯者的感想與宗教議題無關,反而從作者和故事聯想到「野心」。譯後記有言:

152　陳守黎譯,〈不可思議之偵探〉,《中華小說界》,1卷8期(1914年8月1日),頁數從缺。

拿破侖之作斯篇，意在懲野心乎。哈格姆以野心故，卒葬身火窟，與其所部同歸於盡。顯拿破侖晚年亦以野心故，終為聖海倫那孤島之羈囚，故天下之懷野心者，必無良好之收局。今之野心國其亦知所警惕乎。[153]

此篇在《禮拜六》刊出的日期，是1915年5月29日，即袁世凱接受日本《二十一條》的四項條款，簽訂《民四條約》後第四天。在這一背景下，譯者很可能是以作者拿破侖及故事主角哈格姆的征戰行為，影射「野心國」日本對中國的侵犯。此時，《中華小說界》也有譯者借一篇描寫十九世紀初沙俄統治下波蘭百姓困苦生活的翻譯小說，來表達對主權漸喪的憂思：

我所心傷而神哀者，亡國之民與亡人國之民之地位不同耳。〔……〕有國之民，孰不當愛其國，盡其力，以救其亡哉。今我乃以誠意出此言，以告閱者。[154]

譯者在此明確對讀者發出了愛國的呼籲。在《民四條約》簽訂後半年，即1915年中至1916年在這一時期，凡是有關戰爭的外國小說，都極易引起雜誌譯者對主權危機的憤慨；此時《禮拜六》、《中華小說界》和《小說大觀》等通俗文藝雜誌中，標記為「戰爭」、「愛國」、「外交」的翻譯小說數量亦明顯上升。從這一點可見，所謂通

---

[153] 瘦鵑譯，〈同歸於盡〉，《禮拜六》，52期（1915年5月29日），頁20–25。原著為拿破侖短篇小說，轉譯自其英譯本Sidney Mattingly trans., "The Veiled Prophet," *Pearson's Magazine* (December 1909), 593–596.

[154] 陳冷血譯，〈俄國之紅狐〉，《中華小說界》，2卷9期（1915年9月1日），頁數從缺。

俗文藝雜誌,雖然一向遠離政治中心,又以娛眾為宗旨,但其創作活動仍受時局變動的影響,文人態度亦十分嚴肅。在這一歷史氛圍下,不同書局之下的雜誌譯者,都有借翻譯小說而針砭外交狀況的做法,更可見翻譯此時的效用,正正在於為文人提供一個表達和議論的出發點。

不僅譯者習慣以譯序和譯後記的方式,從翻譯小說化中引出時政議論,雜誌的編者亦時有類似做法。《中華小說界》一篇短篇翻譯小說〈銀十字架〉,講述法國大革命時平民女革命者追捕一對貴族夫婦的故事。雜誌主編沈瓶庵在小說結尾附有後記:

> 予讀是篇,恍見法國革命時磨刀霍霍,舉國若狂之態,因憶庚子拳匪之亂,雖為極無意識之暴動,而其時下流社會一呼百諾,如飲狂藥,其情形正復酷類。[155]

雜誌主編由法國大革命時民情洶湧的情景,聯想到清末義和團運動,繼而展開對晚清政局的回顧。他認為,義和團拳民最初因清廷統治腐朽,外國勢力跋扈,而奮起自保;後來則受慈禧后黨的挑撥唆擺,開始盲目追殺外國僑民,甚至殘害拒絕入團的百姓。這篇小說中女革命者在逮捕這對貴族夫婦後,發現夫婦曾是自己的救命恩人,遂將其釋放。編者讀後,大讚女革命者在革命風潮下尚能保有人性,憶及拳民暴行,則有感:「吾國人心道德之薄弱,不如歐洲,可為寒心也。」從這一例子可見,除了譯者,雜誌主編也可對譯本冠以自己的理解,引導讀者思考。

---

[155] 〈銀十字架〉,《中華小說界》,1卷9期(1914年9月1日),頁數從缺。

雜誌的譯書廣告和譯作刊登格式，透露了出版商和刊方奉行「曝光」譯者、使之「顯形」的翻譯規範。上述雜誌譯序和譯後記，則是雜誌譯者意識到這一規範，並主動占有譯本的明顯證據。在譯者「顯形」，甚至高於作者的規範之下，雜誌譯者通過譯序和譯後記，向讀者灌輸了自己對譯本的理解，限定了譯本的解讀方向，這無疑是對譯本的一種改寫。譯者對這些改寫毫不諱言，甚至視之為自身的職責。在敘事手法上，譯者承繼了話本的傳統，以說書人的姿態介紹和總結譯本，也因此帶有說書人在敘事傳統上的說教、引導的功能；在思想內容上，譯者身處民初上海，又在報業中心，因其歷史環境和職業性質，特別關注內外時政，從譯本引申而來的解讀多涉及本國社會狀況，對讀者的引導也深具現實意義。話本傳統中的說書人，是故事的擁有者和敘述者。譯者以說書人的姿態出現，便自然呈現為譯本的第一作者，對於譯本的解讀也帶有一定說服力。這種姿態和效應，與譯者在譯書廣告及譯作刊登格式中的形象，是相輔而相成的。

在除了譯序和譯後記之外，雜誌譯者還有一些更為明顯的改寫手法。這些改寫不限於文本解讀方面，還出現故事情節的處理上。《禮拜六》的核心文人周瘦鵑，曾譯出愛情短篇小說〈無可奈何花落去〉，因不滿其結局過於悲慘，「讀之足令人無歡」，遂為翻譯小說寫了續篇〈似曾相識燕歸來〉。[156] 續篇的故事梗概和人物角色與翻譯小說十分相似，只是換上了大團圓結局。《小說大觀》一篇翻譯偵探小說〈車窗幻影〉的譯者天虛我生，也寫過類似的續篇。據譯者透露，原

---

156 瘦鵑譯，〈無可奈何花落去〉，《禮拜六》，20期（1914年10月17日），頁17–29；瘦鵑，〈似曾相識燕歸來〉，《禮拜六》，21期（1914年10月24日），頁1–14。

著的上半部由英國一位作家先寫，下半部則公開徵稿，由另一位作家續上。譯者認為，原著的下半部分並不高明：

> 阿克西男爵夫人原續之半篇，似與前篇殊少迴環映帶之致，茲就吾人意見所及，另續半篇，先行披露，其原續之半篇，則附於後刊。[157]

譯者顯然不太滿意原著第二位作者的續寫，索性自行續上，而且「先行披露」；但譯者似乎並無取代原著的意思，依然將原稿完整譯出，於是這篇翻譯小說便呈現出一個上篇、兩個下篇的獨特面貌。周瘦鵑以宋代詞人晏殊的〈浣溪沙〉一副對子，來分別命名翻譯小說和續篇小說；天虛我生則將自己的續篇置於原著續篇之前。這些文本安排，都便於譯者化原著為己有。雜誌的譯序和譯後記，續篇的寫法，以及前兩節所述譯者等同譯本作者的形象，皆是譯者「顯形」規範下的具體表現。

譯者的「顯形」之對面是譯者的「隱形」。在此不妨試加展述，以進一步說明雜誌譯者的特徵。在1990年代的翻譯學界，美國學者文努迪（Lawrence Venuti）曾呼籲關注「譯者隱形」（translator's invisibility）的現象。他認為譯者顯隱俱與翻譯所涉文化的相對低位有關；十七世紀以來自外文譯入英文的翻譯實踐，以透明、流暢的歸化策略為慣例，譯本讀來不像譯本，以致譯者形象消失，文化差異消融。英文文化的超然心態和霸權地位由此得以鞏固，而無法得到刺激

---

[157] 天虛我生譯，〈車窗幻影〉，《小說大觀》，8號（1916年12月30日），頁數從缺。原著作者Sir Arthur Quiller-Couch（1863–1944），續者Baroness Orczy（1865–1947）。

和衝擊。[158]

「譯者隱形」論乃針對該時期英文世界的英譯作品，放諸其他文化或歷史時期，卻未必成立。過往已有不少反例的舉證，以及對其立論的質疑。以中文為例，張南峰指出，中國傳統翻譯觀念視「信」與「順」為對立的翻譯標準，忠於原著而導致譯本有異常之處，是意料中事；譯本通順流暢，反而讓人意識到這是翻譯策略所致，使譯者顯形。[159] 皮姆（Anthony Pym）認為，歸化／異化翻譯策略、出版法規、譯者形象、文化貿易和文化霸權之間的因果和致變關係，並不是文努迪所描述的那樣必然而直接。[160]

赫曼斯對「譯者隱形」論的批評，與本節內容最為相關。他指出，一個譯本的封面、前言、後記、註腳等副文本因素會自然透露翻譯的事實；遇到涉及文化差異、作者自省的段落，譯者更無可避免要介入，加以說明；翻譯策略的歸化或異化傾向，不是決定譯者顯隱的唯一因素。[161] 就本節的分析所見，雜誌文本本身，已為譯者和譯本的存在提供不少顯而易見的證明。由於民初出版界已流行廣告促銷的宣傳手法，譯書廣告本身就會透露翻譯的實質。譯者不僅沒有「隱形」，反而因個人名聲而成為宣傳優勢，處處被「曝光」。譯書廣告亦不時透露譯者的舉動（如「復活」被改名為「心獄」），讀者不可能單純

158　Lawrence Venuti, *The Translator's Invisibility: A History of Translation* (London & New York: Routledge Press, 1994), 1–42.
159　張南峰，《中西譯學批評》（北京：清華大學，2004），頁254–255。
160　Anthony Pym, "Review Article of Venuti's *The Translator's Invisibility*," *Target* 8, no. 2 (1996), 165–177.
161　Theo Hermans, "The Translator's Voice in Translated Narrative," in *Critical Readings in Translations Studies*, ed. Mona Baker (London & New York: Routledge, 2010), 193–212.

因為譯筆流暢，而看不到譯者的存在，或把譯本誤認為原創作品。某些作品本身具備跨文化元素（如外國人的清廷回憶錄），人們更不難意識到所讀的版本正是翻譯。

又如赫曼斯所言，副文本因素時刻在強調譯本和譯者的存在。在雜誌文本中，譯作刊登格式也是一種透露翻譯本質、突顯譯者的副文本因素。從排版上看，譯者姓名在譯本見刊時是必不可少的訊息，譯者署名與原創作品的作者署名位置一致；譯者不僅可見，還享有等同於作者的地位。相比之下，譯本的原著合作者反而時常處於「隱形」的狀態。

帶有譯序和譯後記的譯本，譯者形象則更為鮮明。雜誌譯者將翻譯小說用作教育讀者的材料和範例，議論時政的起點和參照；為翻譯小說撰寫續篇的做法則表明，譯者視翻譯為創作的開端，甚至捷徑。這些改寫手法，無疑讓譯者一直處於「顯形」的狀態。

本節分析即可視為「譯者隱形」相關推論的反例。雜誌譯書廣告對譯本的正面評價，計有「譯筆明暢」、「譯筆精潔」、「文筆精美」、「文筆明顯」、「文筆雅馴」、「曲而能達」、「百讀不厭」等說法，均以譯本可讀性和讀者的閱讀體驗為佳譯的條件。根據文努迪的觀點來說，這種譯本無疑是歸化的成品，譯者應該是趨向「隱形」的，但事實卻不然。譯書廣告既突顯譯者，也重視譯筆，恰恰表明譯者和譯本的顯形或隱形，與翻譯策略的歸化或異化並無必然關係。譯書廣告作為外文本，反映的是一種面向譯入語語言文化和讀者的翻譯規範。

第四節　早期《新青年》的譯者形象及其啟示

以上三節譯者形象分析,主要以本書所關注六份雜誌中的譯書廣告、譯本刊登格式以及譯序和譯後記為研究材料。六份雜誌均來自上海大型書局,故觀察所得可反映上海雜誌界對譯者和譯本的普遍態度。值得留意的是,1920年代成為新文化運動機關刊物的《新青年》同樣是在1910年代中期在上海法租界創刊。《新青年》與上海通俗文藝雜誌實乃同時、同地且由同代的中國文人所經營的刊物。[162] 有鑒及此,宜對《新青年》(1916年前名為《青年雜誌》)中的譯者形象稍作探討,以便在更完整的翻譯文化圖景中檢視民初通俗文藝雜誌的譯事活動;通過對比上海通俗文藝雜誌和《新青年》之譯者形象和譯本呈現方式,亦有助觀察日後勢成兩派的文人在1910年代的翻譯思維有何異同。

《新青年》在1915年9月15日開始發行。創刊號有奠定基調、樹立模範的作用,而且距離本章第二節用於共時對比的四本雜誌期數,相隔時間不長,因此可視為對比觀察的可靠材料。在此選取的翻譯文本,多出於雜誌編輯或主要創作人員之手,因而具有一定代表性。圖15兩例中,〈婦人觀〉的譯者陳獨秀即《新青年》創辦人和

---

[162] 各大上海雜誌的編輯和主要創作人員的生卒年分按先後次序略舉如下:包天笑(1876–1973)、惲鐵樵(1878–1935)、陳蝶仙(天虛我生,1879–1940)、陳獨秀(1879–1942)、魯迅(1881–1936)、馬君武(1881–1940)、王蘊章(1884–1942)、周作人(1885–1967)、高一涵(1885–1968)、胡寄塵(1886–1938)、王鈍根(1888–1951)、嚴獨鶴(1889–1968)、劉半農(1891–1934)、胡適(1891–1962)、程小青(1893–1976)、趙苕狂(1892–1953)、周瘦鵑(1895–1968)、施濟群(1896–1946)。由此可見,本書所涉雜誌文人及新文化精英均生於1870–1890年代。

總編輯,雜誌編輯部1916年遷往北京,亦主要因為陳獨秀應蔡元培之邀,赴任北京大學文學院院長之故。陳獨秀所用的譯本體例,代表該雜誌翻譯文本的標準格式。〈婦人觀〉是陳在《青年雜誌》發表的第一篇譯作。〈春潮〉譯者陳嘏是雜誌最初三卷的主要譯者,譯作多為名家名著;俄國屠格涅夫(Ivan Turgenev,1818–1883)長篇小說〈春潮〉更連載到1916年底,為該雜誌小說譯者提供範本,屠氏後來亦成為新文化精英眼中歐洲現實主義文學的代表人物。

觀察兩個譯本的首頁,不難發現,它們與上海通俗文藝雜誌譯本之間最直觀的區別,在於原著與作者訊息的呈現。〈婦人觀〉使用雙語並列刊印的版面,原著及作者名稱齊全,也有英文的正確拼寫;英文原著和中文譯文左右並列,可供讀者對照;正文下方有腳註介紹作者背景。〈春潮〉的標題下,作者和譯者全名兼備;譯者撰寫的序言介紹作者生平、風格以及原著出處。換言之,在標題附近的著譯訊息相當完備,原著作者和譯者都處於「顯形」狀態。

按照中文讀者的閱讀習慣,橫向書寫的文字,閱讀順序是由左至右,從上到下;縱向書寫的文字,順序則是從右到左,從上到下。〈婦人觀〉的雙語版本,將英文部分置於左,中文在右;〈春潮〉的標題之下,則把「俄國屠格涅甫原著」安排在最右邊,「陳嘏譯」在其左側。也就是說,按照最自然的閱讀習慣,讀者應該是先接觸原著和作者,再看到譯者。可以推知,雜誌的編輯者有意將原著和作者安排在譯者之前;目光所及的先後之差,實有地位的輕重之別。

〈婦人觀〉雙語平行的排版,加上腳註對原著作者的介紹,可讓人明確意識到原著的存在和權威性;逐行文字對應的排列,亦能營造一種觀感,即譯本乃譯者嚴格跟隨原著而譯成,讀者對照閱讀,既可

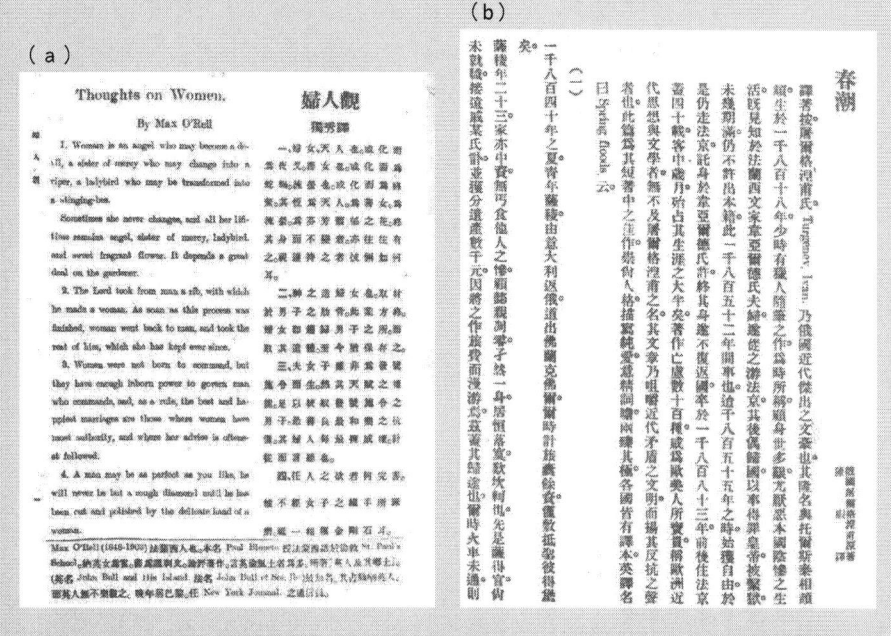

圖15　（a）〈婦人觀〉及（b）〈春潮〉（《新青年》，1卷1號，1915年9月15日）

學習，亦可檢查；譯本對原著如影隨形，地位從屬且低於原著。〈春潮〉的譯者亦提到，該篇譯自俄文原著的英譯本 Spring Floods，轉譯的事實可證明原著流傳之廣，亦讓人意識到文本輾轉的過程，原著的存在感更為強烈。這一點與通俗文藝雜誌中譯本往往脫離原著、獨立成篇的現象截然不同。

〈春潮〉的序言亦有別於通俗文藝雜誌常見的序言。譯者在讚美作品「意精詞贍」之外，更注重作者「身世多艱」、「得罪皇帝，被繫獄」和「終生不復返國」等事實。這些鋪陳與文末「咀嚼近代矛盾之文明，而揚其反抗之聲」的描述互相呼應，為作者塑造了堅毅敢

言的形象。此處的譯者，透過標題下的署名和序言，依然呈現為「顯形」，但並沒有通俗文藝雜誌譯者所享有對譯作的占有權，形象亦不及原著的作者搶眼。從譯序措辭又可知，譯者對原著和作者抱有敬意，既沒有刻意突出自己的寫作風格，亦沒有植入個人的文本解讀，更沒有將原著視為創作素材而將之改寫。這與本章第三節所言譯者借翻譯而發揮的各種時政評論和文學情思，亦顯然是截然不同的做法。《新青年》譯者所表現的是一種以原文和原作者為依歸的翻譯規範。

　　《新青年》譯書廣告亦體現上述規範。雜誌創刊時的出版商，是專營英漢辭典和學生用書的上海群益書社。群益書社推出的譯書中，也有不少翻譯小說，但其主要作用是輔助外語學習，而不是消閒。廣告詞亦多體現刊方的這一導向。從圖16可見，群益書社將一系列翻譯小說設計為「青年英文學叢書」；每一本翻譯小說的介紹詞，均明確提供原著作者國籍、姓名，餘下文字則是為情節概述。廣告對譯者和譯筆卻毫無著墨，譯者在此是近乎「隱形」的。

　　本節根據早期《新青年》的譯書廣告、譯作刊登格式和譯者序言，展現了雜誌的譯者形象；對比前三節有關通俗文藝雜誌譯者形象的觀察所得，可知兩類雜誌在同一歷史時空下奉行著幾乎完全相反的翻譯原則。以下章節，亦將繼續從雜誌翻譯實踐中追蹤文人的對話與互動，亦會從文人對話中探索雜誌翻譯在文學場域演變過程中所起的作用。《新青年》將原著與譯本雙語刊行的做法，到了3卷（1917年）後期已不甚流行，只剩少數西詩中譯的欄目（如劉半農《靈霞館筆記》）依舊沿用中英逐句對照的版面，以展示譯詩對原詩音律效果的再現。來自核心文人圈子以外的讀者譯稿，偶爾也被製作成雙語版本，很可能是刊方為保證或說明譯稿忠實程度而採取的措施。雙語版

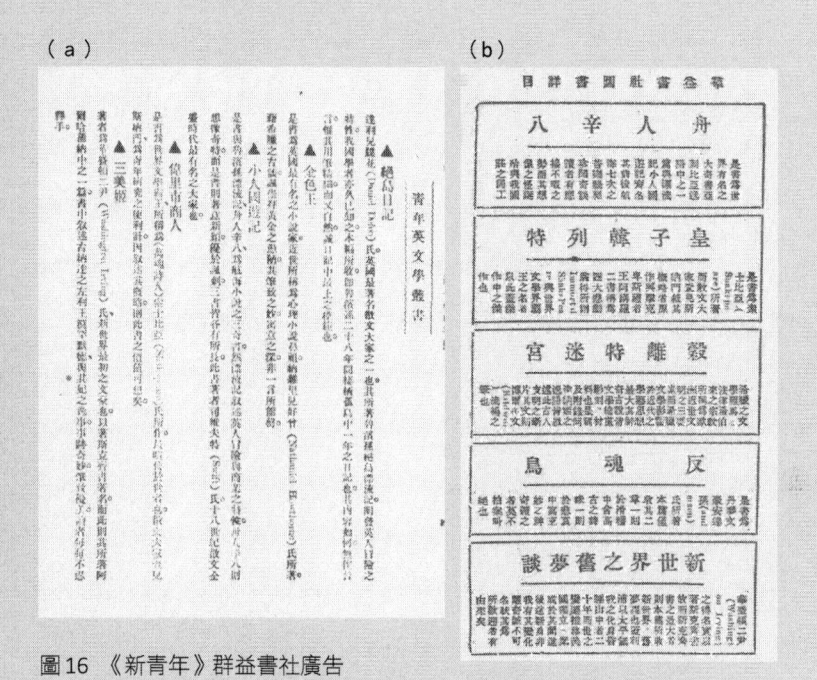

圖16 《新青年》群益書社廣告
（a）1卷2號，1915年10月15日；（b）3卷4號，1917年6月1日

本絕跡之後，《新青年》對「忠實」翻譯原則的提倡，多載於譯者序言，亦見於翻譯文本本身，並成為新文化運動中的譯事標準。這一翻譯原則與上海通俗文藝雜誌對「忠實」的意見，亦有相通而相悖之處。這是第四章將要探討的課題。

第四章

譯本的規範：
「不忠」與「忠實」原則

上一章文本分析表明，上海通俗文藝雜誌的翻譯實踐中存在著譯者「顯形」的規範。在譯書廣告和譯作刊登格式中，譯者擁有鮮明的，甚至高於原著作者的形象；譯者處處展示出自由解讀和改寫的能力。這些圍繞譯者和譯筆的文本線索大量存在。對比而言，某些線索卻相對缺失。今人奉為圭臬的「忠實」或「對等」（equivalence）原則，在雜誌翻譯外文本中極為少見。譯書廣告不論對原著和作者著墨是多是少，評價是高是低，都很少提到譯本符合原著的程度；譯者在序言和後記中亦很少對此作出陳述。「忠實」和「對等」原則看來並不是當時翻譯的必需條件或目標。

　　「對等」在1960年代成為當代翻譯理論的重要術語，與當時喬姆斯基（Noam Chomsky）提出的生成語法（generative grammar）理論不無關係。生成語法最基本的理論前設，是語言在使用時的形式表現（如口語、文字），即表面結構（surface structure），都由某一個深層結構（deep structure）經過一定的轉換法則（transformational rules）而生成；各種語言經抽象簡化後得出的深層結構，形式上具有普遍性（universals）。[163] 這種對語言內在共性的深信不疑，亦見於當時新興的翻譯理論。英國語言學者卡特福特（J. C. Catford）認為在語言的五個語法層級（句子、子句、詞組、詞、詞素）都可找到與另一語言對等的成分；「翻譯」是「將一種語言（源語）中的文本材料替換成另一語言中對等材料的過程」。[164] 美國翻譯學者奈達（Eugene Nida）有關「動

---

[163] 喬姆斯基生成語法學的論述主要載於兩本著作：*Syntactic Structures* (The Hague: Mouton, 1957); *Aspects of the Theory of Syntax* (Cambridge: The MIT Press, 1965).

[164] J. C. Catford, *A Linguistic Theory of Translation* (London: Oxford University Press,

態對等」(dynamic equivalence)的理論亦建基於語言共性,惟奈達所指的共性有兩個層面,一是句法結構,二是人類的情感經驗;奈達又視翻譯為一種真實的溝通活動,而不單純是語言學家抽象的符號運作,則「對等」是否實現,取決於受眾在溝通過程中是否獲得某種認知和體驗。[165] 在1970年代,斯洛伐克翻譯學者波波維奇又將「對等」進一步分為「語言」(linguistic)、「語用」(pragmatic)、「文體風格」(stylistic)和「句段關係」(syntagmatic)四種,試圖說明同時兼顧各種「對等」幾乎是不現實的。[166] 德國功能派語言學者紐伯特(Albrecht Neubert)則認為各種語言有相同的文本類型,以達成各種溝通需求,因此翻譯應在文本類型(text type)的層次上實現「對等」。[167] 在這些早期論述中,「對等」概念已從最初語言學上語言單位的一一對應關係,擴至篇章、文體、風格等宏觀語用上的對應關係,以及交際語境中溝通雙方的認知、情感與經驗的對應關係;翻譯研究者的著眼點,亦從抽象而極端簡化的句子,轉向具有現實交際功能的翻譯文本,再而轉向翻譯文本所在的語言、文化乃至社會環境。可以說,「對等」在1960至1970年代初所引起的討論,已蘊藏了此後目的論(skopos theory)和系統論的一些基本理念。在此,筆者無意嚴格論述「對等」概念在譯學領域的演變,也無意追溯當

1965), 20.
165 引自根茨勒對奈達1964年著作 *Toward a Science of Translating* 中之主要觀點的歸納,見 Gentzler, *Contemporary Translation Theories*, 52–53.
166 引自 Susan Bassnett 的概述,見 Susan Bassnett, *Translation Studies*, revised edition (London & New York: Routledge, 1991), 25.
167 引自根茨勒對紐伯特1973年德文論著的歸納,見 Gentzler, *Contemporary Translation Theories*, 69–70.

代各派翻譯理論的起源,只是希望指出,「對等」這一概念是當代以來學界探索翻譯的起點和工具;不少翻譯研究的新思潮,正是以此為基礎而提出,或者是針對「對等」概念之缺陷而發起的。

「對等」的概念不斷擴展和修正的同時,與「對等」直接相關的「翻譯」的定義亦日益寬泛而模糊。已有學者指出,「對等」在用於定義翻譯、指導實踐或研究時,會造成種種誤解和誤導。描述翻譯學提出以來,譯學界傾向於視「對等」為一個標籤,表示原文和譯本之間的某種關係;或視之為一個歷史化概念,意即在不同歷史時期,「對等」包含不同的定義與期待。觀察「對等」概念的變化,有助推索翻譯規範以及翻譯之歷史作用的演變。換言之,對於研究者而言,「對等」已不是一個針對文本對應關係的、固定不變的原則或目標,而是觀察翻譯的歷史背景和活動的一個重要指標。[168]

「對等」概念由西方當代翻譯理論提出,目前已成為翻譯學界專用術語。在此之前,中西譯界較常用「忠實」,來描述翻譯的原文與譯文之間的關係。在民國初年譯界,亦多用「忠實」(或簡稱「忠」)。本章著眼於民初上海文藝雜誌中涉及「忠實」原則的文本線索,從中尋找雜誌翻譯實踐的有關規範。

---

168 Dorothy Kenny, "Equivalence," in *Routledge Encyclopedia of Translation Studies*, 2nd edition, eds. Mona Baker and Gabriela Saldanha (London & New York: Routledge, 2009), 96–99.

第一節　1910年代：「不忠」為常

凡中國譯論傳統，多強調譯文對原文的忠實；甚至可說，譯文要忠實於原文，是無需證明的公理。[169] 弔詭的是，見傳的名家名譯，遠至興於三國的佛經翻譯，明末《幾何原本》所啟的科學翻譯，近至晚清西學東漸而起的翻譯世代，多以「不忠」為常態。[170] 若考察1910年代各大書局旗下雜誌的徵稿條例，亦不難發現，刊方幾乎不會對翻譯來稿的「忠實」程度提出明確要求。在本書所研究的六份雜誌中，《小說月報》、《中華小說界》、《小說大觀》和《禮拜六》（前百期）屬於1910年代。表4摘錄了這些雜誌有關譯作投稿的條例，以資對比。從中可見，上海文藝雜誌對譯作來稿的要求基本只有一條，即原文和譯文須一同交給編輯部。《禮拜六》甚至不要求上交原文。

編輯部索取原文之後，作何用途？若按今人的常識判斷，編輯部收取原文，固然是為了對比原文譯文，並以某些特定準則來校對審核，從而確保譯文符合出版要求。從字面上看，只有《小說月報》明言原文是用於核對。至於核對的過程如何，有何準則，則無從稽考。其他幾本雜誌並沒有提到譯稿是否要經過某種文本對比的程序，才會被錄取。實際上，編輯部究竟是否對譯稿進行校對呢？若以「忠實」為原則去觀察這些雜誌所刊登的譯作，可以發現許多刪節、錯譯、漏

169　張南峰，〈以「忠實」為目標的應用翻譯學 —— 中國譯論傳統初探〉，《翻譯學報》，2期（1998年6月），頁29–41。
170　中國翻譯「不忠」傳統及歷史根源的概述，可見於 André Lefevere, "Chinese and Western Thinking on Translation," in *Constructing Cultures: Essays on Literary Translation*, eds. Susan Bassnett and André Lefevere (Clevdedon: Multilingual Matters, 1998), 12–24.

譯、改寫的現象。這不太可能是編輯部在原文譯文核對之後整理修改而成的結果。因此，編輯部索取的原文，很可能不是用於核對；即使有核對程序，首要準則亦不太可能是今人所奉行的「忠實」或者「對等」。

表4　1910年代上海通俗文藝雜誌對譯稿的徵稿條例（按時間排列）

雜誌	關於譯稿的徵稿條例	來源
《小說月報》	如係譯稿，請將原書一同擲下，以便核對。	〈徵文懸賞〉，宣統二年（1911）8月25日
《中華小說界》	來稿譯自東西文者，請將原文一併寄下。	〈中華（教育界）（實業界）（小說界）投稿簡章〉，1914年3月1日
	來稿如係譯本，必須附帶原書。	〈本社投稿簡章〉，1916年2月1日
《禮拜六》	無論撰著譯述，長篇短篇，本館皆所歡迎。	〈歡迎投稿〉，1914年6月20日
《小說大觀》	凡譯稿須將東西文本一併交下。	〈本社通告〉，1915年8月1日

那麼，編輯部所得到的原文，用處到底是什麼？就這一點，或可從這幾本雜誌前後十年的譯事討論中獲得線索。近代第一個譯者的組織，是由周桂笙（1873-1936）在清末上海發起的譯書交通公會（1897），會刊為《月月小說》（1906-1907）。該會旨在「採譯泰西切用書籍」，為此成立了二十人左右的翻譯團隊，當中包括英、法、日、德、俄語的譯員和校對人員。譯事的經費，亦由這些人員自資籌集。公會成立十年之後，周桂笙回顧譯界境況，發現當時譯界的一大流弊，是譯者不能互通有無，造成一本多譯，良莠不齊的現象：

坊間所售之書，異名而同物也。若此者不一而足，不特徒耗精神，無補於事。而購書之人，且倍付其值，僅得一書之用，而於書賈亦大不利焉。夷考其故，則譯書家聲氣不通，不相為謀，實屍其咎。[171]

為了改善這一情況，周桂笙呼籲從事翻譯的人士加入公會，每有譯作出版，即向公會登記，同時提交原著的來源；並承諾每月整理登記在冊的譯作，列一清單，分發給會友，「以除重複同譯之弊」。

周桂笙所擔憂的譯界流弊，到了1920年代依然存在。1923年，《小說世界》曾收到一次讀者投訴，稱雜誌刊登的某篇翻譯小說是抄襲而來的。刊方澄清該小說是一個重譯本，重譯與抄襲的性質不同；同時也承認，一本多譯的現象，自清末以來就很常見。為此，刊方決定建議出版機構商務印書館將民初二十年來該館雜誌上登載過的翻譯小說製成列表，註明原著、作者、題目、譯者和出版時間；其他書局的雜誌上的譯作，也盡可能蒐集，歸納入表。此外，刊方還考慮設立審稿機制，萬一再遇到這種狀況，就將多個譯本一併比較，選出最優者出版。[172]

實際上，譯書交通公會有多少來自譯界的會友，又是否真能每月將譯作整理成冊，分發給業內同行？目前並無具體文獻可供查證。《小說世界》承諾的雜誌翻譯小說清單，最終有否完成？在終刊之前，雜誌並未公開過這樣的清單。這些事例表明，一本多譯的現象，

---

171 周桂笙，〈譯書交通公會試辦簡章〉，《月月小說》，1號（1906），頁數從缺。
172 〈編輯瑣話〉，〈編者與讀者〉欄目，《小說世界》，2卷11期（1923年6月15日），頁數從缺。

自清末到民初都是出版界和譯界的棘手問題。對於負責徵選稿件的刊方而言，要發現佶屈聱牙、奉行「直譯」的譯稿是不難的，只需按照閱讀習慣、內容趣味加以篩選即可；但要識別重複的譯本卻很不容易，刊方除了要博覽群書、心中有數之外，最直接的辦法就是要求投稿者附上原著，作為紀錄。再者，該時期雜誌翻譯的改寫行為十分大膽。例如外國言情小說，往往被納入才子佳人白話小說的套路，譯者個人風格濃重；[173] 刪減情節、改寫結局以迎合讀者口味的做法；以及長篇縮成短篇、短篇拉長為中篇以遷就版面和頁數的情況，亦不少見。若從這些現象來看，刊方確實沒有嚴格審查譯本符合原著的程度。故此，1910年代的幾本上海文藝雜誌的徵稿條例要求譯者上交譯本的原著，目的更可能是為了防止一本多譯的現象，而不是為了執行以「忠實」為準則的譯文校對。「忠實」不是這些雜誌所奉行的翻譯規範。

至於連原著都不要求上交《禮拜六》，則有兩種可能：一是刊方能確保不會收錄重複的譯本，這是雜誌文人圈內可互通消息，自行分配之故；二是刊方不介意譯本是重譯本，也不擔心譯本日後可能被重譯，這很可能是由於雜誌重視譯本當下的閱讀趣味和實用價值，而不太計較重譯是否缺乏效率。

在清末民初譯界，似乎「不忠」才是翻譯的基本要素。光緒年間，內閣學士孫家鼐（1827–1909）和張百熙（1847–1907）奏陳籌辦京師大學堂。有關編寫教材事宜，他們認為中國古籍不可肆意更改，「若以一人之私見，任意刪節，割裂經文，士論多有不服」；但譯介

173　詳見葉嘉，《從「佳人」形象看《禮拜六》雜誌短篇翻譯小說》之文本分析部分。

西學各書時,「有與中國風氣不同及牽涉教宗之處,應增刪潤色,損益得中,方為盡善」。[174] 也就是說,刪節之舉,對於本國經典而言是篡改,對於西書翻譯而言卻是必要的步驟。這一觀念,在清末譯事初興時就已存在。

在有關譯事的官方指引之外,不少晚清文學名譯亦可作為「不忠」的例證。林紓的早期譯介小說多有刪節,《巴黎茶花女遺事》前四章刪去幾個次要人物和關於妓女的議論。譯《黑奴籲天錄》時,林紓坦言「是書言教門事孔多,悉經魏君節去其原文稍煩瑣者」,並解釋「本以取便觀者,幸勿以割裂為責」。西方宗教事宜,於本國禮教而不合;所謂煩瑣者,亦是以本國的閱讀習慣來判斷。此處值得斟酌的是「幸勿以割裂為責」的呼籲。此時林紓作為譯者,似乎對翻譯仍有「忠實」的要求,或者意識到讀者對譯本有「忠實」的期待,否則不會預想刪節有可能招來「割裂」的批評。林譯出版的結果,是如潮的好評和譯書的興起。譯者的坦白與歉意,不僅沒有引起讀者對譯本忠實程度的重視,反而培養出「勿以割裂為則」的心理預期。同一時期,魯迅在早期譯作《月界旅行》中透露原文「措辭無味,不適於我國人者,刪易少許」。《空中飛艇》的譯者海天獨嘯子亦交待自己的譯法是「刪者刪之,益者益之,竄易者竄易之,務使合於我國民之思想習慣」。[175] 相對於今人所說的「忠實」而言,此時的「不忠」多指對小說的刪節處理;這種「不忠」已漸成譯界慣例,為譯者所習得,為讀者所接受。

---

174 〈有關京師大學堂附設編譯局諸奏疏〉(1898–1902),轉引自張靜廬編,《中國近代出版史料(二編)》,頁11–12。

175 以上三則譯序選段,轉引自陳平原、夏曉紅編,《二十世紀中國小說理論資料》(北京:北京大學,1989),頁108。

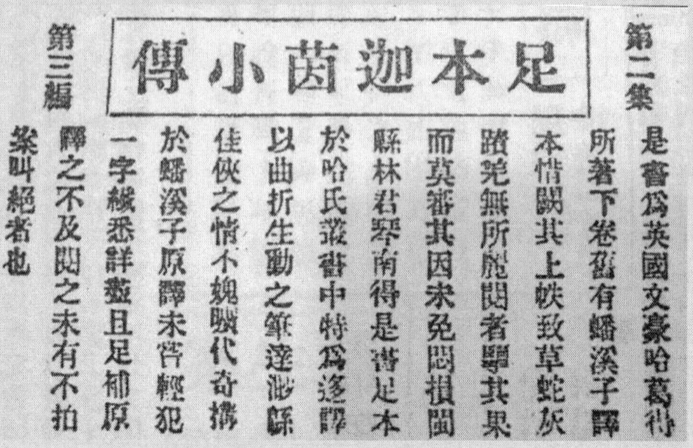

圖17 〈《足本迦茵小傳》廣告〉(《東方雜誌》,3卷2號,光緒三十二年〔1906〕2月25日)

「不忠」的做法雖隨林譯的流行而流行,卻不因林譯之後的改變而改變。1901年,英國作家哈葛德的長篇小說 *Joan Haste*,由另一個口傳筆受的組合包天笑、楊紫麟譯出,名為《迦因小傳》,在自資的雜誌《勵學譯編》出版。包、楊稱只擁有半冊小說,初譯並不完整,但譯本依然廣為流傳。林紓在1905年獲得全冊小說,悉數譯出,由商務印書館出版。當時《足本迦茵小傳》的廣告,特別交待了初譯如何不全,林譯如何補漏的來龍去脈(見圖17)。「足補原譯」的動作,不僅表明了譯者欲完整呈現原著的意向,亦向讀者強調了原著的存在。

林譯《迦茵小傳》多出的那半冊，含有女主角迦茵未婚先孕的情節，與初譯中的純潔形象有出入，由此引出關於刪節的爭議。《遊戲世界》的主辦人寅半生批評林譯「補之以彰其醜」，不如包、楊「諱其短而顯其長」的做法好。[176] 包、楊是因為缺了半卷而無法譯全，還是故意刪減，實難考究。僅就翻譯的結果而言，不提未婚先孕的故事，確實較易為人接受。出於道德習俗和閱讀習慣的考慮而刪減原著的做法，經過早期林譯的示範與流行，已成為譯界慣例。此時林譯為了再現原著全貌而重譯，又保留了有違讀者道德觀念的情節，無疑違反了這一規矩。今人難以調查清末讀者對兩本《迦茵小傳》的意見，寅半生的評論亦或許只是個人看法，但一向享盡盛譽的林譯小說受到責備，確實不多見。知名譯者由於違反自己開創的譯法而被指責，恰恰說明「不忠」的翻譯慣例此時在譯界和讀者之間都已相當穩固。

《迦茵小傳》風波之後，林紓對於刪節的態度有了明顯轉變。他認為譯者若怕觸怒讀者，而「刪節綱目，留其善而悉去其惡」，就會「轉失鑒戒之意」；[177] 並坦言為了保全原著的脈絡，「雖一小物一小事，譯者亦無敢棄擲而刪節之」。[178] 周氏兄弟此時的《域外小說集》也有類似主張，認為「任情刪易，即為不誠」；又強調力求精準的翻譯態度，「收錄至審慎，移譯亦期弗失文情」。[179]

---

[176] 寅半生，〈讀迦因小傳兩譯本書後〉，《遊戲世界》，11期（1906），頁數從缺。轉引自陳平原、夏曉紅編，《二十世紀中國小說理論資料》，頁249–251。

[177] 林紓，〈《劍底鴛鴦》序〉（1907），轉引自陳平原、夏曉紅編，《二十世紀中國小說理論資料》，頁291–292。

[178] 林紓，〈《冰雪姻緣》序〉（1909），轉引自陳平原、夏曉紅編，《二十世紀中國小說理論資料》，頁373–374。

[179] 見周樹人，〈序言〉、〈略例〉（1909），轉引自周樹人、周作人編，《域外小說集》（長沙：岳麓書社，1986），頁6–7。

林紓改變翻譯策略之後,譯界前輩的地位不變,追捧者並未減少,從本章第一節所引的林譯廣告可見一斑。相比之下,周氏兄弟的《域外小說集》卻銷情慘淡。[180] 兩者似有一致的翻譯主張,為何收效不同?若說是周氏兄弟名氣遠遜於林紓所致,那為何《巴黎茶花女遺事》之後,不少文人能靠譯介愛情小說而名利雙收,周氏兄弟卻不能因與林紓持相同看法而獲認可?主要原因之一,恐怕是周氏所謂的「誠」,除了要求篇章結構上不刪不改,還力求文法句構上做到「直譯」。「直譯」提出後所受的阻力,正可見「不忠」之譯界常態的穩固。

第二節　1910年代:抗拒「直譯」

魯迅在新文化運動之後,逐漸梳理出「直譯」的論述。他自清末開始主張的「直譯」,用其本人的話概括,即「寧信而不順」,[181]「連語句的前後次序也不甚顛倒」,[182] 目的是要忠實地重現原文的行文邏輯。「直譯」是達到「信」的必需步驟,不但有助讀者準確理解原文,還可通過翻譯,示範西方語法在中文的應用,以「輸入新的表

---

180 《域外小說集》上、下兩冊各賣出20和21冊。見〈序〉(1920),《域外小說集》(上海:群益書社,1921),頁2。

181 魯迅,〈論翻譯〉,《文學月報》,1卷1號(1932年6月),頁數從缺。原文再次出版時改名為〈關於翻譯的通信〉,轉引自《魯迅全集》,第4卷(北京:人民文學,1981),頁370–388。

182 魯迅,〈「出了象牙之塔」譯本後記〉,《語絲》,57期(1925年12月24日),頁數從缺。轉引自〈出了象牙之塔〉,《魯迅全集》,第10卷(北京:人民文學,1981),頁240–249。

現法」,[183] 乃至培養新的思維。這種「直譯」策略具有強烈的改革意味,是新文化運動的譯事主流。但在清末,「直譯」其實頗帶貶義。《月月小說》的譯述編輯周桂笙所譯《福爾摩斯再生後之探案》其中三集,曾被《月月小說》的讀者評為「不免有直譯之嫌,非但令人讀之味同嚼蠟,抑且有無從索解者」。[184] 可見直譯的後果通常是無趣和不通,難投讀者所好。在同一期雜誌中,周桂笙另一譯著《新盦諧譯》卻得到「譯筆之佳,亦推周子為首」的讚美。[185] 讀者對兩種翻譯策略的好惡,是顯而易見的。周桂笙作為《月月小說》的主編,也曾探討過直譯的問題:

> 今之所謂譯書者,大抵能率而操觚,慣事直譯而已。其不然者,則抄襲剽竊,敷衍滿紙。譯自和文者,則惟新名詞是尚;譯自西文者,則不免佶屈聱牙之病。[186]

魯迅在民初的「直譯」是一種刻意衝擊國文傳統的策略;周桂笙在清末的「直譯」,則指那些草率下筆、搬字過紙的做法,針對的是某些譯者不負責任的態度。他也注意到,不同的語言會帶來不同的直譯問題。譯自日文,問題在於照搬漢字的做法雖然便利,但新詞的意義難以理解;譯自西方語言,問題在於跟隨原文語法結構,譯文易變得不通順。周氏對於「直譯」的憂慮,乃以譯本讀者的角度出發,評價譯本亦以可讀性為準則。清末民初已有「直譯」的嘗試,結果每

183　見周樹人,〈序言〉、〈略例〉(1909),轉引自周樹人、周作人,《域外小說集》,頁6–7。
184　〈紹介新書〉,《月月小說》,5號(1907),頁數從缺。
185　紫英,〈說小說:新盦諧譯〉,《月月小說》,5號(1907),頁數從缺。
186　周桂笙,〈譯書交通公會試辦簡章〉,頁數從缺。

每是備受批評，這正是由於當時譯界盛行的是面向譯入語語言和文化的翻譯規範。

在清末十多年間，林紓從為了順應國情而刪節，變成為了讀者自鑒而不刪節，是在篇章結構上從「不忠」到「忠實」的過渡；周氏兄弟的「直譯」嘗試，則是在語法、句法結構上對「忠實」原則的演示。篇章層次的「忠實」曾引起爭議，但逐漸為人接受。文法上的「忠實」卻難被接納，「直譯」的做法則更甚之。周桂笙創立譯書交通公會時，曾指責時下有些譯者提筆就譯，逐字照搬，不解文意。周氏批評直譯粗糙不通，但自己的譯作亦曾因晦澀難懂而被讀者懷疑「有直譯之嫌」。由此看來，直譯幾乎成了劣譯的代名詞。這些轉變表明，清末譯界和讀者討論翻譯時，對今人所謂的「忠實」原則已有涉獵，並已有好惡的取向。從翻譯評論和譯本銷量看來，當「忠實」原則與讀者的價值觀和閱讀習慣發生衝突時，讀者較能容忍篇章結構層次上的「忠實」，對於語法句法結構上那些引起閱讀障礙的「忠實」譯法，則較難容忍。總括而言，容忍或不容忍，是清末民初譯界和讀者對於「忠實」的兩種態度；這種譯法基本是不受鼓勵的。

如果林譯的持續流行說明譯者名聲是譯本成功的重要因素，那麼有關刪節和直譯的翻譯事件則表明，「忠實」原則始終不如譯本的流暢度與可讀性重要。如果譯者一定要達到某種程度的「忠實」，那麼冒著衝擊傳統道德觀念和閱讀習慣的風險，去保持篇章結構和情節內容的完整性，比起在語法結構上引入彆扭不通的元素，是更易為人接受的「忠實」做法。讀者對譯本最基本的要求是能讀得通順。種種翻譯評論和譯書廣告中的「譯筆」才是當時判斷譯優劣的關鍵條件。就此看來，清末譯界盛行的確實是以譯入語語言文化和讀者為依歸的

翻譯規範,而不是以原文文本和文化為模板、依從「忠實」原則的翻譯規範。

在1910年代的雜誌譯界,譯者形象鮮明而有號召力,出版商、譯者和讀者皆講求譯文可讀性,而不太關注譯文是否符合原文。在翻譯實踐中,雜誌譯者也確實對譯本作了種種改寫,並且對改寫策略直言不諱,甚至樂於交待改寫的原因。例如,《中華小說界》譯者瓣穠在譯序透露:

> 〔原著〕十八節,約五萬言。茲將不合我國風俗者,畧為刪節,猶得四萬言。[187]

這種出於本國國情和民情的考慮,而擅自「過濾」原著情節的做法,在林紓時代已十分常見,民初依然屢見不鮮。這則譯序的特別之處在於,譯者交待了字數的減幅,從而說明刪節的程度。從「猶得」二字可知,原著五分之一的內容被刪去,對於譯者和讀者而言並不算過分。

《禮拜六》主要譯者之一周瘦鵑的譯法亦「不忠」至極,不僅多有刪節和篡改,而且擅將外國言情小說改寫為「才子佳人」模式。1914年的短篇翻譯小說〈無可奈何花落去〉,[188] 轉譯自法國德斯達爾夫人(Madame de Staël,1766–1817)的長篇小說 *Corinne, ou l'Italie* 之英譯本 *Corinne, or Italy*。原文近十六萬字,譯後不足六千字。譯文

---

[187] 瓣穠譯,〈帳中說法〉,《中華小說界》,2卷3期(1915年3月1日),頁數從缺。原著 *Mrs. Caudle's Curtain Lectures*,作者為英國人道格拉斯・威廉・傑羅爾德(Douglas William Jerrold,1803–1857)。

[188] 周瘦鵑譯,〈無可奈何花落去〉,《禮拜六》,20期(1914年10月17日),頁17。

的敘事風格,在全篇首句即可見端倪:

> 羅馬者,世界山溫土軟之鄉也。才子佳人多毓生其間,為江山生色。

這一句在原著中並無對應,顯然是譯者的添筆。「……者……也」的開篇句式,早至先秦散文已有。「才子佳人」的角色設計和故事情節,在此已有預兆。譯者在翻譯過程中,顯然習慣以本國古典文學傳統的敘事思維,重述外國的故事;對於人物的形容、情節的鋪陳,亦按照本國敘事和修辭傳統而加以改寫。第三章第三節也提到,周在譯畢之後,還為小說寫續篇〈似曾相識燕歸來〉,試圖在另一場景複製情節,扭轉結局,以滿足讀者對大團圓的期待。這一系列翻譯策略,均表明譯者奉行的是以譯文文化和讀者體驗為依歸的翻譯原則;「忠實」和「直譯」原則不在譯者考慮之列。

周瘦鵑也曾在某篇譯後記中坦言,自己沒有完全按照原文翻譯:

> 譯之兩日,乃竟有字句不易解者,則僭易之。如形容美人處,實出吾意,為原文所未有。[189]

譯者「僭易」原文,並非為了照顧讀者的風俗或閱讀習慣,而是因為自己遇到了理解障礙。在口傳筆受的組合中,筆受者承認自己外語能力不足,須依賴口譯者,是很常見的情況。懂外語而能夠獨立翻譯的譯者承認自己有不解原文之處,卻並不多見。譯者如此坦白,表明

---

189 周瘦鵑譯,〈心碎矣〉,《禮拜六》,10期(1914年8月8日),頁34–43。引文出自頁43。

他並不擔心其譯者的身分和資格會因此受到質疑。由此也可見,讀者對譯者的期待,不一定包括足以讀懂外文著作的語言能力。

譯者「形容美人處」的改寫,是在描寫外國小說的女性角色時,不顧原著的行文,而以明清才子佳人小說中的「佳人」形象代之。[190] 正如譯後記所言,譯者的發揮純屬個人所為,與原著沒有親緣關係。譯者對這一策略直言不諱,表明這種脫離原著,而且並無政治、文化等深層考量的改寫,依然會得到讀者的包容,不影響譯本的接受程度。

除了譯者之外,雜誌編輯部對譯作也有刪改的權利,特別是對於雜誌核心文人圈子以外的來稿。《中華小說界》的主編沈瓶庵曾選登一篇讀者翻譯的小說,並在文末附註:

> 間有冗長疵累之處,略加刪改,期於不失其真而止。[191]

所謂「不失其真」,指的是在不改變譯文面貌的情況下,略作修改。主編的責任是潤飾,而不是通過對照原著來編輯譯文。上述幾例,皆出自雜誌主要譯者的譯序或譯後記。「主要」的意思指譯者在雜誌中活躍時間長,譯作數量多,譯者本人在雜誌亦擔任編輯職務,具有一定代表性和影響力。從這幾例可見,在譯本製作至刊出,不論雜誌編輯還是譯者本身,都比較看重譯本的可讀性、讀者的期待,甚至譯者個人風格;譯本忠於原著的程度,則不是最影響譯本的因素。這些上海文藝雜誌所屬的書局乃全國主流出版機構,銷量也穩居雜誌界前

190　詳見葉嘉,《從「佳人」形象看《禮拜六》雜誌短篇翻譯小說》。
191　冬青、塋公譯,〈情哲〉,《中華小說界》,2卷5期(1915年5月1日),頁數從缺。

列。不難想像,它們奉行的翻譯規範會隨出版物的流傳,而滲透到廣大譯者和讀者之中,成為譯事主流。

第三節 《新青年》:「忠實」的提出

從晚清到民初,面向譯入語語言和文化的翻譯規範一直是譯事主流。但主流之外,仍有極少數奉行「忠實」原則的雜誌譯者。《青年雜誌》(1916年改名為《新青年》)刊方也要求「來稿譯自東西文者,請將原文一併寄下」,[192] 但不是為防止一本多譯的現象,而且是為了製作供讀者學習的雙語文本。第三章展示了《青年雜誌》早期譯作的一個顯著特點,即原文和譯文在同一頁並列刊出,甚至在句子層次上平行對照。如此一來,既方便讀者對照閱讀,又可證明譯本信實可靠。刊方一方面強調譯本「忠實」,另一方面則著手重譯名家名篇,衝擊已有譯本。例如,創刊號譯作〈青年論〉裡,譯者就明言該篇的原文,「坊間已有譯本,顧舛晦不可讀」,故有重譯的必要,「並錄原文於下方」以備參考,針對的正是舊譯錯漏百出、文句冗沓的現象。[193] 由此可見,刊方不僅不排斥重譯,還希望以重譯為途徑,建立以「忠實」為最高原則的翻譯規範。

《新青年》的翻譯主張,相信是針對當時譯界狀況而提出的,帶有衝擊譯界常態的改革意識。1917年初〈文學改良芻議〉與〈文學革命論〉提出之後,《新青年》以西方文學為師,一掃傳統文學流弊

---

192 〈投稿簡章〉,《青年雜誌》,1卷1號(1915年9月15日),頁數從缺。
193 中國一青年譯,〈青年論〉,《青年雜誌》,1卷1號(1915年9月15日),頁數從缺。

的意向日益明晰。刊方和譯者重建翻譯規範的意圖,在譯作序言、後記中亦開始有更多的表述。這種表述,往往是以譯界主流為反面例子。例如,當時譯界以「譯筆」為佳譯的必備條件和譯評的關鍵詞語,該刊對此頗為鄙夷。錢玄同(1887–1939)為一篇譯作撰寫結語時寫道:

> 這篇文章,原文的命意,和半農的譯筆自然,都是很好的,用不著我這外行人來加上什麼「命意深遠」、「譯筆雅健」的可笑話。[194]

「命意深遠」、「譯筆雅健」之類的說法,在上述的譯書廣告中相當常見,甚至已變成譯評的固定用語,適用於任何類型的譯作。錢玄同顯然不願順從這種套路,並引出有關中國譯界的批評。其中一點,就是針對當時流行的那種「譯筆」:

> 以古文筆法譯書,嚴禁西文式樣輸入中國,恨不得叫外國人都變了蒲松齡,外國的小說都變了「飛燕外傳」、「雜事秘辛」,他才快心![195]

這個「他」的指向並不含糊。錢玄同所批評的人,包括「做『某生』、『某翁』文體的小說家」,意即那些承自明清白話小說傳統,寫作「才子佳人」、「鴛鴦蝴蝶」小說的文人;除此之外,還有「與

---

194 見〈玄同附誌〉,附劉半農譯〈天明〉結尾處,《新青年》,4卷2號(1918年2月15日),頁數從缺。
195 同上。

別人對譯哈葛德、迭更斯等人的小說的大文豪」，也就是林紓。錢亦明言，「小說叢書」、「小說雜誌」和「封面上畫美人的新小說」等刊物充斥著這種以古文筆法譯出的作品。在當時的雜誌讀者看來，錢批評的對象呼之欲出：《禮拜六》、《中華小說界》和《小說大觀》等暢銷文藝雜誌，正是常以女子畫像為雜誌封面。

《新青年》另一主筆周作人亦不認可這種譯界風尚。他認為「翻譯的要素」有二：「不及原本」，以及「不像漢文」。「不及原本」的意思，是譯本再好，也不可能比得上原文。周作人用了一句矛盾的話概括：「真要譯得好，祗有不譯。」這相當於今人所說的不可譯性（untranslatability）。「不像漢文」，則指譯本不能像用本國語言自然寫出一樣，否則就「算不了真翻譯」。[196]

周作人的兩大翻譯要素，其實觸及翻譯的不同方面。「不及原本」涉及翻譯的本質，是人為不可控制的；不論誰來翻譯，譯文都難免會遜於原文。「不像漢文」則同時涉及翻譯的定義和目標。周作人的意思是，譯者應讓譯文看起來不像中文；而像中文的翻譯，並不算是翻譯。這一點則是譯者本身可以控制的。這兩點雖然被周作人歸納為翻譯的兩大要素，但實質上更像是一對因果關係：正因為譯文不可能高於原文，所以翻譯應以儘量重現原文原貌為目標。

值得注意的是，在周作人之前，已有其他雜誌譯者注意到不可譯性的問題。《小說月報》有位譯者論及晚清以來西方漢學家翻譯的中國經典時，就懷疑過這些英譯漢籍「能確合原文與否」；也提到

---

[196] 周作人，〈Apologia〉，見〈古詩今譯〉篇首，《新青年》，4卷2號（1918年2月15日），頁數從缺。

俗語、歇後語、笑話這類文本，是無法完整譯出的。[197]《中華小說界》專欄「小說叢話」中，曾有投稿者指出「泰西笑林譯成中文，有極無謂者」，所指的是外文同音或諧音的效果無法翻譯的現象。[198] 劉半農為雜誌翻譯小說，也曾在譯後記中提到「中西文字之構造不同，萬不能一一勉強附會」。[199] 這些譯者已體驗到翻譯有無法觸及之處，並意識到源語和譯入語的語法和文化差別正是這些困難的源頭。在相同的體驗之下，周作人提倡不顧中文的固有習慣和樣式，力圖忠於原文的本貌，為中文注入新血；劉半農的做法則是「抽譯原文大意，期以詞達而止」，還擔心「不能博閱者一粲」。[200] 同樣是針對不可譯性，周的策略以原文為權威和模板，奉行面向原文的翻譯規範；劉則求略達其意，滿足讀者所求，體現的是面向譯文的翻譯規範。

周作人有關翻譯要素的論述，在雜誌發表時是以譯序的形式出現的。雜誌中的譯序大多沒有標題，但該篇卻有一個外文的標題〈Apologia〉（辯解書）。從篇名可知，譯者有意為自己的翻譯觀點作出說明。這一說明，是以譯界慣例為參照，以熟知並認同譯界慣例的譯者和讀者為受眾；譯者所立之說，有不同於慣例且不符合讀者期待之處，因而帶有「辯解」的情緒。這一標題暗示，《新青年》此時提出「忠實」原則以及面向原文語言和文化的翻譯主張。在以書局、出版網絡和江南文人所構成的譯界主流下，這一主張確實是標新立異；處於主流的，仍是以「譯筆」為衡量標準的翻譯規範。

---

197 蕚，〈譯餘雜問〉，《小說月報》，3期（1910年10月），頁數從缺。
198 納川，〈小說叢話〉，《中華小說界》，3卷6期（1916年6月1日），頁數從缺。
199 劉半農譯，〈頑童日記〉，《中華小說界》，1卷6期（1914年6月1日），頁數從缺。
200 同上。

《新青年》這種兼具學術用途和改革意圖的刊物，在民初上海雜誌界畢竟是少數，且雙語印行的格式耗紙耗墨。不論是出於自身定位或經濟效益的考量，大部分雜誌都不曾以這種方式來刊登譯作。從《新青年》刊登譯作的格式，及其文人對「忠實」原則的提倡，既可看出雜誌譯界的主流和邊緣，亦可窺見新文化陣營日後以西方文學為模板的改革理念此時已有雛形。到1920年代來臨的前夕，這一理念已在北京大學為中心的精英學界廣為滲透。

　　1919年初，傅斯年、羅家倫等北大學生發起同人文學月刊《新潮》，以介紹世界當代思潮、喚起國人的學術自覺心為己任。[201] 外國學說的譯介和本國經典的重評共同構成刊物的主體。刊方以西方學術潮流為參照和目標，審視本國學術的進展；論及翻譯方法時，亦首選忠於原文的「直譯」，同時大力抨擊晚清以來「不忠」為常態的「意譯」傳統。這種批評已到了指名道姓的境地。嚴復和林紓的翻譯被歸入次等，甚至是「下流」。[202] 嚴、林的譯作，此時在上海出版界仍被奉為上品，不斷重印再版；兩人仍具影響力，常獲邀為雜誌背書和寫稿。從京滬雜誌界對於晚清名譯的不同態度，可見「忠」與「不忠」、「直譯」與「意譯」的翻譯規範，已隨著新文化陣營翻譯理念的成熟，逐漸從晚清以來的並存狀態，轉入衝突的局面。錢玄同所批評的上海文藝雜誌翻譯，傅斯年所鄙夷的嚴譯和林譯，都是新文化精英正在試圖顛覆和取代的對象。

201　〈新潮發刊旨趣書〉，《新潮》，1卷1號（1919年1月1日），頁1–4。
202　傅斯年，〈譯書感言〉，《新潮》，1卷3號（1919年3月1日），頁531–537。

第四節　1920年代：「忠實」的流行

1920年代初，新文化精英得到民國教育部的支持，躍升為文學正統，得「經典化」（詳見第一章第五節）。新文化精英所提倡的面向原文文本和文化的翻譯理念，隨之經官方認可而成為譯界規範。《新青年》和《新潮》等雜誌過去的翻譯意見，此時已成為權威性論述。上海文藝雜誌的翻譯實踐亦有所改變，呈現出迎合官方規範的傾向。例如，小說譯作的來源標記比過往要完整得多，大部分翻譯小說都註明原著和作者；雜誌譯者的策略仍以譯本可讀性和讀者感受為首要考量，但比過去更加注重譯文切合原文的程度。雜誌編輯選登譯作時，亦開始以忠實程度為一項主要標準。《小說世界》主編向讀者解釋譯稿的選錄條件時，就以「忠實清順」四字概括。[203] 在推薦一篇佳譯時，他也寫道：

> 長篇法國小說連載《佛魯王爾家庭記》譯者江顯之先生，譯文非但能與原文針對，並且純係國語體，錘鍊圓熟，使讀者絲毫不感受生硬的痛苦。[204]

編輯讚賞譯者能「與原文針對」，體現刊方已意識到官方翻譯規範的存在，並自覺以此作為衡量譯作優劣的標準。與此同時，雜誌翻譯的投稿中，亦可見一些自覺忠於原文的跡象。例如《禮拜六》翻譯小

203　〈編輯瑣話〉，〈編者與讀者〉欄目，《小說世界》，2卷11期（1923年6月15日），頁數從缺。
204　〈明年的內容（續上期）〉，《小說世界》，4卷11期（1923年12月14日），頁數從缺。

說〈遺囑之權力〉,[205] 自稱來自「保定交通銀行」的譯者,不僅註明原著作者是「英國Herbert Spencer」(1820–1903),原文名為 "The Jestamdnt's Power"(疑為 "The Testament's Power" 的誤印),還附上了作者小傳。此外,譯者亦多次為人名、地名和專用術語的翻譯加入文內註釋:

> 現在奉承吾最周到的,要算吾那表弟喬治(名)歇洛克(姓)和倫敦北教堂(逸庵案:是處原文為"The North Church of London")百思不得其的當之中譯,故祇得譯作倫敦北教堂,幸閱者諒之)。〔……〕從約克到倫敦(譯者案:約克係英吉利之一大城市,地在倫敦之北,英名York)火車費就要二先令。〔……〕約克距倫敦,本只有一百五十餘哩(譯者案:此哩乃英里,約合中里三里餘)。[206]

此處「譯者案」,內容先後有譯名、地理位置和計量單位換算的解釋。譯者不僅提供了便於讀者置身原文文化環境的實用資訊,亦透露了自己身為譯者的諸多考量。有關「倫敦北教堂」的註解,道出了譯者遍尋恰當中譯而不獲的無奈;「幸閱者諒之」的請求,又帶有力求完整再現原著而不達的歉意。

《禮拜六》主編兼核心譯者周瘦鵑在1910年代的譯法一貫「不忠」,但此時也有「忠實」和「直譯」的嘗試。《禮拜六》復刊後,周氏的第一篇翻譯作〈末葉〉,譯自美國短篇小說家歐亨利(O.

205　汪逸庵譯,〈遺囑之權力〉,《禮拜六》,154期(1922年3月25日),頁28–33。
206　同上,頁31。

Henry，1862–1910）的名篇 *The Last Leaf*。[207] 例如，描寫患肺炎的少女臥床遠觀常春藤的一段，不論句序或詞序，譯文都大致與原文一一對應：

> An old, old ivy vine, gnarled and decayed at the roots, climbed half way up the brick wall. The cold breath of autumn had stricken its leaves from the vine until its skeleton branches clung, almost bare, to the crumbling bricks.
>
> 一帶陳年的長春藤，根上已經枯爛了，爬了一半的路，到那磚牆上。那秋天的冷氣，已把葉子從藤上摧落了，只剩半空的枯枝，還攀住那牆上破碎的磚塊。[208]

在這一段中，原文描寫中景物出現的次序，動詞的排列，斷句的節奏，基本都在譯文中得到重現。關於原文中虛詞的處理，譯者亦有受「直譯」影響的跡象。例如，介詞詞組 "up the wall"（到那磚牆上）、"from the vine"（從藤上摧落），譯文保留了介詞與所修飾名詞的先後次序；一些不影響語意的定冠詞 "the" 亦被譯出，如「那磚牆」、「那秋天」、「那枯枝」。在肺炎少女瓊珊垂死的一幕，譯文亦有類似特點：

> But Johnsy did not answer. The lonesomest thing in the world is a soul when it is making ready to go on its mysterious, far journey. The fancy seemed to possess her more strongly as one by one the ties that bound her to friendship and to earth were loosed.

207　紫蘭主人，〈末葉〉，《禮拜六》，102 期（1921 年 3 月 26 日），頁 24–34。
208　同上，頁 24。

> 但是瓊珊並不回答。全世界中最寂寞的事，是在一個靈魂兒預備上那神秘遠路的時候。幻想拘束著伊，似乎分外有力，那許多把伊和友誼和塵世縛住的結兒，卻一個個放鬆了。[209]

這一段譯文的句子以及句內成分的次序，基本與原文一致，僅某些輔助動詞和副詞結構的位置有所改變，如"seemed"（似乎）和"one by one"（一個個）的後置。此外，人稱代詞「伊」亦值得留意。譯者周瘦鵑是江蘇蘇州人，而「伊」是浙江紹興方言指示女性的人稱代詞，因1910年代末魯迅的短篇小說陸續在《新青年》發表，而為人熟知。在此之前，上海通俗文藝雜誌人在譯文中指示女性時，若用古文，多不用代詞，而直稱為「女子」、「婦人」、「女郎」等；若寫白話，則多用「她」，或者一律稱「美人」。紹興方言「伊」在〈末葉〉的使用，表明一些新文化「經典」的某些語言特徵已滲透到上海通俗文藝雜誌的翻譯實踐。

譯者的「直譯」嘗試並不總是成功的。對於較為複雜的句子，或是涉及空間想像和抽象概念的內容，「直譯」顯然比較吃力。例如小說開頭的街景描寫：

> One street crosses itself a time or two. An artist once discovered a valuable possibility in this street. Suppose a collector with a bill for paints, paper and canvas should, in traversing this route, suddenly meet himself coming back, without a cent having been paid on account!
>
> 一條街或者和兩條街叉在一起了。有一回有一個畫師在這街

---

[209] 同上，頁32。

中發現了個機巧的意思。要是那收畫漆賬和畫紙畫布賬的人來時，自己恰沒有一個銅幣付賬，收賬的走了這錯亂的街路，可要折回去咧。[210]

譯者對原文顯然有所誤解。原文大意是，收賬的人走入那些拐彎抹角的街道，往往連賬都沒收到，就折回原點，這就是畫家們發現的"valuable possibility"（機巧的意思）。譯文後半段和上述兩例很不相同，不僅完全脫離了原文的行文，而且還加入了譯者自圓其說的成分（「自己恰沒有一個銅板付賬」）。無法「忠實」和「直譯」，很可能是譯者理解有誤的緣故。對比〈末葉〉和原著 The Last Leaf 可知，這段文字為僅有的一個嚴重誤譯，也是唯一一句脫離原文行文且有添筆的譯文。這表明，譯者很可能以「忠實」和「直譯」為整體的翻譯原則，惟遇到不解原文處，才無法將之貫徹。周瘦鵑在另一則譯序中亦坦言譯法忠實：

這篇作品是匈牙利莫勒士姚開 Maurus Jokai 的傑作，〔……〕如今便用極忠懇的筆譯出來，介紹予禮拜六讀者。[211]

將「極忠懇」的表白和〈末葉〉中種種「忠實」和「直譯」的嘗試，對比譯者在1910年代「形容美人，實出吾意，為原文所未有」的坦言，即可看出翻譯規範之演變。傅斯年在〈譯書感言〉說道，直譯是「真」，意譯是「偽」；直譯者是誠實的人，意譯者則是虛詐的人。[212]

210　同上，頁24。
211　周瘦鵑譯，〈情書一束〉，《禮拜六》，105期（1921年4月16日），頁21–22。
212　傅斯年，〈譯書感言〉，頁535。

這一類比，無疑視翻譯方法為譯者人格的直接反映。這種將創作的傾向與風格與創作人品格直接掛鉤的評論方式，在前文回顧「通俗」的概念流變時，就已有所表述。上海文藝雜誌人重視文學作品的消閒意趣，迎合廣大讀者的口味，遂被新文化精英斥為「文丐」、「文娼」，作為文人的品格受到強烈質疑（詳見第一章第五節）。意譯即虛偽欺詐的說法固然有牽強之處，但恰恰可見對立陣營的意圖。《禮拜六》在1921年復刊後，核心譯者即作出既「忠」且「懇」的承諾。對照幾年前《新潮》的翻譯意見，這一承諾正正反映了譯界規範的微妙轉變。

「忠實」的譯法，在表面上已成為譯界的自我要求。不過，雜誌譯者在實踐中，仍有大膽的改寫行為，而且不加掩飾。《禮拜六》有一篇翻譯小說，譯者不滿原著的美滿結局，索性不把結局譯出。譯者在譯後記中說：

> 這一篇小說原意是圓滿的，〔……〕我想情節上果然圓滿，但我這小說可給他作踐了。於是疾忙一咬牙齒，一刀兩斷，不再說下去。看滿月不如看碎月。圓圓的一輪想胖子的臉一般，又有什麼好看。看他個殘缺不全，倒覺得別有韻味。看官們，我本來喜歡說哀情的，請你們恕我殺風景吧。[213]

譯者從小說美學和個人寫作風格的角度，來為刪節的做法作一解釋。這兩個理由，都與原著無關。這一例子說明，在「忠實」成為第一

---

[213] 周瘦鵑譯，〈空墓〉，《禮拜六》，116期（1921年7月2日），頁1–8。原著 *The Halt*，作者為英國人 Ouida（Maria Louise Ramé，1839–1908）。

原則、「直譯」成為規範譯法的1920年代，以譯本可讀性為考量的刪節做法依然存在；藉著翻譯來自我發揮的譯者，亦依然存在。

此時，上海文藝雜誌的不少讀者，在評價譯本優劣時，也依舊從譯者文筆和閱讀感受出發。這些雜誌多設有通信欄目，便於登載讀者意見和刊方回應，其中就有不少關於翻譯的來函。例如，《小說世界》一位讀者來信，稱「譯述小說最好意譯」。[214] 不久後，另一位讀者表示贊同：

> 有些譯述的小說，我讀了總是得不到什麼興趣，實在莫名其妙。〔……〕不識外國字的人，對於各國的風俗、習慣和語句等，自然多半不大懂得。若照原書的一句一句譯了出來，叫他去看，不是和〔看〕一本外國書一樣嗎？[215]

此後，又有一位讀者附和：

> 譯品中凡是意義不能聯貫，和累贅的句語，每一讀了下去，就使人生了厭棄之心。[216]

讀者雖然沒有使用明確的術語，但不難看出，「莫名其妙」、「不大懂得」、「意義不能連貫」、「累贅」等感受，都是來自某些逐句直譯而犧牲了可讀性的譯本。雜誌的讀者對於翻譯小說，仍如過去一樣，要求能看懂、有趣味。《紅玫瑰》的文學評論專欄〈麈塵客

---

214 冠南，〈交換〉欄目，《小說世界》，3卷1期（1923年7月6日），頁數從缺。
215 聶文卿，〈交換〉欄目，《小說世界》，4卷1期（1923年10月5日），頁數從缺。
216 梁澤光，〈交換〉欄目，《小說世界》，4卷7期（1923年11月16日），頁數從缺。

譚〉中則有讀者撰文指出,譯書的要義,始終是把握原著的命意和布局,力求「不失原旨」;反觀「忠實」原則下的直譯,每每讀之不通,令人懷疑所謂「直譯」,不過是「務新之士」有恐意譯艱深而創出的一套依照原文的「填字之法」而已。[217]

從本節的分析可見,在 1920 年代,雜誌譯界在新文化運動的趨勢下,確實產生了一種面向原文文本和文化的翻譯規範;這一規範亦確實對雜誌譯界有所影響,並呈現在各種刊方聲明中。然而,譯者實踐和讀者回應表明,譯者對譯本仍能自主制控,雜誌翻譯也仍然深受面向譯文語境和讀者的規範影響。新文化精英所推崇的翻譯原則,雖然被認同為「規範」,但對於上海文藝雜誌的翻譯實踐,並沒有明顯的約束力,也不足以排除晚清以來翻譯傳統。

217　薇子,〈麈塵客譚〉欄目,《紅雜誌》,1 卷 18 期(1922),頁數從缺。

第五章

譯本的規範：
「實用」與「時效」原則

第三至四章從雜誌譯本中還原出譯者「顯形」和「不忠」兩種翻譯規範。這些規範均成形於晚清，延續至民初，彼此相輔相成。新文化運動之後，「忠實」為原則的翻譯規範進入雜誌譯界，呈現成為主流規範的趨勢；源於晚清的翻譯規範，效力並未消退，仍為上海雜誌譯者所奉行。本章將要探討另外兩種翻譯規範——「時效」與「實用」——皆與一種特殊的雜誌翻譯形式「譯報」相關。「譯報」即從外國報刊取材編譯的做法。本章首先說明譯報始於晚清以來的「實用」理念，在清廷改革方案和早期報業已見端倪，漸成風氣；後以上海通俗文藝雜誌的選例，描述「實用」在雜誌譯報實踐中得以延伸，以適於民初社會和讀者的過程；進而探討雜誌譯報文本最為集中的兩大欄目——摘錄時聞的「譯叢」與轉載笑話的「西笑」。通過追溯其在當時英美報刊的消息來源，對比細讀，並分析雜誌中關乎譯事的伴隨文本，說明譯報實踐延續「實用」理念中追求時效、對比中西的視角，有意引入國外熱門話題，作為民初城市社會的參照，有同步中外、刺激思考之效；另一方面，晚清「實用」素有「補缺」的用意，即以外國之所長補本國之所無，時至民初，讀者群體漸趨多元紛繁，「補缺」更在「譯叢」與「西笑」欄目中衍生出獵奇求趣的色彩。貌似零碎的民初譯報文本，實與晚清翻譯傳統有明顯傳承關係，亦可從中一窺雜誌譯者群像，值得詳加探索。

第一節　晚清的緣起

　　晚清以來，國力日衰，外交失利，上至皇室朝野，下至文人學界，都體驗到一種即將融入世界政治文化體系的迫切感。不少政府官

員和文人志士提出的改革方案，都將譯書列為國家要務。改革人士亦注意到國內譯事進展緩慢，跟不上時局變化。藉譯書以強國的倡議，每每流露出焦慮感。光緒二十二年（1896）內閣學士李端棻奏請廣設學校、譯館和報館，意即將治學、譯書、辦報並列為時下三大要務。他試圖統籌融合三方面的改革，使之相互補益；有關譯書與治學互相配合的建議尤為詳盡。例如，西書經選譯可納入各大新學堂的課本，出自新學堂的外語人才又可繼續從事翻譯。這種改革視野，表明翻譯對於強國之重要性，並不亞於教育。關於譯事，他認為：「泰西格致新學，製造新法，月異歲殊，後來居上。今所已譯出者，率十年以前之書，且數亦甚少，未能盡其所長。」言下之意，是國內所得西書不夠多，翻譯速度不夠快，譯書傳播也不夠廣。他又指出，只有京師同文館、江南製造局譯館等譯書機構還不足夠，各大縣市應自設譯書局，大興譯事，並搜羅民間譯製而官方尚無的譯書，定期增補；譯書局應「不厭詳博，隨時刻佈」，邊譯邊印，以爭取時效；譯書亦應「廣印廉售，佈之海內」，以廣泛傳播。[218]

戊戌變法之後，張之洞（1837–1909）、劉坤一（1830–1902）三次上書，繼續倡議變法自強，第三份奏疏更以促進譯事為變法要務。張之洞同樣認為譯書總遠遠落後於時局，不合時宜。為此，他建議將譯書一事納入外使大臣的職責範圍，每位外使須在當地尋訪最新書籍，聘請該國通人（相當於傳譯人員）協助使節團的翻譯官，在任期內完成一定字數的翻譯任務。此外，他特別鼓勵從日文轉譯西方著作和新聞，因為中日語言障礙相對較小，翻譯需時較短；而且中日兩

---

218 〈奏請推廣學校設立譯局報館摺〉（1896），轉引自張靜廬編，《中國近代出版史料（二編）》，頁6–7。

國「時令、土宜、國勢、民風大率相近」,[219] 經過日本人翻譯的西方書籍,多數已刪去不宜國情國體的內容,又可省去一些工夫。張之洞也提議日本使節團應多攜譯員,「廣蒐要籍,分門繙譯,譯成隨時寄回刊佈」,如此一來,譯事就能「既精且速」。[220] 這與李端棻呼籲「隨時刻佈」的動機一致,都是為了提高譯事的時效性。

正如緒論所言,在清末民初時期,翻譯和辦報是兩大相輔相成的文化實踐,兩者皆為接軌世界、同步中外的途徑。譯事和報業已成兩大潮流,加上國內對西方消息的急切需求,催生出一種特殊的翻譯形式:譯報。鴉片戰爭以降,國內始有編譯外國報刊的做法。魏源的《海國圖志》,便是編譯外國書籍和新聞所成。自此,翻譯外國報章雜誌,便成為國人獲取最新時政消息的有效手段。張之洞在《勸學篇》提到,乙未年(1895)之後,「志士文人創開報館,廣譯洋報,參以博議……內政、外事、學術皆有焉」,可見譯報已成潮流,不僅可引入新知,也為國人議政提供素材和參考。梁啟超所辦《時務報》(1895)和《清議報》(1898–1901),亦注重編譯外國報紙的新聞和社論。嚴復創辦《國聞報》(1897–1900)時明言:「欲通外情不能不詳述外事,欲詳述外事不能不廣譯各國之報」,譯自外報的內容就是《國聞報》的主體。狄楚青(1873–1941)辦《時報》(1904–1937),不僅搜羅在上海能訂閱的各國報紙,還開闢專欄刊登外國報章的社論。譯報的實踐在華人報界大為流行,正是一代文人追求翻譯時效性的體現。

---

219 〈覆議新政有關繙譯諸奏疏〉(1901),轉引自張靜廬編,《中國近代出版史料(二編)》,頁30。
220 同上。

上述清末各種促進譯事的舉措，無不求新、求快、求廣，這也恰是當時譯事緩慢、譯書貧乏、譯員短缺的有力證明。在這些訴求和局限下，翻譯活動若沒有統一的選譯原則作為指引，就有可能變得急而無序。為此，張之洞曾建議實行譯者獎勵制度，各省舉貢生員之中，「能譯出外國有用之書者」，可論功行賞，獎以實官或虛銜；譯書出版量大，並切合當局要求的省市，也有獎賞。[221] 這些鼓勵措施表明，當局一方面急於擴大譯事規模，另一方面亦在向譯界灌輸一種注重「實用」的選譯原則。

　　「實用」一詞正式進入並流行於漢語詞彙的確切時間不易考證。若以早期雙語詞典為依據，略加推索，可見馬禮遜（Robert Morrison，1782–1834）1823年所編《華英字典》尚無「實用」詞條。[222] 1916年赫美玲（Karl Ernst Georg Hemeling，1878–1925）《官話》已將「實用」一詞收為英文 "practice"，"practical" 條目的中文解釋，可視為詞語扎根漢語語彙的表徵。[223] 追溯晚清官方文獻，又可發現「實用」一詞乃自鴉片戰爭之後，經屢次改革嘗試，而逐漸流通於官方話語。鴉片戰爭之後，國人意識到科學技術已落人後，因而推行洋務運動。在此期間，「實用」主要指科學、技術等工具層面的知識。張之洞於1889年論西學，便將「算學」與「礦學」、「化學」、「電學」、「植物學」、「公法學」等同列為「實用」學科。[224] 甲午戰

221　同上。
222　馬禮遜，《華英字典》（鄭州：大象，2008），頁743。
223　中央研究院近代史研究所，英華字典資料庫（檢索日期：2021年5月3日），網址：http://mhdb.mh.sinica.edu.tw。
224　吉林師範大學中國近代史教研室編，《中國近代史事記》（上海：上海人民，1959），頁832。

爭之後，國人發現明治維新後的日本國力已躍居於前，頓覺政體改革迫在眉睫。戊戌變法前後，「實用」轉而指向政治、法律、哲學等涉及國家機器和思想體系層面。1897年嚴修奏請廢除科舉、開設經濟特科時，明言為收「實用」之效，教育新制應設「內政」、「外交」、「理財」、「經武」、「格物」、「考工」等六科。[225] 戊戌變法之後，主張變法自強的安徽巡撫王之春又在〈覆議新政有關繙譯諸奏疏〉一文解釋譯事的必要性，回應保守派的質疑：「中國已有之書，其講道精深者，必應謹守；中國未備之書，有學問切實者，不妨廣求。」「未備之書」，包括「道藝」和「體用」，仍離不開科技和政法這兩大落後於西方的領域。[226] 譯事須引入本國尚無而外國已有的書籍，則表明以「實用」為宗旨的翻譯活動，實帶有一種「補缺」的心理，意謂從西方汲取本國所未有的事物。

由此可見，清末民初的「實用」作為一種知識系統的類別，素強調理性知識用於解決實際問題所體現的價值；有關「實用」的訴求，都在中西對比的視野之下提出。晚清官員一再強調譯事須儘快引入本國尚無而外國已有的書籍，又表明以「實用」理念之下的翻譯活動竭力追求時效，意在補缺，旨在從西方汲取本國未有之事物。「對比」的視野、「時效」的追求與「補缺」的心理，可謂晚清「實用」理念的重要層面，與本章研討課題亦極為相關。

「實用」理念雖然顯見於關乎翻譯的官方文本，但並不純然源於朝廷命令或官員提案，影響亦不限於官方翻譯實踐。在民間，尤其是

225　同上，頁976。
226　張靜廬編，《中國近代出版史料（二編）》，頁29–31。

民辦報業,這一理念早有體現。清末民初翻譯與報業之緊密結合,報人集編著譯多職於一身的共性,此前章節已有詳述。翻譯和辦報在此時皆為接軌世界、同步中外的途徑,是兩大相輔相成的文化實踐。報刊具有不斷更新、與時並進的本質,以報刊為媒介出版翻譯,尤能強化翻譯時效,突顯「實用」價值。

故此,在報刊翻譯中觀察「實用」原則的演變,不失為可行做法。有關報刊翻譯的研究,近年已頗有進展。例如,潘光哲曾詳細分析《時務報》各種譯稿在晚清傳播世界知識、構建公共空間的功能;[227] 杜慧敏梳理晚清期刊翻譯小說資料,展其概貌;[228] 趙稀方從《萬國公報》與《新青年》的翻譯實踐論及中國對西方文化之協商與接受;[229] 王勇嘗試解釋《東方雜誌》在中國現代文學萌芽期間翻譯與文學之互動。[230] 上述研究成果皆屬可貴。然而,目前研究普遍聚焦於政治影響深遠的大型刊物,翻譯研究亦更多偏重文學,非文學類譯本研究相對稀少,溯及原文者更少。本文所涉暢銷雜誌,因有娛民之面目,又較少涉及公共話題,素來難入文學史論;貌似零散的編譯欄目,更因形態龐雜、來源模糊而鮮為人探討。然而,正因雜誌文人與讀者受眾的背景多元,取態各異,暢銷雜誌的翻譯實踐大有研究價值。以「實用」為線索,更可試將通俗翻譯文本置於晚清以來的公共語境來觀察。此外,本章亦嘗試追溯某些譯例的消息來源,還其背

---

227 潘光哲,〈開創「世界知識」的公共空間:《時務報》譯稿研究〉,《史林》,95期(2006),頁1–18。
228 杜慧敏,《晚清主要小說期刊譯作研究(1901–1911)》(上海:上海書店,2007)。
229 趙稀方,《翻譯現代性:晚清到五四的翻譯研究》(臺北:秀威資訊科技,2007)。
230 王勇,《東方雜誌與現代中國文學》(北京:中國社會科學,2014)。

景語境,以表明發乎「實用」原則的翻譯欄目,確有連通中西社會的思維。

第二節　民初的演變

中西對比視野下提出的「時效」和「實用」,至民初仍是一大選譯原則。新生政體之下,國人迫切希望融入世界體系,譯界亦有所回應。不少翻譯書籍廣告,均強調譯書對於社會現狀的切合程度,並常以原著在其國家的效用,來說明譯書的參考價值。其中,又以教育類譯書最注重「實用」,從譯書廣告文字可略見一二。本節特選雜誌內刊登半年以上,且占至少半頁篇幅的書籍廣告,以其為書局比較重視推廣的書籍,而具代表性。以中華書局為例,《公民模範》一書「譯自美籍,以先進共和國之道德,為吾民之模範」;[231]《生活教育設施法》自稱「教育界最近之思潮」,「洵今教育之對症良藥,辦學者允宜人手一編」;[232]《美國政治精義》建議「共和國人民自宜手此一篇,以資觀摩」;[233] 提倡全民儲蓄的《勤儉倫》則指出,「英國自出此書之後,儲蓄銀行增設不少。吾國財力艱窘,習尚奢靡,此書誠為對症良藥」;[234] 廣告每每強調譯書乃譯自西方最新著作,講求時效。廣告常用「對症良藥」、「人手一篇」之類的短語,反映了書商針對社會需求、訴諸公眾的宣傳策略,也表達了借鑑西方的呼籲。幼兒教育專

231　《中華小說界》,1卷8期(1914年8月1日),廣告頁數從缺。
232　同上,2卷1期(1915年1月1日)。
233　同上,2卷8期(1915年8月1日)。
234　同上,2卷9期(1915年9月1日)。

著《新教育法》廣告更明言,該書「風行全世界,迄今歐美各國,無不競相仿行,獨於我國寂然無聞」,[235] 有意在歐美為中心的國際視野中檢視本國的位置與進展,流露出一種不甘落於人後的迫切感。

以「實用」為準則的翻譯思維,同樣見於雜誌界。民國初年,中華書局旗下「八大雜誌」均以「注重經驗,主張實用」為宗旨,尤其是《中華教育界》、《中華實業界》和《中華學生界》三本。[236] 商務印書館的大型綜合月刊《東方雜誌》,徵稿條例並沒有對譯稿提出特別要求,而是規定不論是原創或翻譯作品,都以「規畫大局,陳善納誨」為錄用的首要條件,對文稿的言論導向及教育意義最為用心。[237] 中國留學生在美創《留美學生季報》(1913–1928)更開宗明義以「借鑑」為核心精神,原因是「吾國自改革以來,一切制度,大都取法歐美。而美為共和先進國,其所設施足資吾國借鑑者不少」。[238]

當書局和商務印書館等大型書局,正從譯事入手,發掘「實用」素材。規模較小的書局亦順應主流,利用自身資源,推出迎合社會各種需求的譯本。專營西書進口的上海伊文思圖書公司在一則〈新書來華預告〉指,中國實業不興,乃因「缺乏專書,無以造就人才」,特從歐美搜羅上千種有關實業、工業的專門書籍。[239] 出版《禮拜六》的中華圖書館尤精於印刷,以重印古籍和名家書畫著稱,此時亦譯介西方美術書籍,供新式學校美術科使用。中華圖書館曾推出《圖畫

235　同上,2卷2期(1915年2月1日)。
236　同上,2卷4期(1915年4月1日)。
237　〈投稿規制〉,《東方雜誌》,1號(宣統二年〔1910〕9月25日),版權頁。
238　同上,2卷7期(1915年7月1日)。
239　《中華小說界》,2卷6期(1915年6月1日),頁數從缺。

學》一書,乃據美國萬國函授學校(International Correspondence School)繪畫課本而譯出,並託畫家丁悚鑑定譯文,也歡迎讀者將畫作寄予編輯部,可換得丁悚對畫作的指點。[240] 不難看出,中華圖書館深明這類譯書的價值在於傳授實用技藝,因此精心設計「售後服務」,以吸納讀者。這一策略,無疑與晚清以來「實用」的原則一脈相承。《圖畫學》的廣告明言,「西洋畫之在中國,尚在幼稚時代,雖有專門學校,而苦無良好之講義」。兩則譯書廣告都針對書籍短缺的現象,體現了晚清以來譯界「補缺」心理的延續。

與此同時,出版業日益成熟,識字人口逐年上升,民初出版商亦將「補缺」的態度延伸至科技、教育、工商業以外的領域,滿足不同人群的興趣和需求。從書商的介紹,頗能看出民初譯界一些承自晚清「實用」原則,又有所延伸的跡象。例如文明書局曾譯介體育常識用書《足球規例》(見圖18(a)),廣告文寫道:「足球一道〔……〕西國刊書記載,視若專門,中國既少研究,亦無專書」,「補缺」的用意與以上兩例相仿。如文明書局的《魔術大觀》(見圖18(b)),廣告說該書「譯筆既軒豁呈露,圖繪亦不失形模」,譯筆和插圖都有助讀者理解;讀此書可「研究科學,借徑遊戲」,意即寓學於樂,既富教育意義又不失趣味。

此處的「科學」,乃指用於變玩把戲的一些簡單物理和化學常識,並不涉及科學原理的解釋和探討。清末「實用」翻譯原則,源於國家革新自強的需求,聚焦於科學、政治、實業方面,往往反映精英階層的追求,本身帶有極為嚴肅的意味。反觀《魔術大觀》的自我

---

240 《禮拜六》,48期(1915年5月1日),廣告頁數從缺。

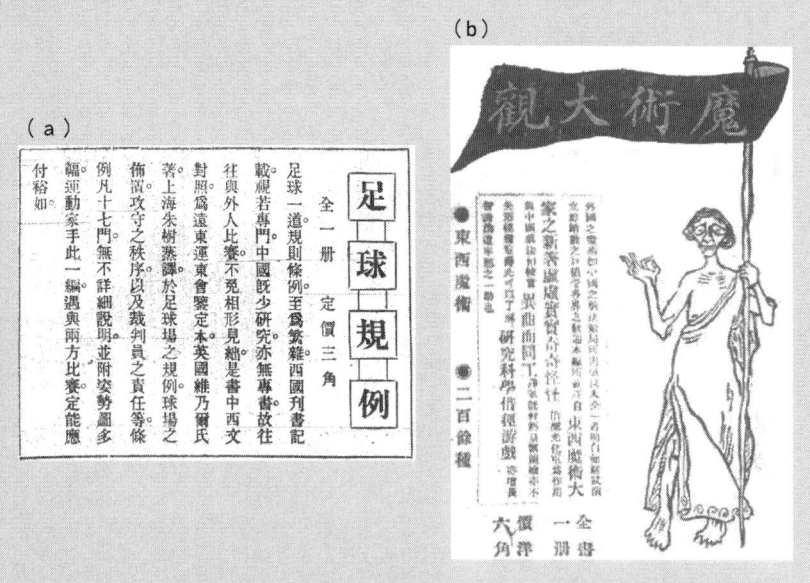

圖18 （a）《足球規例》（《中華小說界》，2卷5期，1915年5月1日）；
（b）《魔術大觀》（《小說大觀》，13號，1918年3月30日）

宣傳，一方面號稱可助科學普及，有意迎合譯界主流的「實用」原則，另一方面又強調書中充滿「虛虛實實，奇奇怪怪」的趣味，對不同背景和階層的讀者都有一定吸引力。

從上述譯書廣告可見，譯事長久以來所背負求知授技的使命，正逐漸從精英和官方的層面，被引介到普羅百姓之間。在民初市民讀者的品味和暢銷雜誌的定位影響下，晚清以來追求時效、意圖「補缺」的「實用」翻譯原則，逐漸出現追求新鮮趣怪的「獵奇」色彩。

第三節　譯叢：獵奇的「時效」與「實用」

在民初上海文藝雜誌中，最具「獵奇」色彩的是摘錄西方雜聞的欄目。這類欄目可統稱為「譯叢」，每期為幾篇百字短文，內容包羅萬象，或安排在各大小說欄目之後，或安插在同欄小說之間，兼補白功能。各雜誌對此欄目的命名不盡相同，選錄內容亦各有側重。早期《小說月報》〈新智識〉欄目以介紹生活常識、科學趣聞為主，「譯叢」欄目多選錄環球趣聞，〈瀛談〉和〈遊記〉則譯介各地旅行者手記。《中華小說界》的〈談瀛〉和〈談薈〉，著重收錄西方各地風俗和奇人奇事。1920年代之後，「譯叢」在雜誌中所占篇幅增多，名目也更多種多樣。《禮拜六》1921年復刊增設「譯叢」，計有〈歐屑瑣譯〉、〈瀛寰瑣聞〉、〈海外瑣聞〉等專欄，內容選自外國社會新聞、歷史故事、名人訪談和笑話趣談。《紅雜誌》的「譯叢」有選譯西方史話、逸事和奇聞的〈世界珍聞〉、〈西史拾遺〉和〈求幸福齋賸墨〉，以及介紹外國電影明星的〈藝林芳訊〉。改版成《紅玫瑰》後，設有〈小小報〉、〈小思潮〉、〈滑稽艷話〉、〈中外奇觀〉等專欄，內容則無大分別。《小說世界》的「譯叢」欄目較有條理，通常有統一主題，例如搜羅新聞奇聞的〈世界瞭望塔〉和〈風俗誌異〉，以及人物傳記專欄〈世界名畫家小傳〉和〈歐戰名人小傳〉。

顧名思義，「譯叢」欄目的內容是從翻譯而來，但雜誌極少註明消息的來源，甚至不留譯者姓名，而多稱之為「記者」，意即視譯者為提供外國消息的人士。筆者根據三點線索，推測「譯叢」的其中一個重要來源是外國報刊。

線索之一,是譯叢編輯者的自述。例如,《紅雜誌》欄目〈東鱗西爪〉的負責人鄭逸梅曾表明某幾則雜聞譯自《新婦女報》。[241]《紅雜誌》欄目〈求幸福齋贉墨〉的主筆何海鳴(1884–1944)也曾透露欄目素材的來源:

> 近得美洲華僑寄來西文雜誌多種,並有已譯成華文之小品文字,擇其數種有趣味者,送刊紅雜誌。[242]

《禮拜六》的譯者劉鳳生,負責蒐集欄目〈漫浪談〉的材料。他如此描述自己的工作方式:

> 予平居喜閱歐美各種雜誌,偶有奇聞異事,而視為足資談笑者,輒筆之於懷中記事冊。[243]

另一譯叢欄目〈外國軒渠錄〉專門刊登笑話,譯者夏健秋也道:

> 歐美雜誌間有小品趣聞,著墨不多,但神味雋永,的屬可喜。偶理舊篋,得斯譯稿,略為改竄,投之禮拜六。[244]

由此可知,不少譯叢專欄的主要來源正是歐美雜誌中的奇聞異事和小品趣聞。這類材料構成了各文藝雜誌譯叢欄目的主要內容。有的譯者則素有閱讀歐美雜誌的習慣,偶遇合適的材料,便會嘗試投稿;有的

---

241 鄭逸梅,〈東鱗西爪〉,《紅雜誌》,2卷24期(1924年1月18日),頁18。
242 何海鳴,〈求幸福齋贉墨〉,《紅雜誌》,1卷39期(1922),頁14–17。
243 劉鳳生譯,〈漫浪談〉,《禮拜六》,145期(1922年1月21日),頁37–38。
244 夏健秋譯,〈外國軒渠錄〉,《禮拜六》,135期(1921年11月12日),頁26–27。

雜誌譯者則有意識地從外國報刊中尋求翻譯素材。在同人編輯的氣氛之下，這一翻譯實踐極可能不是個別譯者的行為，而是一眾雜誌譯者共有的工作方式。此外，譯叢的製作過程涉及採集和不同層次的改寫，譯者對這些「改竄」亦毫不諱言。

線索之二，是上海雜誌素有模仿外國雜誌的做法，因此譯者從外國雜誌中取材亦不足為奇。《禮拜六》的創刊理念取自美國《星期六晚郵報》；[245] 1921 年復刊後，參考了外國小說雜誌的排版方式，改頭換面。[246]《紅雜誌》的命名和體例都模仿英國 *Red Magazine*；[247] 也曾考慮引入外國雜誌中「懸賞小說」的遊戲，即由刊方提供小說開頭、讀者敘寫、擇優者錄的故事接龍遊戲。[248] 這些例子表明，雜誌文人素有閱讀外國報刊雜誌的習慣，因此極有可能從中尋找翻譯素材。

線索之三，是上文所說源於晚清的譯報實踐，在民初雜誌界依然十分流行。例如，商務印書館旗下兩大期刊《東方雜誌》和《婦女雜誌》均注重譯介外國報章的消息《婦女雜誌》常設「譯海」欄目，「選譯歐美雜誌、世界新聞」，「以收切磋觀摩」之效。[249]《東方雜誌》在 1910 年代，每期有近一半的篇幅是譯自外國報章的內容，而且來源標註完整而明確，以說明刊物能廣納各國最新論說，而且選譯態度謹慎。

245　周瘦鵑，〈《禮拜六》舊話〉，《工商新聞》副刊《禮拜六》，271 期（1928 年 8 月 25 日），3 版。轉引自芮和師等編，《鴛鴦蝴蝶派文學資料（上）》，頁 231–232。
246　〈編輯室〉，《禮拜六》，106 期（1921 年 4 月 23 日），頁 58。
247　嚴獨鶴，〈發刊詞〉，頁數從缺。
248　濟羣，〈編輯者言〉，《紅雜誌》，1 卷 15 期（1922），目錄前頁。
249　婦女雜誌編輯部，〈新編婦女雜誌簡章〉，《小說月報》，5 卷 12 期（1914），軼聞欄目廣告頁。

本書所論文藝雜誌也有諸多譯報時間。不少短篇翻譯小說，正是譯自外國文藝雜誌所登載的作品。曾被取材的英文報章雜誌，已確認英國報刊至少有 The Times（1785– ）、Pearson's Magazine（1896–1939）；美國報刊有 Cosmopolitan（1886– ）、McClure's Magazine（1893–1929）、Scrapbook（1910– ）、Washington Post（1877– ）、New York Times（1851– ）、The Saturday Evening Post（1898– ）、Everybody's Magazine（1899–1929）、Vanity Fair（1913–1936）、The Outlook（1870–1935）等。另有為數不少的譯作，註明取材自外文報刊，但沒有提供雜誌名稱，或只註有中文譯名。從上述三點可以推測，雜誌「譯叢」與晚清以來的譯報實踐應有深刻聯繫。

正前所述，清末譯報實踐素有「實用」理念。時至民初，在暢銷雜誌語境中，兩者關係依然緊密。以雜誌翻譯小說為例，已不難察覺「實用」的延續，尤其是對時效的追求。某些譯自雜誌的短篇小說，在原著出版後不久已譯成，表明譯者有意從最新期刊中尋求翻譯材料。例如《禮拜六》偵探小說〈亞森羅蘋之勁敵〉在1914年12月分兩期出版，原著 The Radium Robbers 出自美國 McClure's Magazine 1914年7月號，相距僅五個月；[250] 另一小說〈毒札〉譯自美國 Cosmopolitan 雜誌，原著 "The Germ Letter" 在1914年7月14日刊出，[251] 在上海出版日期是1914年7月25日，相隔不足兩週。對於二十世紀初航海運輸的速度而言，這種翻譯時效可謂驚人。

---

250 Edith MacVane, "The Radium Robbers," *McClure's Magazine* 43, no. 3 (July 1914), 64–73, 150–166.
251 Arthur B. Reeve, "The Germ Letter," *Cosmopolitan* 57, no. 2 (July 14, 1914), 244–263.

「實用」理念的滲透,亦體現於這些翻譯小說向讀者傳遞知識的意向。以〈毒札〉為例,譯本和原著的標題之下、故事之前均附有一段文字,形式近似序言(見圖19)。

〈毒札〉的序如下:

> 華爾脫曰:予友甘納德,蓋以科學家而兼偵探家者也。恆以科學新法,偵探罪犯蹤跡,摘姦發覆,其效如神。如下文所記,即其一事,蓋為予所目見云。[252]

這段序是「華爾脫」的自述,故事亦由「華爾脫」以第一人稱(予)角度來敘述。在英文原著的序中,並沒有對應「華爾脫」的英文姓名,只有主人翁大偵探Craig Kennedy,即譯本中的「甘納德」,以及案件的當事人Mrs. Blake。通讀原著後不難發現,「華爾脫」其實是偵探甘納德的醫生助手Walter Jameson,兩人的關係正如經典偵探小說人物福爾摩斯(Sherlock Holmes)和華生(John Watson)。

在此,譯者有意呼應福爾摩斯故事系列以及明清白話小說中「說書人」的敘事模式,讓擔任敘事者的故事人物華爾脫在開場白中提早登場。譯文這種敘事結構的提示,在原著中是沒有的;對同類小說經典的呼應,也比原著明顯,可視為迎合讀者閱讀習慣的體貼處理。

華爾脫所「曰」的內容,除了突顯偵探甘納德的神探身分,亦特別提到他善用「科學新法」。這兩點則可在原著的序言找到相應內容:

252　史九成譯,〈毒札〉,《禮拜六》,8期(1914年7月25日),頁1。

圖19 〈毒札〉(《禮拜六》，8期，1914年7月25日）及其原著 "The Germ Letter"（*Cosmopolitan* 57, no.2, July 14, 1914）首頁對照

Craig Kennedy and his "workshop of scientific crime" have rarely had a more baffling puzzle to solve than the extraordinary blackmailing attack made upon the wealthy Mrs. Blake, so cleverly managed that I seemed as though even the most astute scientist would be unable to penetrate the mystery. Have you ever heard of germ-free toxins? Well, here is a chance to add to your store of knowledge and keep up to date with all the latest wrinkles of the medical and chemical professions.[253]

---

253 Reeve, "The Germ Letter," 244.

序中先透露故事情節,吸引讀者。從文中的問句和人稱代詞"you",可肯定序言是面向小說讀者而寫。文中又稱,是篇小說可助讀者獲得新知,瞭解醫學和化學領域的最新動向。對比兩篇序言後可知,譯者從原著序言提取了故事兩大賣點,一是偵探情節,二為科學新知。譯者從近期外國雜誌選譯小說,又特別選譯運用最新科學知識寫成的偵探小說,既迎合晚清以來福爾摩斯系列所形成的閱讀潮流,亦可滿足洋務運動以來民眾對西學和科技知識的嚮往和好奇心理。不論有意或巧合,這篇小說背後的譯報實踐,恰恰是「實用」的典型體現。

譯報傳統下的小說翻譯秉承「實用」理念,追求「時效」,傳播新知;同一傳統下的「譯叢」欄目,看似多為獵奇搜怪,零散瑣碎,但翻譯速度之快,蒐集範圍之廣,社會觸覺之敏銳,亦足見「實用」和「時效」的延續。最可體現「時效」的例子,是有關外國名士訪滬消息的「譯叢」消息。1921年,美國大實業家洛克菲勒(John David Rockefeller,1839–1937)的兒子,代表洛克菲勒集團在華醫療信託基金到訪中國,途經上海、天津和北京。《禮拜六》雜誌的「譯叢」欄目〈海天拾雋〉曾刊出小洛克菲勒在華的一些訪問資料:

> 舉世驚羨之美國煤油大王駱克非而(John D. Rockefellow)〔按:疑為Rockefeller之誤印〕之子此番過滬,有詢之者曰:君家以何術致富若此?曰:有三道焉。一善謀,二善積,三善用。又有詢之者曰:聞君此番在京搜購美術品約八萬餘金,有其事否?曰:此謠諑耳。吾視金錢之可貴,一如常人。天下惟浪使金錢者,雖富終必破產,予以為世間富者對於社會負有極大責任,蓋以富者之一舉一動,恆為他人

第五章 譯本的規範:「實用」與「時效」原則

(a) 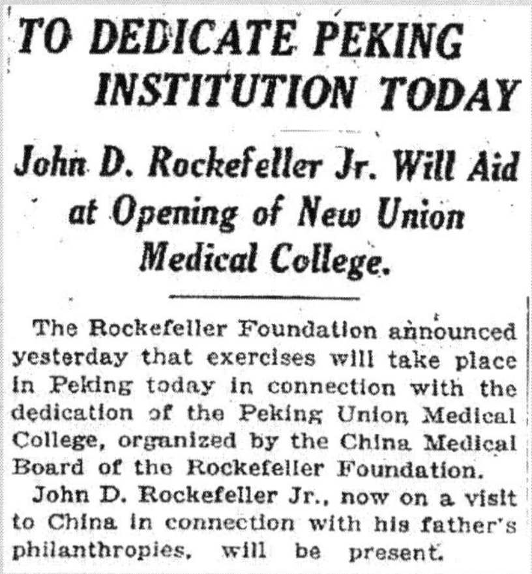
TO DEDICATE PEKING INSTITUTION TODAY
John D. Rockefeller Jr. Will Aid at Opening of New Union Medical College.

The Rockefeller Foundation announced yesterday that exercises will take place in Peking today in connection with the dedication of the Peking Union Medical College, organized by the China Medical Board of the Rockefeller Foundation. John D. Rockefeller Jr., now on a visit to China in connection with his father's philanthropies, will be present.

(b) 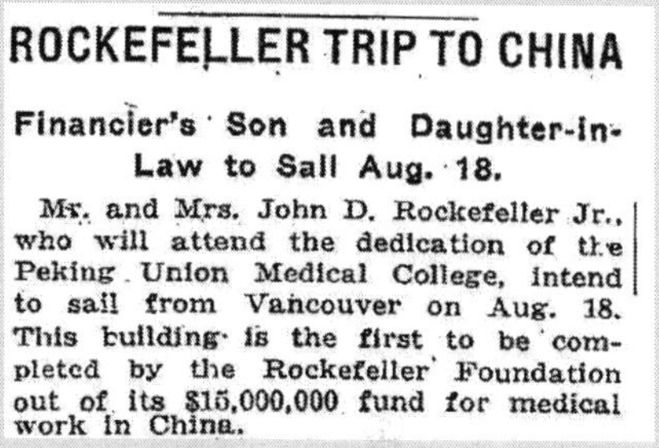
ROCKEFELLER TRIP TO CHINA
Financier's Son and Daughter-in-Law to Sail Aug. 18.

Mr. and Mrs. John D. Rockefeller Jr., who will attend the dedication of the Peking Union Medical College, intend to sail from Vancouver on Aug. 18. This building is the first to be completed by the Rockefeller Foundation out of its $15,000,000 fund for medical work in China.

圖20 《紐約時報》洛克非勒之子訪華新聞
（a）1921年7月31日；（b）1921年9月19日

所效尤也。[254]

　　該則消息見刊日期是1921年10月29日。通過調查這一日期前後的美國《紐約時報》（*The New York Times*）新聞資料，可知小洛克菲勒在1921年8月18日啟程訪華（見圖20（a））；在華期間最重要的行程，是在9月中下旬為洛克菲勒信託基金創辦的北京協和醫院（Peking Union Medical College Hospital）舉行揭幕儀式（見圖20（b））。[255]

254　劉鳳生譯，〈海天拾雋〉，《禮拜六》，133期（1921年10月25日），頁6–7。
255　本書所引《紐約時報》資料來自線上版 The New York Times Article Archive,

北京協和醫院是洛氏在華醫療慈善的一大創舉，洛氏之子訪華自然引起當時媒體和民眾對於世界首富的關注。前述的雜誌譯者特別注重轉述洛氏之子對於財富與地位的看法，亦澄清了洛氏擲鉅額購買藝術品的謠言，從而傳遞富人當仁的觀點。這些內容均來自口頭訪談，而且從訪華開始到譯文出版，時間大約只有一個月。因此，消息的來源不太可能是成書，而極可能是報章雜誌。至於訪談內容是經雜誌譯者從英文譯出，還是根據中文報章所轉載的傳譯內容而編成，如今實難考察。但這一消息的產生過程，無疑涉及語言轉換和翻譯實踐。這則消息及時附和時下新聞事件，頗具譯報傳統對時效的要求；消息藉訪談而提倡謹慎的消費觀念，以及富人之社會表率作用，表明刊方試圖從名人時事中引出正面訊息，以訓誨讀者；對於貧富日益懸殊的上海都市社會而言，亦不失為一個及時回應。這兩點與雜誌翻譯一貫注重切合社會狀況的「實用」理念，都是一致的。

　　1921年到訪中國的外國名人，還有英國報業和出版業大亨北巖爵士（Lord Northcliffe，本名Alfred Charles William Harmsworth，1865-1922）。北巖爵士在全球報業深具影響力，他的報業集團在上海設有新聞中心，旗下《泰晤士報》、《每日鏡報》（The Daily Mirror）和《觀察家報》（Observer）亦銷往中國。因此，是次訪問特別得到滬上媒體關注。11月中旬，上海《申報》已刊出北巖爵士即將到滬的消息。抵滬當天即11月20日，《申報》又有題為〈北巖爵士今晚抵滬〉的報道，並透露《申報》館將派員前往迎接。[256]

1851–1980（檢索日期：2021年5月3日），網址：http://www.nytimes.com/ref/membercenter/nytarchive.html。

256　見《申報》，1921年11月18–24日，14版。

英國方面,《泰晤士報》在11月24日引述上海方面的報道（見圖21）, 回顧爵士在華時訪問的行程, 包括參觀《字林西報》(North China Daily News)和《申報》, 亦指出爵士訪滬時極受重視, 表明英國在華勢力依然穩固; 11月28日則有爵士結束訪問, 離開中國的消息。[257] 縱觀中英文主流報紙的報道可知, 上海與英國方面對此事的報道是幾近同步的。

至12月中,《禮拜六》雜誌刊出一則名為〈英國北巖爵士的譚話〉的訪談錄。[258] 這則譯叢的內容不同於上述嚴肅的新聞報道。它既不羅列訪問的路線或行程, 也不探討訪問對於中英外交的影響, 反而是轉述爵士對於時下熱門話題的看法, 及其本人的一些生活經歷與情趣, 包括旅行、讀書和婚姻的心得。譯者對於訪談錄的來由, 作了以下陳述:

> 北巖爵士（Lord Northcliffe）是倫敦泰晤士報的主人。這次來華, 他的言論, 喧傳各報紙上。我國人士, 幾乎沒有一個人不知道的。我且不必多說。以下一篇是Bert L. Kuhn君述北巖爵士在滬寧車中和客人隨便所譚的話。零零碎碎, 前後並不相接, 但是說的也很有趣。因此把他譯出來, 以示愛讀本刊者。[259]

從譯序可知, 當時國內有關北巖爵士訪華的媒體報道已非常豐富, 讀

---

[257] 本書所引《泰晤士報》資料來自線上版 The Times Digital Archive, 1785–2006（檢索日期：2021年5月3日）, 網址：http://www.gale.cengage.com。
[258] 劉威閣譯,〈英國北巖爵士的譚話〉,《禮拜六》, 140期（1921年12月17日）, 頁6–9。
[259] 同上, 頁6。

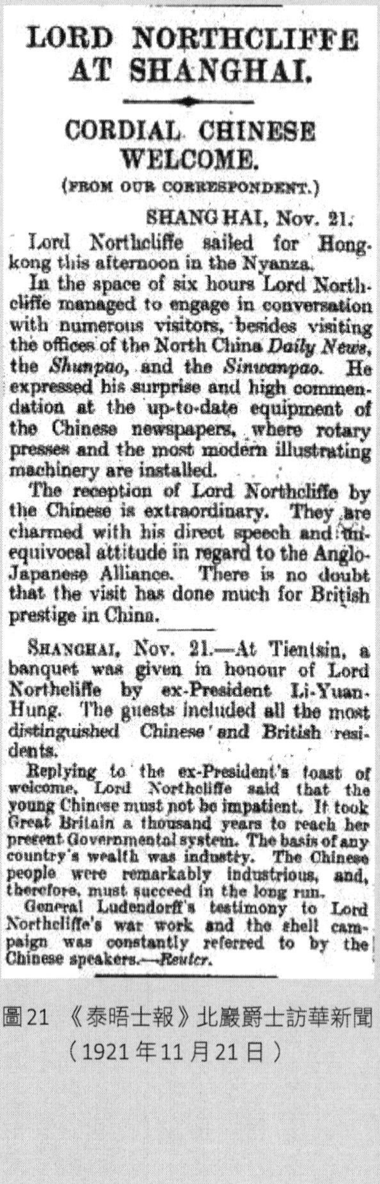

> **LORD NORTHCLIFFE AT SHANGHAI.**
>
> **CORDIAL CHINESE WELCOME.**
>
> (FROM OUR CORRESPONDENT.)
>
> SHANGHAI, Nov. 21.
>
> Lord Northcliffe sailed for Hongkong this afternoon in the Nyanza.
>
> In the space of six hours Lord Northcliffe managed to engage in conversation with numerous visitors, besides visiting the offices of the North China *Daily News*, the *Shunpao*, and the *Sinwanpao*. He expressed his surprise and high commendation at the up-to-date equipment of the Chinese newspapers, where rotary presses and the most modern illustrating machinery are installed.
>
> The reception of Lord Northcliffe by the Chinese is extraordinary. They are charmed with his direct speech and unequivocal attitude in regard to the Anglo-Japanese Alliance. There is no doubt that the visit has done much for British prestige in China.
>
> SHANGHAI, Nov. 21.—At Tientsin, a banquet was given in honour of Lord Northcliffe by ex-President Li-Yuan-Hung. The guests included all the most distinguished Chinese and British residents.
>
> Replying to the ex-President's toast of welcome, Lord Northcliffe said that the young Chinese must not be impatient. It took Great Britain a thousand years to reach her present Governmental system. The basis of any country's wealth was industry. The Chinese people were remarkably industrious, and, therefore, must succeed in the long run.
>
> General Ludendorff's testimony to Lord Northcliffe's war work and the shell campaign was constantly referred to by the Chinese speakers.—*Reuter*.

圖 21　《泰晤士報》北巖爵士訪華新聞
　　　（1921 年 11 月 21 日）

者對此亦已十分熟悉。譯者一方面關注熱門新聞人物，緊貼社會話題，及時發掘相關文字素材，並迅速譯畢刊登；另一方面，譯者又不再從常規新聞報道中選取翻譯素材，轉而譯介花邊新聞和談話錄，展示新聞人物在日常生活中的面目。此外，譯者強調這篇是「隨便所譚的話」，「零零碎碎，前後並不相接」，但重點正是散漫瑣碎中的輕鬆和趣味。譯者又提到，北巖爵士接受訪談的場景是在滬寧火車的旅程中，更帶有閒談的興味。這則譯例表明，「譯叢」在追求時效、貼近時事的同時，仍在秉持雜誌一貫的消閒品味，照顧讀者的閱讀興趣。換個角度而言，通俗雜誌譯者正是以零散瑣碎、趣味盎然的「譯叢」為平臺和途徑，一邊追蹤並回應時事熱點，一邊為熱門話題補充邊角材料，並將主流新聞媒體中的潮流引入休閒消遣的雜誌界，延伸至更廣闊的讀者群。

這則譯文的原著無從稽考,作者 Bert L. Kuhn 其人的資料亦十分稀少。筆者僅從《紐約時報》一則訃告中(見圖22)找到有限訊息。據訃告所言,Bert L. Kuhn 是來自芝加哥的記者,長駐遠東;訃告發出地為上海,可知記者在滬辭世。換言之,〈英國北巖爵士的譚話〉所依之英文原文,極可能是一位美國駐滬記者在滬所寫的文章;文章的第一刊行媒介,亦極可能是上海發行的英文報章。

從以上兩例可見,暢銷雜誌譯者確實會因應本地時事熱點,及時向讀者傳遞消息。此外,亦有譯例表明,雜誌譯者從外文報章取材,將外國新發而國內未見的動態介紹進來。例如,《禮拜六》另一「譯叢」專欄〈瀛寰艷訊〉在1921年6月曾刊出以下消息:

美國詩家谷消息:一千九百二十年科克一府男女之結婚者凡四萬二千五百〇三起中,以雨日結婚者為最多。據該府結婚執照部部長蘭格納 L. C. Legner 氏云,每值雨集霧障之天,男女獨處,輒苦寂寥,於是夢想及於小樓爐火雙影並頭之樂,而欲言情愛,綰鴛結矣。是故雨日之來請結婚執照者,較晴朗之日為多。惟今年婚者較少,殆以人多失業屋價騰貴之故云。[260]

「詩家谷」很可能是 Chicago 的譯音;「美國詩家谷消息」的開篇方式,完全符合新聞報導的格式。根據以上假設,有「科克」的譯音、人名 "L. C. Legner" 以及有關婚姻宗數的數據作為可靠線索,筆者從有關資料庫中找到一則地方消息,相信是這則「譯叢」所依據的資

---

[260] 情人譯,〈瀛寰艷訊〉,《禮拜六》,115期(1921年6月25日),頁12–13。

> Bert L. Kuhn.
>
> SHANGHAI, Feb. 21 (P).—Bert L. Kuhn of Chicago, widely known correspondent in the Far East, died today of pneumonia. He had been correspondent at Honolulu and Manila and had worked in Chicago and San Francisco.

圖22　Bert L. Kuhn訃告(《紐約時報》，1926年2月21日)

料來源。這則英文消息刊於美國奧勒岡州的一份小報（見圖23）。[261] 見報日期距譯文出版不足兩個月。

經對比後可知，原文與譯文的內容要點基本一致，例如天氣、就業、房租等問題與結婚率的關係；相關數據亦如實轉錄。最不同處是對不同論點的篇幅安排。原文用基本相等的篇幅，陳述兩個事實，一是雨天結婚率偏高，二是失業率和高租金導致結婚率偏低；在譯文

---

[261] 資料來自線上版 Historical Oregon Newspapers（檢索日期：2021年5月3日），網址：http://oregonnews.uoregon.edu。

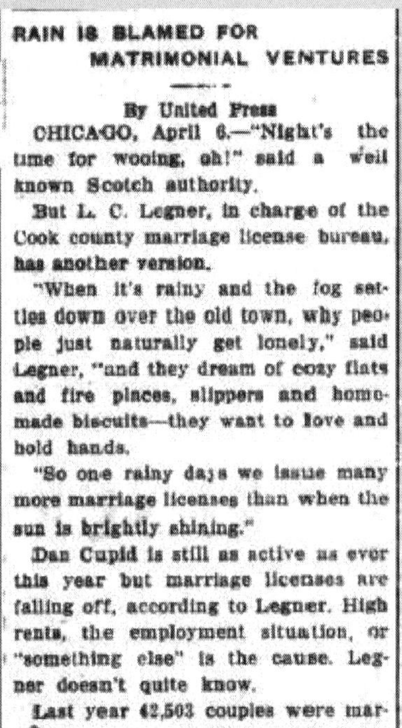

RAIN IS BLAMED FOR MATRIMONIAL VENTURES

By United Press

CHICAGO, April 6.—"Night's the time for wooing, oh!" said a well known Scotch authority.

But L. C. Legner, in charge of the Cook county marriage license bureau, has another version.

"When it's rainy and the fog settles down over the old town, why people just naturally get lonely," said Legner, "and they dream of cosy flats and fire places, slippers and home-made biscuits—they want to love and hold hands.

"So one rainy days we issue many more marriage licenses than when the sun is brightly shining."

Dan Cupid is still as active as ever this year but marriage licenses are falling off, according to Legner. High rents, the employment situation, or "something else" is the cause. Legner doesn't quite know.

Last year 42,503 couples were married in Cook county. The A. E. F. got married in 1920. But now most of the war romances have gone on the rocks or the participants are married. But 1921 is going to be a bad year for weddings.

"This marriage license window is an excellent barometer for the country's economic condition," added Legner.

Cupid's agent, however, denied that romance is waning and that people aren't lovin' any more.

"One can be in love and not get married," he explained.

Dispatches here from other cities of the United States reflect a similar condition. People are putting off their weddings until the jobs look safer.

圖23　*The Dalles Daily Chronicle*
（1904年4月6日）

中，前者的敘述篇幅明顯遠多於後者。英文報道的結尾，稍有流露對於經濟狀況阻礙愛情結合這一現狀的惋惜，譯文似乎沒有表露類似的情緒。從整體上看，譯者似乎對於「雨天結婚的人比晴天多」這一事實更感興趣，有關描寫如「雨集霧障之天，男女獨處，輒苦寂寥」，「雙影並頭之樂」一類，亦可見譯者的幻想和筆力。對於經濟狀況之於婚姻的影響，則一筆帶過。在此，譯者的策略顯然更關乎趣味性，而不甚注重原文報導的完整面目和輿論導向。

這一則消息所在欄目〈瀛寰艷訊〉，專門報道男女情愛的奇聞逸事。同期欄目還有兩則消息。一則講述巴黎郵務局有意大幅提高情書的郵資，逼促戀愛中的男女儘快結束現狀，步入婚姻，從而改善一戰以後人口暴減的趨勢；另一則報道述美國費城一名女子跟蹤一名年輕商人去環球旅

行,只為在途中可伺機向他求愛。前文提到小洛克非勒訪華的譯例,載於1921年10月25日〈海天拾雋〉欄目。同時刊出的報道還有物理學家愛因斯坦的趣聞,還有荷里活默片明星胖子亞拔格兒(Roscoe "Fatty" Arbuckle,1887-1933)被控強姦一案。愛因斯坦有關相對論的著作在1917年至1921年間陸續譯入中國,發表在《學藝》、《改造》、《科學》等科學雜誌上。[262]亞拔格兒一案,亦恰恰發生在1921年秋天。[263]從中可見,欄目譯者的話題來源,正是時下名人的最新軼事。

放眼其他暢銷文藝雜誌「譯叢」欄目,《紅玫瑰》設有〈海外逸話〉,專門古怪事件,如懸疑案件、畸形生物、原始部落習俗等等;《小說世界》的〈世界第一〉羅列各種世界之最,〈世界談屑〉轉載各種有趣數據和百科知識,〈世界瞭望塔〉(見圖24)譯介科普新知,內容包括「雛形汽車」、「龍柱」(即龍捲風)、「避火皮」(即防火衣)、「三個製造真空管的大家」等科技發明和天文地理異象等。每期均附豐富照片,顯然為轉印外國書刊報章的攝影及繪製圖像而來。

以上文本線索可以推測,大部分「譯叢」都由譯者從不同文本來源蒐集、編輯而成。雜誌譯者在翻譯過程中所依據的原文,不一定是某一部特定作品或某一個外來文本,也有可能是一組外來文本群。雜誌譯者工作過程的一個重要步驟,是根據某種線索(例如專欄主題、社會話題)來蒐集和組合從各方而來、體裁各異的外國文本,

---

262 許步曾,〈愛因斯坦訪滬與相對論在上海的傳播〉,《尋訪猶太人:猶太文化精英在上海》(上海:上海社會科學院,2008),頁23–24。

263 最早的報道見於《紐約時報》1921年9月10日,題為"Roscoe Arbuckle Faces an Inquiry on Woman's Death"。

圖24 〈世界瞭望塔〉(《小說世界》, 2卷1期, 1923年4月6日)

藉由翻譯將之呈現。每一個固定的「譯叢」欄目,幾乎都有其編譯的線索和主題,既銳意追求時效,傳播新知,貢獻話題,亦著意求奇求新,處處可見「實用」和「時效」的規範。雜誌譯者在選擇素材、編譯改寫的過程中,依然是以迎合譯入語語境的需求、讀者的閱讀興趣以及雜誌刊方的理念為主要原則。

第四節　西笑：諧趣的「時效」與「實用」

　　民初暢銷雜誌的非小說類翻譯文本中，除了介紹西方奇聞軼事、花邊新聞「譯叢」，還有譯介外國笑話的欄目，可統稱為「西笑」。「西笑」與譯叢類似，也源於外文材料，製作過程涉及翻譯實踐；篇幅短小，有補白之效，散見於雜誌各頁，在1920年代尤為流行。在本文所涉雜誌中，較為固定的「西笑」欄目包括《禮拜六》的〈外國軒渠錄〉、〈歐西笑談〉、〈海外諧乘〉和〈西諧拾遺〉；《紅雜誌》的〈笑林〉、〈滑稽尺牘〉和〈雙紅閣諧乘〉；《紅玫瑰》的〈西方諧談〉、〈滑稽艷話〉；《小說世界》的〈捧腹談〉和〈噴飯錄〉。有關編者亦曾透露欄目取材自外文報刊，例如〈外國軒渠錄〉的譯者夏健秋曾表明：

歐美雜誌間有小品趣聞，著墨不多，但神味雋永，的屬可喜。偶理舊　，得斯譯稿，略為改竄，投之禮拜六。[264]

　　「西笑」欄目譯者極少選譯以諧音、歧義為笑點的笑話，因為譯入中文後，這些語言特色難以得到重現。晚清早有譯者意識到指出俗語、歇後語、笑話等涉及特定文化背景的文本，是難以完全譯出的（見第四章第三節）。1920年代的雜誌譯者傾向於選錄對時下社會和家庭生活有諷刺意味的笑話，對讀者甚有參考價值。以下四則皆摘自各雜誌中出版時間較長，而且聲明取材自外文資料的笑話欄目：

---

[264]　夏健秋，〈外國軒渠錄〉，《禮拜六》，143期（1922年1月7日），頁26。

1. 竊賊道：我們真是沒有張開眼睛，這是一家律師的住宅啊。常常說，無論那個人做什麼事情，終不要去親近律師，凡是進了律師的門，一定要弄完了他所有的錢財才罷休。我現在沒有什麼東西失去，已經是萬分的僥幸。還敢偷他的東西嗎？[265]

2. 律師謂黑人曰：湯姆，汝欲我為汝辯護乎？然則汝以何物酬我？湯姆答曰：家有一騾及小雞數隻，鴨數頭。盡以酬君可也？律師曰：甚佳，惟汝須先告我所犯何事？湯姆曰：天乎，彼控我偷一騾及小雞數隻鴨數頭耳。[266]

3. 病者曰我之腦有如白紙一張，凡事隨記隨忘，君將何以教我。醫生曰：然則為尊腦善忘，故我不得不向君先索藥費。[267]

4. 慈善家：「你父親為什麼不去工作，卻跑來做乞食呢？」
乞食之子：「那是因為他愛吃酒的緣故。」
慈善家：「那為什麼要吃酒呢？」
乞食之子：「要吃了酒才好放下臉來乞食啊。」[268]

以上笑話的人物角色都帶有現代都市社會的烙印。自由執業的律師和醫生，是社會分工高度精細化，商品市場發展成熟的階段才出現的職業種類。慈善家、乞食者亦是經濟高度發展、貧富懸殊加劇之下出現的典型人物。四則笑話都在調侃社會不同階層之間的深刻矛盾。律師表面上辯護正義，實際上謀取暴利，令窮人得不償失；本應仁心仁術

---

265 馮纍虹譯，〈西方諧談〉，《紅玫瑰》，1卷10期（1924年10月3日），頁數從缺。
266 唐振常譯，〈歐西笑談〉，《禮拜六》，191期（1922年12月8日），頁7。
267 同上。
268 憶秋生譯，〈捧腹談〉，《小說世界》，12卷1期（1925年10月2日），頁數從缺。

的醫者，卻在乎診療費多於病人的病情；乞食者酗酒，是為了放下尊嚴去乞討，這固然是慈善家難以理解的生存狀態。

這類針對律師、醫生等專業人士和精英階層的笑話，在「西笑」欄目中最為常見，同樣的矛盾在商家和客人、侍應和食客、債主和債戶之間不斷上演。笑話表面上有自嘲亦有暗諷，實則充滿經濟劇變和社會分化下普通市民的焦慮與無奈。由此可見，刊方和譯者的確意識到，民初上海市民的經濟實力與社會地位日益懸殊，價值觀和人際關係亦隨之改變。笑話的首要功能是使人發笑，笑話欄目亦沒有明顯意圖去針砭或改變社會現狀。刊方和譯者能讓讀者看得明白，笑得出來，就自然引起了非精英階層的共鳴感。

這些譯介的笑話能博讀者一笑，恰恰說明此時的上海與西方社會確有共通之處。上海自開埠起，一直受惠於租界制度的保護與扶助。到了民國初年，上海已成長為資本主義經濟制度下的大都市。市民的日常生活，難免會面臨各種經濟特權和階層關係帶來的壓力。雜誌選譯這類笑話，恰恰說明刊方和譯者已意識到上海已具有西方現代社會的核心特質，亦開始出現相應的社會矛盾。當時西方文本中的光怪陸離、嬉笑怒罵，幾乎都可在上海現實中找到相似之處，而令上海市民產生同感。從這個角度而言，「西笑」正正是借助翻譯同步中外的特殊例子。

「西笑」的另一類常見題材，是男女婚戀的問題，尤其是女權對傳統婚姻的衝擊。清末民初的上海，是中國女權運動的中心。[269] 近代女權運動的重要內容之一，是爭取戀愛和婚姻自由，擺脫父權的

---

269 筆者曾從近代女學和女子期刊的興起過程，來論述上海作為中國近代女權運動中心的觀點。詳見葉嘉，《從「佳人」形象看《禮拜六》雜誌短篇翻譯小說》，頁7-8。

束縛。時至1920年代，民國政府風氣漸開，各大省市都設有女子學校；女子與男子一樣，從啟蒙時期開始接受平等教育。在法律上，婚姻自主亦成為女子的基本權利。以上海為據點的通俗雜誌文人，不少亦曾擔任女校的導師，或經辦女性雜誌。例如，包天笑曾任教上海城東女學，創辦《婦女時報》；中華圖書館的核心文人如周瘦鵑、王鈍根等，共同編輯《女子世界》；陳蝶仙則編過《眉語》（1914–1916）。這些雜誌都以新式女子為目標讀者，且與商務印書館綜合性月刊《婦女雜誌》幾乎同屬一個時期。上海雜誌文人與女界精英亦有密切往來。例如，天津《大公報》（1902– ）編輯、北洋女子公學創辦人呂碧城（1883–1943），於1920年代加入南社，在《禮拜六》和《社會之花》（王鈍根編）刊登過散文和詞作，亦為《禮拜六》題字。《香艷雜誌》曾登出呂碧城的照片。[270]

雜誌文人亦公開表明支持女子爭取戀愛自由。《禮拜六》的編者王鈍根，就曾因為某篇投稿小說講述一對沒有感情的男女最終成婚的故事，而拒絕刊登。為此，他在雜誌公開致信投稿人，解釋拒稿的理由：

> 蓋夫婦之樂，在乎愛情。彼愛情既移，豈可強合。君方以不得如願為恨，我則轉為君賀，可免卻將來精神上無限痛苦也。[271]

---

[270] 呂碧城作品，見〈燭影搖紅〉，《禮拜六》，118期（1921年7月16日），目錄背影頁；〈美洲通訊〉，《禮拜六》，122期（1921年8月13日），頁7–8；〈詞〉、〈如夢令〉、〈浪淘沙〉，《社會之花》，1期（1924年1月5日），頁數從缺。〈文豪呂碧城女士〉照片，《香艷雜誌》，2期（1914年9月），頁數從缺。

[271] 王鈍根，〈編輯室啟示〉，《禮拜六》，135期（1921年11月12日），頁53。

作者是否支持愛情為基礎的婚姻,竟成了選錄的條件。刊方在稿件篩選中,已明確表達,支持以情為本的婚戀自由。雜誌譯者在翻譯外國言情小說時,亦時常挑選自由戀愛、結局美滿的故事。例如,翻譯小說〈愛波影〉中,一女子愛上窮小子,父親不允,後來女子施計,讓父親瞭解愛人的優點,終得父親認可。小說的譯者就在譯後記中感慨結局之幸福,哀嘆中國婚姻的不自由:

> 吾每聞吾國社會中婚姻不自由之慘劇,未嘗不盡然情傷也。讀此篇前副,幾幾攸羅場矣。後此漸入佳境,慈光霽色,笑逐顏開。〔……〕試翻同命鴛鴦鵑啼血等說部,知此為絕大幸福矣。[272]

翻譯而來的言情小說,有的是大團圓結局,也有的是悲劇收場。某些譯者甚至不滿結局太慘,而作續篇圓夢。本書第三章曾舉過一例,言情小說〈無可奈何花落去〉的譯者不滿女主角因男方父親阻撓,而愛情無果的悲劇,因此複製原著小說的梗概,再作續篇,還自由戀愛的男女一個圓滿結局。這一改寫,亦是刊方和譯者支持婚戀自由的明證。

種種文本跡象表明,上海通俗文藝雜誌文人傾向支持女子解放,尤其支持婚戀自由。但與此同時,他們亦從日益自由的女界中觀察到不良趨勢。這些憂慮,在原創和翻譯作品中都時有呈現。《禮拜六》原創小說〈自由果〉,女主角婚後打著戀愛自由的幌子,在外不檢點,以致家族和個人名譽掃地。[273] 女子在結尾道:

272　如深譯,〈愛波影〉,《禮拜六》,2 期(1914 年 6 月 13 日),頁 37。
273　徐文烈,〈自由果〉,《禮拜六》,135 期(1921 年 11 月 12 日),頁 43–45。

現在我已追悔不及了，只能勸勸天下女同胞，把我做個前車之鑑罷。[274]

又如翻譯小說〈瑪伊亞公主小傳〉，主角瑪伊亞自幼被禁錮在城堡裡，一朝逃脫，得了自由，就放浪形骸，結果傷及自身。[275] 譯者在篇末道：

> 青年無識之女流，多假自由之名，而妄施其情愛，以致沾泥墮？如瑪伊亞之流離漂泊者，何可勝數。〔……〕知瑪伊亞之萬不可學，嗚呼可以鑒矣。[276]

雜誌文人透過虛構和翻譯，試圖以反面例子告誡女子，勿以戀愛和婚姻自由為放肆的藉口。在上述雜誌著譯作品的觀照之下，「西笑」欄目一些以男女婚戀為調侃對象的小文，在滑稽之餘似乎另有深意，傳遞了刊方對婚戀過分自由的擔憂。《禮拜六》曾有譯作〈自由婚姻之滑稽劇〉，將英文原文與中文譯文一併刊出，整理如下：[277]

戲劇	Drama
第一幕 彼等之目光相遇矣。	ACT 1 Their eyes met.
第二幕 彼等之唇吻相遇矣。	ACT 2 Their lips met.
第三幕 彼等之靈魂相遇矣。	ACT 3 Their souls met.
第四幕 彼等之律師相遇矣。	ACT 4 Their lawyers met.

274　同上，頁45。
275　天白譯，〈瑪伊亞公主小傳〉，《禮拜六》，65期（1915年8月28日），頁33–52。
276　同上，頁52。
277　北京謬子，〈自由婚姻之滑稽劇〉，《禮拜六》，152期（1922年3月11日），頁9–10。

譯者透露，是篇譯自「某西報」的一篇諧文，內容「諷刺自由婚姻」，且「其文研練精妙」。譯者似乎有恐笑話太精煉，又在文末加以補充。這位譯者將第一幕的「目光相遇」解釋為「弔膀」，即勾搭之意，此為陝西俗語；又解釋「律師相遇」意即離婚。這些補充說明，都是譯者為讓讀者讀懂這則笑話而下的工夫。笑話有戛然而止之感，暗諷自由結合往往結束得唐突莫名；律師的加入，顯出男女之情的脆弱和人際關係的冷漠。笑話巧用戲劇體裁，又讓人感嘆婚姻如兒戲。刊方選錄這則笑話，正可以為當時沸沸揚揚的婚姻自由運動作一反襯。

若以婚戀自由的話題為線索，縱觀1920年代雜誌文本，又可發現「西笑」、「譯叢」與雜誌的小說作品（包括原創和翻譯），往往有相互呼應、你唱我和的效果，一同表達刊方文人對於時下熱點的觀察與思考。刊方文人一面借助翻譯、評論等手段表達觀點，一面亦以原創作品為之呼應，針對時下某些思潮提出尖銳反詰。例如，以下一則「譯叢」就直接點出婚姻自由的弊端：

> 世界各國離婚的案子最多，目下推美國為第一，而尤以紐約一帶為占多數。這就是因為結婚太自由，所以離婚也離得太自由了。[278]

譯者這則消息指出離婚率高的事實，並以美國為典型。結婚太自由，以致離婚也過分自由的說法，是原文已有的觀點，還是譯者自己的意見，實難考究。但譯者無疑也是以西方社會事實作為參照，指出婚姻

278　劉鳳生譯，〈漫浪談〉，《禮拜六》，145期（1922年1月21日），頁38。

過分自由的結果,很可能就是婚姻失敗。這一則消息引出刊方和譯者對新時代男女關係、家庭結構之變化的一點憂思,亦指出中西婚姻現狀的一點共性。與此同時,一篇原創小說〈自由戀愛的結果!做尼姑〉如此描述一對男女「自由戀愛」的過程:

> 育芳既崇拜羅素與他的女生勃拉克女士所創的戀愛自由後,他在遊藝會中就挑選了一個志同道合,崇拜新文化的那學生為友。[279]

從以上人物設定,可知作者刻意將戀愛自由與方興未艾的新文化思潮聯繫在一起並且提到新文化陣營奉之為師的英國哲學家羅素(Bertrand Russell,1872–1970),和他的第二任妻子勃拉克(Dora Black,1892–1986)。故事中的情侶在鬧市的酒店幽會,遭到旁人側目,心生委屈,於是埋怨低層市民不懂「戀愛自由」:

> 此地往來人物都是些下流社會中人,他們瞧起來,總疑我們是一對野鴛鴦。因為他們決不知道那羅素先生所倡的戀愛自由主義。[280]

小說中一再出現羅素的名字。羅素在1910年代末由新文化陣營介紹到中國,1920年更於北京講學。羅素重視人類本能的快樂,對戀愛婚姻持開放態度,在個人生活中亦奉行此道。羅素訪京期間,勃拉克

---

[279] 李允臣,〈自由戀愛的結果!做尼姑〉,《禮拜六》,141期(1921年12月24日),頁33。
[280] 同上,頁33–34。

女士亦陪同在旁,他們的經歷相信已為人所知。作者將羅素寫入小說,並非因為他的哲學和邏輯學,而是因為他的戀愛自由主張對年輕一輩的影響。故事中一對主角都是熱心於新文化的新式學生,生活舉止卻過於自由,敗壞風氣。作者有意把這些行為歸咎於與羅素關係密切、以學生為啟蒙對象的「新文化」。

另一篇小說〈婦女的心〉描述了一個以自由為藉口,四處濫情的男學生:

> 男的姓趙喚友聲,是中學畢業生。生平最嗜好哲學,最崇信杜威博士的實驗主義。[281]

美國哲學家和教育家杜威(John Dewey,1859–1952),是胡適在美國哥倫比亞大學的導師,其學說由胡適介紹到中國。杜威之於新文化運動的影響亦如羅素。《禮拜六》把他的實驗主義,與大膽「實驗」戀愛自由的男學生混為一談,又是對「新文化」思想的質疑和嘲諷,矛頭直指胡適及北京為基地的新文化圈子。

《小說世界》同樣發掘「戀愛自由」之負面效應的題材,經常提到新文化運動。例如,原創小說〈街懺記〉中的主人翁,正是一個青春期適逢新文化浪潮,因而深受其害的少年:

> 大約是十八歲的光景,他的情慾漸漸發動了。後來在家中閒著沒事,覺得很無聊賴。這當兒,正是新文化浪潮最澎湃的時候。什麼女子解放咧,自由戀愛咧,這些新名詞,各處都

---

281 張潛鷗,〈婦女的心〉,《禮拜六》,173 期(1922 年 8 月 4 日),頁 46。

傳播到，委實可算是無遠弗屆咧。葉久明既然在情慾熱烈的時期，便把那自由戀愛這四個字誤解起來，循著情慾的途徑去鬼混。[282]

在作者和刊方眼中，「自由」和「解放」無疑是源於新文化運動，並隨之廣傳的流行用語。誤解「自由」和「解放」而造成的惡果，亦是伴隨新文化運動而生的社會問題。在這一時期，諷刺婚姻自由的「西笑」，與有關濫用婚戀自由的小說，實際上，羅素、勃拉克1920年相偕來華，其言行身教深深衝擊倫理舊俗，在知識界早已引發婚姻自由與女性解放的討論。《婦女雜誌》、《現代評論》、《莽原》、《婦女週報》和《京報副刊》上的辯論尤為激烈。[283] 在這一時期，暢銷雜誌的刊方、作者和譯者在諷刺社會現象的同時，亦開始參與「婚姻自由」這一社會文化議題的討論，加入精英期刊的對話。

有關「譯叢」和「西笑」及其同時期文學著譯作品的探討，可見「實用」和「時效」的翻譯規範，在民初六份通俗文藝雜誌譯報實踐中不僅有明確表現，更衍生出獵奇諧趣的內涵，從而貼合讀者品味，亦催發雜誌之間的互動。「譯叢」的西方雜文趣談、名人軼事，多取材自當時發行的外文報刊，甚至與外國時事同步。「實用」於晚清素與強國、改革、教育相關，意味嚴肅，刊方和譯者取其反映現實、重在求知的內涵，著重發掘花邊新聞和小道消息，供讀者消遣，同時亦在翻譯中植入因時制宜的教育意義，供讀者參考。「西笑」有

---

282 禹鐘，〈街懺記〉，《小說世界》，2卷10期（1923年6月8日），頁數從缺。
283 呂芳上，〈法理與私情：五四時期羅素、勃拉克相偕來華引發婚姻問題的討論（1920–1921）〉，《近代中國婦女史研究》，9號（2001），頁31–55。

意針對民初上海因經濟發展、權力結構和人際關係改變而產生的各種矛盾，連通東西中外現代城市的社會問題，在諧趣中為讀者營造共鳴感與團體感，亦滲入刊方和譯者的憂慮與思考。從有關婚戀自由的文本更可得知，雜誌文人一方面透過「譯叢」和「西笑」展現與上海社會時事相關的西方事實，以資參考；另一方面，又借助翻譯和寫作，針砭時下新興思潮，批判思考新文化的現象，參與時下公共話題的討論。「譯叢」和「西笑」貌似散播零碎的談資和輕鬆的笑話，實質上卻是雜誌文人針對都市生活而表達觀點和宣示自我的重要平臺，通俗與精英文人的相異之處，在此已見端倪。多種多樣的雜誌翻譯，如何使得上海通俗文藝雜誌文人在文藝界覓得立足之地，並催化其與北京新文化陣營辯爭，促成同代但不同地的文人之間的分化，將陸續於此後兩章論述。

■■ 第六章

延續「時效」：
視覺文本的翻譯

上一章有關「譯叢」和「西笑」分析表明，雜誌譯者選譯多種類型和體裁的外來文本，有小說、論著，也有報紙、雜誌。本書所涉通俗文藝雜誌中，還有一種翻譯文本，其「原文」並不是文字文本，而是圖畫、照片、電影等視覺文本。原文影像經轉載、重印和改編，或附以文字說明，或化為文學作品，紛紛進入雜誌。雜誌的視覺文本翻譯，不僅求新求快求奇，亦追求真確性和現場感，是「時效」規範的延續。在國家政體初改、甫入國際秩序的民初社會，視覺文本的譯本及時轉播國外實況，迅速回應國內時局，所涉的翻譯策略值得探討；雜誌譯者亦藉翻譯視覺文本另闢出路，探求自我。箇中種種，均值得細加分析。

本章聚焦於兩類視覺文本的翻譯：一是以外國時事照片為主的雜誌插圖，譯者根據圖片來源的文字說明，提供相應中文解釋，這一過程涉及翻譯；二是雜誌稱為「影戲小說」的一類譯作，即根據外國黑白無聲電影而寫成的小說。這兩種特殊譯本，體現民初上海雜誌文人欲真實呈現西方社會的願望，反映雜誌文人對視覺文化世界的嚮往以及面向市民讀者的翻譯立場，也滲入雜誌譯者作為民初報人、文人的自我定位。在1920年代，雜誌譯者更順應電影風尚，增設影圈快訊欄目，介紹電影藝術新知，報導明星消息，藉由翻譯漫入影壇，尋求跨媒介發展。本章將詳細分析雜誌視覺文本的翻譯，展其基本面貌，溯其可覓來源，一睹雜誌譯者藉翻譯「轉播」西方影像而逐漸開拓的文藝路徑，始觀雜誌譯者於民初文化圖景中的獨特定位。

本文集中探討雜誌插圖與影戲小說，另論及影圈快訊，三種文本均源於西方視覺文本，但涉及不同題材與傳播媒介，用於論述或有拼湊之感。然而，三者實有明顯內在聯繫。其一，三種文本在雜誌皆有

專屬位置。雜誌插圖在雜誌中均占獨立版面，每期也有特定主題，乃有準備、有編排之翻譯產品，非作填補頁面空缺之用。影戲小說為雜誌小說的分類標籤之一，由特定文人負責撰寫，暢銷者能集結成書出版，民初已成獨立文類，助譯者獲得名氣。影圈快訊以雜誌專欄、專題，甚至專號形式出現，《小說世界》甚至以此為每期必備特色欄目。由此可見，雜誌譯者視此三類譯本之為獨立文本類型，並有意在雜誌語境中加以經營，而非信手拈來、散漫無序的圖像轉載，固有合併探討、一覽概貌之必要，也是觀察譯者的有效史料。其二，三類文本自成「轉播西方」的脈絡，且有承接關係。譯者最初從靜態視覺文本目睹西方現況，以插圖呈現予中國讀者，透過因應時局的選錄和貼近市民角度的文字說明，連通同一時空下的中西世界。譯者在轉載插圖時，也發掘了西方表演藝術對中國讀者的吸引力，轉播對象進而轉向電影，觸及視覺文化發展的前沿。影戲小說的敘事方式，影圈快訊的及時播報，影迷投稿的徵集選錄，亦可顯見面向讀者的翻譯策略。故此，三類文本實有雜誌譯者的「轉播西方」的意欲和面向市民讀者的翻譯考量貫穿其中，值得逐一鋪陳舉例，並詳加探討。

第一節　雜誌插圖：西方時局視覺化

一戰在歐洲爆發時，上海英、美、法三國租界內，外國使館和企業櫛比鱗次，來自歐、美、日、印等國的僑民人口數以萬計，受僱於外資機構的華人亦不在少數。世界格局如何變化，新生民國政府如何自處，必引起上海媒體和民眾對歐戰的關注。《申報》、《新聞報》等主流報紙，日載外國電報、派遣戰地記者，追蹤報導戰事進程。上

海的通俗文藝雜誌不具備日報的編採機制，亦非生產時事知識的刊物，有關報道往往以記錄歐戰實況的戰地攝影作品為主。

　　本書所涉雜誌中，《小說月報》、《中華小說界》、《禮拜六》和《小說大觀》四份在一戰期間有發行活動。其中，《禮拜六》登載的一戰圖像資料最為豐富，宜用於分析說明；《中華小說界》次之。另外兩份雜誌，雖然也有刊登一戰圖片，但大致局限於軍事名將、皇室成員的肖像，數量相對較少。《中華小說界》出版商中華書局於1915年初，率先將旗下報刊雜誌刊登之所有一戰圖片輯集成《歐洲戰影》（見圖25）。從該書介紹可知，書中收錄的圖片大致包括參戰國之政軍界名人、軍事重地、軍備武器、交戰場面和戰前戰後之市容的攝影。結尾「無異親歷戰場」一句，正可概括雜誌人欲為讀者營造的現場觀感。

　　《禮拜六》在1915年7月開始連載戰地照片，正值東西戰事僵持之時。以下選用於分析的圖片，以圖像和文字清晰可辨為基本條件（見圖26）。圖片反映的歷史事件和戰爭場景，包括德軍占領比利時的安特衛普（Antwerp）、法國的里爾（Lille）和蘭斯（Rheims，亦拼寫為Reims），時間均在1914年9月至10月；英軍在比利時富蘭德（Flanders）一帶與德軍激戰，則在1914年冬至1915年春。因此，雜誌此時的轉載和翻譯並不與戰事絕對同步，而是稍有時間落差。可以推測，雜誌和刊方在戰事白熱化階段，才開始刊出歐戰的視覺文本。雜誌登載照片的同時，亦多附上中英雙語文字說明。由於雜誌刊方不太可能具備派遣戰地記者的條件，這些圖片及文字說明更有可能是轉載自英文報刊，而非中文記者親自撰寫，故屬於符際兼語際的翻譯文本。

第六章　延續「時效」：視覺文本的翻譯

圖25　《歐洲戰影》(《中華小說界》, 2 卷 1 期, 1915 年 1 月 1 日)

　　對比可知,圖片中英文說明行文極為相似(見表5)。憑此可斷定,中文說明乃譯自原圖的英文說明。雜誌刊方提供中文說明,概述照片內容,介紹背景,固然有助於讀者從圖像一窺戰事實況;但英文說明為何得到保留,則值得思考。

189

圖26 一戰圖片(《禮拜六》, 60–78期, 1915年7月24日–11月27日)

表5 《禮拜六》一戰圖片之中英文說明對比

圖26	原文	譯文
(a)	The Cathedral in Rheims which was shelled by the Germans	德軍轟毀之萊姆斯大教堂
(b)	Lille after occupation by the Germans. German baggage lines in Antwerp Cathedral in the background	西歐戰地 德軍占據之後之里勒市 盎凡爾教堂後面德軍之行李隊
(c)	An [E]nlish[ ]battery in Flanders, in action	英國砲隊劇戰於富蘭德省
(d)	STRANGERS NOW Time works miracles. In 1894 the Czar and the Kaiser were upon terms of brotherly affection, as this photograph shows. It was taken at the castle of Rosenau, upon the occasion of the Czar's betrothal to Princess Alix of Hesse, the Kaiser's first cousin.	德皇俄皇一八九四年合影 昔日之兄弟，今日之仇讐
(e)	Belgium Refugees children being looked after in an Antwerp Suburb. A German reserviste feeds a little starving French child.	德軍撫育比國難兒於盎凡爾 德軍續備君餵飼法國飢兒
(f)	Soldiers Graves Of The Eastern Field Of War.	軍人之結果 歐洲東方戰場陣亡軍士之墓

　　對於一般讀者而言，英文說明的表面價值，無疑在於含有一些專有名詞的外文拼寫，例如地名"Antwerp"、"Flanders"、"Lille"和"Rheims"，以及皇室頭銜"the Czar"和"the Kaiser"等；另一方面，英文說明也是一種表徵，外指向原著源於外來文本，圖像來自外國媒體的視角，讀者可由此視角來讀取歐戰現場。換言之，保留英文說明，或可令讀者從語源上把握歐戰人物和地域的名稱，進入當時媒體報道歐戰的話語世界，想像歐戰的現實場景，且對翻譯而來的圖文存有一定信任。這是否刊方保留英文說明的初衷，固難以今人之見來篤定。在此僅作謹慎推斷，相信中英對照的文字說明對於讀者可能具有上述效用。

通俗與經典化的互現

　　通過對比亦可發現，中文說明雖以原圖的英文說明為基礎，但不乏遺漏、簡省或添筆之處。例如，圖26（d）的說明省略了照片之歷史背景的解釋，不通英文的讀者不會知道照片攝於俄皇與德皇表妹的訂婚禮。英文以標題 "Strangers Now" 來暗示二人關係已因德俄在東部戰場的惡鬥而生變，第一句 "Time works miracles" 更含諷刺之意。相比之下，中文以「昔日之兄弟，今日之仇讎」概而括之，顯然更直截了當。此外，刊方亦習慣給圖片加上標題，如「西歐戰地」、「德國之醫船」、「軍人之結果」，均為圖片內容的直接描述，與英文沒有衝突。

　　從圖片內容又可看出，雜誌刊方對一戰並無明顯立場。在此期間，北洋軍閥統治下的中華民國，已向國際社會表明支持英、法、俄為首的協約國，並向歐洲派遣數以萬計的華工，提供戰壕修築、物資運送的人力支援。然而，雜誌選錄的戰爭圖片並沒有顯示對同盟國的敵意，圖片說明的用字亦比較中立。圖26（e）甚至展示了德軍在比利時和法國善待兒童俘虜的場面；圖26（f）並沒有國籍的標記，圖中的墳墓仿佛可代表所有死於歐戰的軍士。由此看來，雜誌刊方似乎是以旁觀者而非參與者的態度，來展現一戰的圖景；刊方抱持中立態度，不同於民國當局；刊方更注重展現的，不是激戰場面和勝負結果，而是戰事造成的頹垣敗瓦和人命傷亡，以及戰爭中的一點人文關懷。

　　雜誌刊方對於戰爭受難者的同情，在另一組圖文中表露無遺。圖27是波蘭鋼琴家柏特路斯基（Ignacy Jan Paderewski，1860–1941）在波蘭淪陷後乘船逃難前的照片，同樣在1915年秋刊於《禮拜六》雜誌。中英文說明對照如下：

第六章　延續「時效」：視覺文本的翻譯

圖27　一戰圖片(《禮拜六》，60期，
1915年7月24日)

Paderewski, The Polish Great Pianist
"I cannot play," he says, "while men, women and children are suffering and the world is aflame."

歐洲戰雲中之傷心人
波蘭大音樂家柏特路斯基
柏氏之言曰（當此眾生受劫世界鼎沸之秋吾弗能歌）

對比可知，圖片上方「歐洲戰雲中之傷心人」一句乃譯筆所致，原文沒有相應的內容。「傷心人」的形象，顯然是譯者根據鋼琴家的照片和獨白所得出的理解，飽含戰事旁觀者的同情心和共鳴感。

193

反觀同一時期上海主流報刊，有關一戰的報道多集中於戰事進程、人員傷亡、國際交涉等內容。為便於對照，僅取圖27片在《禮拜六》刊出之首週及末週的出版日——1915年6月24日及11月27日——與《申報》作對比之用。在這兩日，《申報》均以第2、3版大篇幅密集報導歐戰情況，譯電內容均為各方戰場之攻防進退，人員武裝之戰略調配，以及各國元首之聲明與通牒；至於時評（相當於社論）、〈人心不安〉（1915年6月24日，2版）與〈國家之地位〉（同年11月27日，2版），分別探討交戰各國之角力對其在華勢力分布的潛在影響，以及1914年底日德青島戰役之後中國加入協約國之必要，焦點均在審時度勢，權衡國家利益；前者形容當時戰局「仇仇相報、冤冤相復、再接再厲、愈演而愈劇」，正可概括該報之戰事報導塑造的氛圍。與此相比，雜誌有關一戰的圖像翻譯的重點確實不在於戰地事件的「轉播」或國際局勢的評析，而在於展現交戰各國人民的現狀，表達刊方對於戰爭遺害的深切感受。

　　一戰圖片充斥著1910年代中後期上海通俗文藝雜誌的插圖版面，但戰火連天的場面固然不是西方時局的全貌。一戰以前，雜誌已開始大量轉印和翻譯另一類題材的視覺文本，即有關西方表演藝術的圖像（見圖28至圖30）。當時的雜誌文人對於各種形式的表演藝術均有涉獵，例如演唱會和舞臺劇。雜誌亦曾推出外國劇本的譯作（如圖29〈戍獼〉），並附上舞臺說明，有助讀者想像演出的實景。有關舞臺表演的術語和人名的解釋，都涉及翻譯過程。

圖28 〈萬國歌家大會攝影〉（《中華小說界》，2卷1期，1915年1月1日）

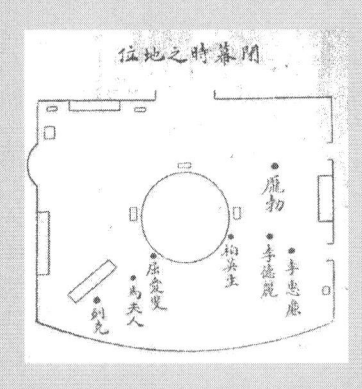

圖29 譯劇〈戍獺〉演員站位的舞臺說明（《小說大觀》，2號，1915年10月1日）

註：是篇為獨幕劇，半儂譯，錄為「英國陸軍副將 F. J. Fraser 著作」，舞臺說明圖附於劇本結尾。

圖30 〈倫敦最近震動一時之名劇伍先生〉（《中華小說界》，1卷5期，1914年5月1日）

雜誌文人對西方戲劇演員也抱有濃郁興趣，尤以女演員為甚。雜誌登載演員肖像時，通常都會註明其國籍及姓名的正確拼寫。圖31的「薩拉蓓娜兒」，即法國演員Sarah Bernhardt（1844–1923），「哀倫推萊」即英國莎士比亞劇演員Ellen Terry（1847–1928），兩人皆活躍於十九世紀中期歐洲戲劇舞臺。「密齊哈喬」則是美國早期默片的女演員Mitzi Hajos（1891–1970）。與此同時，雜誌文人亦開始譯介有關西方電影世界的文本。《中華小說界》曾刊登一位電影女星的訪問錄〈美國影戲中明星曼麗璧華自述之語〉。[284]《禮拜六》則開始推出一類特殊的翻譯文本「影戲小說」，即從電影改編而成的小說。從這些跡象可見，雜誌人對西方視覺和表演藝術的興趣，已隨時代發展而逐漸轉向電影世界。

第二節　影戲小說：電影時代的先聲

1920年代初，上海出版商中華圖書館曾有圖32兩則廣告，廣告中的兩部作品，都是以外國電影為藍本的「影戲小說」，其寫作過程，正如《紅手套》的介紹所言，是將戲劇的「事實演為說部」。換言之，「影戲小說」即影片情節的筆錄，類似於當代的電影改編小說。對於這一從電影到文字的轉化過程，當時出版商和刊方的描述是「編譯」，而不用「改編」一詞。由此可以判斷，「影戲小說」在當時被視為一種翻譯文本。從《太陽黨》的廣告又可推算，這種譯本數

284　瘦鵑譯，〈美國影戲中明星曼麗璧華自述之語〉，《中華小說界》，2卷7期（1915年7月1日），頁數從缺。

第六章　延續「時效」：視覺文本的翻譯

(a)

(b)

圖31 《禮拜六》女優圖像
　　（a）〈法國第一女優薩拉蓓娜兒〉、〈英國第一女優哀倫推萊〉（9期，
　　　　1914年8月1日）；
　　（b）〈奧國名女優密齊哈喬〉（3期，1914年6月20日）

197

圖32　中華圖書館影戲小說廣告：《禮拜六》
（a）126期，1921年9月10日；（b）151期，1922年3月4日

量不少，在市面上「層出不窮」，「年來已成汗牛充棟」。與此同時，上海文藝雜誌如《禮拜六》和《紅玫瑰》，也在刊登這類文本。《紅玫瑰》主編施濟羣有內容預告言：「澹盦譯的影戲小說〈賴婚〉也在下期刊登了。」[285] 從所用動詞「譯」可知，雜誌主編對這類文本的分類也是譯本。影戲小說在1920年代初顯然已是一種常見、成熟且為人接受的翻譯實踐。

事實上，早在1910年代，上海通俗文藝雜誌已推出了「影戲小

---

285 〈編輯者言〉，《紅玫瑰》，17期（1924），頁數從缺。

說」。這些小說通常都是雜誌文人觀賞外國電影後,回家憑回憶筆錄而成的。譯者常將看戲的經歷寫成小說的引子或後記。這些介紹的文字,往往包含影片的名稱和國別,甚至導演的姓名。譯者選錄的通常是新上映的影片,小說在觀劇後不久就寫成。譯者會刻意強調影片是簇新之作,所寫的小說有即時記錄效果。例如,《禮拜六》於1915年1月9日刊登了影戲小說〈旁貝城之末日〉,譯者就在譯序中透露了小說的寫作緣由以及影片的有關資料:

> 「旁貝城之末日」亦影戲中傑構之一,原名 The Last Days of Pompeii。適值東京影戲園開演斯劇,遂拉吾友丁悚常覺同往臨觀,則情節布景,並臻神境,不覺嘆為觀止。中夜歸來,切切若有餘思⋯⋯越旬日,遂有斯作。[286]

《旁貝城的末日》(*The Last Days of Pompeii*)原為1834年英國利頓男爵(Edward Bulwer-Lytton)所著長篇小說。作品在十九世紀中期先後在意大利和英國改編為舞臺劇,二十世紀初屢次拍作電影。影戲小說〈旁貝城的末日〉出版之前,至少有三部改編電影,拍攝年分分別為1900、1908及1913年。目前可找到原版影片的,僅1913年一版。[287] 1913年版電影在意大利拍攝,不論從片長、製作規模和導演名氣來看,都勝於較早前的兩版,商業價值較高,因此更有

---

[286] 瘦鵑,〈旁貝城之末日〉,《禮拜六》,32期(1915年1月9日),頁1–20。引用文段來自頁1。
[287] 筆者所根據之版本為美國發行商 Kino International Corp. 於2000年製作的DVD光碟版本。影片於意大利製作,導演為卡瑟里尼(Mario Caserini,1874–1920),片長88分鐘,為黑白無聲影片,帶有鋼琴伴奏。原片結尾火山爆發的部分,膠卷曾作單色染色處理。

機會出口到外國放映。此外,譯者在小說提供了多位故事角色姓名的外文拼寫;這些拼寫與1913年版影片列出的演員及角色名單也是吻合的。影片意大利文原名為 *Gli Ultimi Giorni di Pompeii*,譯者所得的影片名則是 *The Last Days of Pompeii*。這極可能是因為譯者觀看的是經英文電影發行商翻譯後的版本。譯者的觀劇地點東京影戲園位於上海美租界;影片要譯入英文才便於上映,亦符合美租界的情況。這些細節顯示,1913年的影片正是《禮拜六》譯者當時所觀看的版本。

上海《申報》當時設有專頁,每日刊登最新戲曲和電影的節目單。根據影片的情節內容、上映日期和地點,可在《申報》中找到相關線索。圖33中〈飲阿孛勝酒之禍殃〉,描述的正是故事中男主角誤飲惡人大主教阿孛勝(Arbace)的毒酒而喪心病狂的情節。這則影片預告刊登於1915年1月8日禮拜五,即影戲小說〈旁貝城之末日〉在《禮拜六》刊出的前一日。

就譯序所見,譯者觀賞影片「越旬日」後寫成小說。「旬日」確切指十日,或是泛指一段極短的時間,目前無法確定。但可以肯定,影戲小說的出版時間,正是在電影仍在上映、宣傳仍在進行之際。通過閱讀報章,或途徑影戲院,而對這部影片產生興趣的讀者,可從雜誌及時瞭解到影片的情節。譯者明確交代了電影的名稱和上映的地點,來源清晰可循。這意味著譯者有意指明影戲小說的前身是一部新上映的電影,刻意強調小說貼近娛樂潮流的時效性。

〈旁貝城之末日〉之後,雜誌又陸續刊出幾部影戲小說。從譯序中,不難看出譯者的效率。試舉三例:

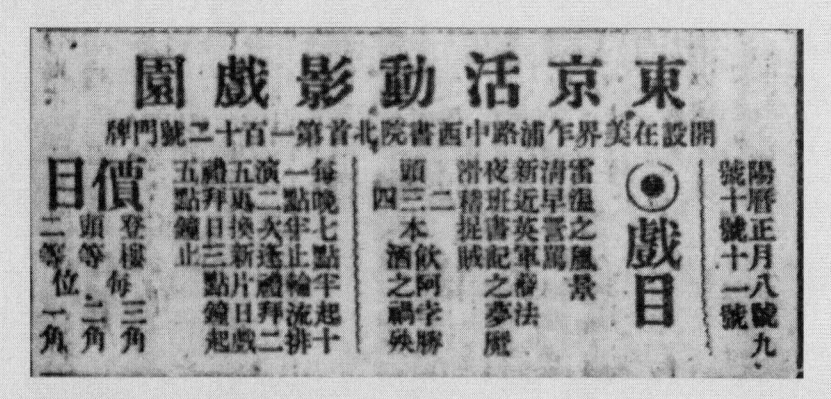

圖33 《申報》影戲廣告，1915年1月8日，9版

是劇原名曰 The Curse of War。劇情哀感，楚人心魂，令人不忍卒觀。予徇丁郎之請，草茲一篇，屬稿時亦不知拋了多少眼淚，銜淚把筆，兩日而竟。[288]

六月二十三日之夕，與吾友慕琴常覺，觀影戲於愛倫。其第一劇為 "The Open Gate"。用意之佳，〔……〕二子尤其擊節嘆賞，屬衍為小說，既歸遂作此。挑燈三夕，始成。[289]

---

[288] 周瘦鵑譯，〈嗚呼……戰〉，《禮拜六》，33期（1915年1月16日），頁7–19。引用文段來自頁19。

[289] 周瘦鵑譯，〈不閉之門〉，《禮拜六》，59期（1915年7月17日），頁15–28。引用文段來自頁28。

「上帝賜予之婦人」一書，傳送歐洲全土，推為言情小說中之傑作。旋經美國某影戲公司攝為影片，愈覺生色。上星期演於維多利亞劇院，觀賞之餘，甚為嘆服，爰記其概略，易其名為愛之奮鬥。[290]

上述影戲小說，往往在觀劇後幾天就已著成。譯者通常沒有明確的翻譯計畫，也沒有刻意尋找電影以供改編。有的在欣賞電影之後有感而寫，有的則在旅外途中看到影片，即興下筆，多有隨遇而譯，求新求快的態度。

從另一角度來看，影戲小說的製作時間極短，又須具備短篇小說的篇幅和規模以供雜誌發表，譯者從畫面到文字，想必有不少發揮空間。而1920年代末以前，電影幾乎都是無聲黑白影片，主要依靠演員肢體、配樂和字數有限的間幕（intertitle）來推動情節。可以想像，譯者從影片所得的文字依據極少。「演為說部」的過程，主要靠譯者的想像力。以上譯序顯示，譯者儘管很受影片的畫面和劇情的震撼，但落筆工作時，只能算是「記其概略」，「草茲一篇」。「衍為小說」和「述之」的過程，表明譯者有一定的改寫空間。影戲小說又不同於今日的影評，因為譯者在文前文後的筆記，通常講述觀劇活動緣起或者觀後心情，而不作影片分析。影戲小說也不同於劇情簡介，因為內容遠不止故事梗概，而是滿載譯者自行加入的枝節、鋪墊和渲染，具備短篇小說的篇幅和規模。

在1920年代，影戲小說的製作過程亦沒有太大變化。《紅玫瑰》的主要影戲小說譯者陸澹盦（1894–1980）曾坦言：

290　周瘦鵑譯，〈愛之奮鬥〉，《禮拜六》，153期（1921年3月19日），頁11–16。引用文段來自頁11。

余維電影為物,過眼雲煙,轉瞬即逝,閱後追思,如經夢寐,
往往強半遺忘。重以濟羣之屬〔意即應主編的要求〕,不得
不就余憶及者,勉為錄出,疏漏譌誤,在所難免。[291]

可以推斷,影戲小說的譯者在翻譯過程中,並無有形的文本作為源文,唯一依據是譯者對影片的印象。另一方面,譯者也承認這種工作方式難免會有「疏漏譌誤」。故此,譯者難免要在影戲小說中自行加入枝節、鋪墊和渲染,使故事合情合理,適於出版。從譯者改寫的大膽程度和敘事方向,正可一探其思路。

影戲小說譯者的個人想像和寫作風格,在文本中實有明顯痕跡,值得舉證分析。由於影戲小說所據影片年代久遠,不少已經失傳,或者只在外國電影博物館留有孤本。筆者僅根據可以尋獲的唯一一部影片 ——〈旁貝城之末日〉[292] 的原片 *The Last Days of Pompeii* —— 作出文本分析。是篇為本書所涉幾份雜誌中出現的第一篇影戲小說,且小說譯者周瘦鵑為《禮拜六》雜誌的核心文人,同時也是當時影戲小說產量最豐的文人之一,故具有一定代表性和研究價值。

早期黑白無聲影片因器材和技術所限,拍攝技巧較為簡樸。影片多由幾組長鏡頭或稱「一鏡到底」(long take)的段落合拼剪接而成,攝影機往往與拍攝對象保持一段較遠距離,以便收錄同一幕戲中所有演員的完整演出。1913 年影片 *The Last Days of Pompeii* 同樣以此為主要拍攝手法,全片 88 分鐘由 11 個長鏡頭段落構成,有少量借明暗變化、膠卷交疊、此淡彼出等手法而過渡畫面的剪接處理,但沒有

291　陸澹盦,〈兒女英雄〉,《紅玫瑰》,13 期(1924),頁數從缺。
292　瘦鵑,〈旁貝城之末日〉,《禮拜六》,32 期(1915 年 1 月 9 日),頁 1–20。

近景或特寫鏡頭。然而，在影戲小說中，譯者卻加入了不少有近距觀察效果的文字描述。例如形容女主角容貌的一段：

> 旁貝城裏有一個水樣清、雪樣淨、花兒般嬌、玉兒般艷的賣花女郎，芳名喚作泥蒂霞NYDIA。雙輔嫣紅，仿佛是初綻的海棠，眉彎入鬢，好像是雨後的春山。加著那櫻桃之後，蜻蟳之頸，柔荑之手，楊柳之腰，襯托上去，簡直能當得旁貝城第一號的美人兒。[293]

譯者的描述，猶如移動的近鏡頭，逐一聚焦於女主角的身體部位和面部器官。描寫中所用的比喻，多沿用自明清以來才子佳人小說；青山綠水、花鳥魚蟲，皆可入喻。影戲小說中的賣花女郎晶瑩剔透、纖細柔美，和影片中的女演員實大有出入（見圖34）。

原劇賣花女的人物特點在於其殘障和窮困的命運。該角色一直披頭散髮，灰頭土臉，衣衫襤褸。譯者卻有意將她美化，並套用了唐傳奇以來言情小說傳統中「佳人」的理想形象。[294] 譯者對影片中真正艷絕全城的女主角嫣紅絲（影片中名為Jone）的外貌形容則相對簡單得多。譯者有意將故事焦點置於身世可憐的賣花女身上，並將其美貌一再誇大，與其失明的殘障和求愛不遂的結局形成強烈對比，增添悲劇色彩。在「演為說部」的過程中，譯者提取了影片的情節梗概，但不完全按照影片人物的角色設計和戲分比例來重述故事，而是依從本國白話小說傳統和才子佳人模式來改寫故事，另創一篇獨立的小說。

293　同上，頁1–2。
294　有關「佳人」形象自唐傳奇至清末言情小說的演變之回顧，見葉嘉，《從「佳人」形象看《禮拜六》雜誌短篇翻譯小說》，頁31–32。

圖34　電影 *The Last Days Of Pompeii*（1913）截圖
　　　（a）00:09:07；（b）00:12:12

　　譯者除了按照自己所選取的敘事結構來重組劇情之外，亦根據畫面加入個人的聯想。例如，電影有一幕講述大主教阿字勝在觀景臺遠遠看到美人嫣紅絲和男主角克勞格司（Glaucus）泛舟談情，頓時心生愛慕。影片畫面所見只有阿字勝遠眺湖上的背影。阿字勝所在的觀景臺，下臨海面，拍攝器材無以架設。因此，影片只取其背而無正面拍攝的手法，其實並不難理解。觀眾須以談情畫面的穿插，和阿字勝背面動作、來回踱步所表現之焦躁，來領會他垂涎美色的心情。這一心理過程在影戲小說中卻毫不含蓄：

> 大主教好不情急，疾忙掏出一個望遠鏡來，放在眼兒上一
> 望。不道兩眼剛射到那艇子上，頂門上早轟的一聲，一縷遊
> 魂已從泥丸宮裏面奪門而出，飛上半天，飄飄蕩蕩的飛了好
> 一會，沒有去處，才依舊回來。按著定了定神，又打起望遠
> 鏡望了一望，只見那美人竟是個上天下地一時無兩的麗姝。
> 別說是世上粥粥羣雌中找不出第二人來，就是捉拿天上的安
> 琪兒來一比，也立時失色。大主教瞧了好久，直瞧得黯然銷
> 魂，全身的骨兒一根根都化做了泥，又好似一個倒栽蔥，吊
> 在白蘭地酒裏，直要醉倒在這高臺之上。[295]

譯者將人物的內心活動化成文字，極力渲染角色一睹美色時的震撼情緒。大主教魂飛魄散、渾身酥軟的形容，顯然亦來自在才子偶遇佳人，一見傾心的情節模式。此外，影片本是無聲的，片中沒有角色對白，亦沒有旁述。譯者卻樂於為角色加入對白和獨白。劇中最後一幕，盲女妮蒂霞在火山爆發、岩漿迸湧的災難中，救下心愛的恩人克勞格司和他的愛人嫣紅絲。情侶二人趕上逃難的小艇，妮蒂霞卻遲了一步，目送他們離去，最後投湖自盡。影片雖無聲，但譯者為妮蒂霞加了一段臨死的呼告：

> 妮蒂霞正想上去，不道那船已開了，便微喟了一聲，亭亭的
> 立在沙灘上，邊把蠶首仰著殷紅的天空悲聲大呼道：妮蒂
> 霞，你的義務已盡，還想什麼來，可以死咧。說著，桃靨含
> 春，吃吃的嬌笑起來。笑了半天，才展開那一雙粉藕似的玉
> 臂，撲入水中。但見海濤粘天，這美人兒已在雲水合沓之中，

295　瘦鵑，〈旁貝城之末日〉，頁7。

不可得見。接著,卻從碧波裏探出頭來,囀著珠喉高呼道:
克勞格司吾愛,吾和你再會罷……[296]

　　無聲影片沒有口述人物對白,而劇情至此,間幕也沒有彈出人物獨白的說明。妮蒂霞的臨終之言顯然也是譯筆所致。譯者仍不忘透過「桃靨含春」、「粉藕似的玉臂」、「珠喉」等形容,將「佳人」的形象貫徹始終。譯者一邊依賴影片畫面的敘事和觀劇的體驗,一邊發揮對人物心理和對白的想像,並以傳統才子佳人小說為模板,將一個長達88分鐘的視覺文本,重編為一篇約四千字的言情小說。在這一轉換中,最直接影響譯者工作過程的「源文」,只是一場觀劇的體驗。除了提供有限的影片訊息之外,譯者並無依據、亦無必要去奉行任何層次的「忠實」原則。從民立至1920年代,通俗文藝雜誌中的影戲小說層出不窮,可見譯者其實相當熱衷於這種極為「不忠」的新潮創作。「才子佳人」在西方視覺世界至上海文藝界的轉播中鮮活復甦,足見譯者有意將歸附於明清以來白話小說的文學敘事傳統。影戲小說雖然未必完整如實反映影片情狀,但雜誌譯者已將這一翻譯實踐進行了接近二十年。到了1920年代中期,不少影戲小說還刊印成書(如前述《紅手套》和《太陽黨》),證明這類列為譯本的讀物確有市場,也廣為讀者接受。這一翻譯實踐日益成熟,也暗示原本專於文字工作的一群雜誌譯者,甚至雜誌編著人員,對視覺文化的涉獵亦愈見深廣。

　　前文分析所得的各種翻譯規範,在影戲小說中都有充分體現。譯者憑主觀印象的大膽改編,以及詳述個人觀劇經驗的譯序,都體現了

296　同上,頁19。

譯者「顯形」和「不忠」原則。披露最新影片故事的做法，也是追求「時效」的表現。一位影戲小說的譯者曾明確表示：

> 余蓋此次道出某國，得之某影片劇場中者，余信此片確係新製，或尚未傳吾國，故樂述之，以博讀者一粲。[297]

顯然，譯者最看重的一點，正是影片乃最新之作，且尚未進口中國。此中既有時效的追求，也有補缺的心態。譯者是在旅外途中看到影片，並非有意在外國尋找電影以供改變，寫出的影戲小說既是即時也是即興之作。這種翻譯過程，亦與雜誌譯者瀏覽外國期刊、隨手收集有趣消息的做法一樣，都反映了隨遇而譯、求新求快的態度。

此外，譯者也為影戲小說注入自己的解讀，以回應社會現實。例如，〈嗚呼……戰〉的譯者借這一影戲小說來「大聲疾呼，以警告世界曰：趣弭戰」（「趣」同「促」；「弭」即「停止」）。[298] 這一呼籲，大可視為「實用」的翻譯規範的表現。總括而言，影戲小說背後的翻譯規範，與以文字文本為「原文」的雜誌翻譯所體現的翻譯規範，是基本吻合的。影戲小說可說是上海通俗文藝雜誌所奉行的各種翻譯規範發揮至極致的一種表現。

本節開頭所引的一則影戲小說廣告《紅手套》，透露譯者為「編譯影戲小說之名手」陸澹盦。陸氏在1920年代主編世界書局《大世界報》和《新聲》雜誌，亦定期在《紅玫瑰》和《紅雜誌》刊登影戲小說，後於新華影片公司擔任劇務主任。[299] 上海通俗文藝雜誌主筆如

297　申朔譯，〈犬媒〉，《中華小說界》，2卷9期（1915年9月1日），頁數從缺。
298　周瘦鵑譯，〈嗚呼……戰〉，頁19。
299　見新華影片公司編，《人面桃花》電影特刊（上海：新華影片公司，1925年12

嚴獨鶴、周瘦鵑、徐卓呆（1881-1958）等，也曾任該公司編劇和顧問。同時，雜誌文人亦從電影圈為文藝雜誌注入新血。《紅雜誌》改組為《紅玫瑰》之後，發刊詞聲明「電影消息」和「劇場談片」是雜誌的主要欄目，篇幅僅次於小說。[300]《禮拜六》自1921年9月起增設欄目〈風雨齋影戲談〉，品談滬上各大影戲園的優劣，速遞最新影片的內容；後期加設〈津門影戲談〉，由天津影迷提供京津影事的最新情報，「與海上嗜影諸君」互通消息。[301] 由此看來，上海通俗雜誌的影戲欄目已透過遍布全國的銷售網絡，集結了各大城市的影戲觀眾，並為影迷群體創造了溝通平臺。

在本書所涉雜誌中，就影戲欄目而言，《小說世界》內容最為豐富詳盡，刊行時間亦最長。雜誌在1924年開闢專欄〈銀幕上的藝術〉，置於每期雜誌開首。專欄內容涵蓋電影藝術各個層面，有電影明星傳記、新聞和劇照，攝影器材、拍攝技術、特技特效的最新進展，也有新片介紹以及電影藝評。專欄資料多由熱愛電影的雜誌人從美國書刊雜誌蒐集而來。[302] 此外，二十年代末，歐美已開始拍攝有聲電影，負責電影專欄的文人亦開始翻譯電影劇本的節選。當時有關電影的文字資料，幾乎都依賴雜誌翻譯進入中文世界。1925年10月，

月）；上海圖書館編，《中國現代電影期刊全目書志》（上海：上海科學技術文獻，2009），頁16。
[300] 趙苕狂，〈編餘瑣話〉，《紅玫瑰》，1期（1924年7月18日），頁數從缺。
[301] 許吟花，〈津門影戲談〉，《禮拜六》，191期（1922年12月8日），頁16–18。
[302] 負責〈銀幕上的世界〉專欄的記者透露自己「記者嗜影成癖，關於電影書籍，得之無不讀。館中藏各種雜誌，有暇必沉浸其中」，見〈影海回憶錄〉，《小說世界》，12卷1期（1925年10月2日），頁數從缺。此外，《禮拜六》一位影戲瑣聞的譯者亦曾透露其資料來源是「西報」，見士心，〈聖誕節中影界大王之叢話〉，《禮拜六》，192期（1922年12月15日），頁52–55。

《小說世界》推出電影專號〈銀幕特刊〉，以電影藝術為該期主題。刊方聲明「大半選譯美國的精要文字，創作甚少」；主要取材自美國，乃因美國電影當時最發達。[303] 刊方又解釋，該期〈銀幕特刊〉的籌備時間比想像中長，是由於蒐集資料和選譯文章需時較多；該期圖片資料尤其多，製作過程亦較複雜。

影戲專欄是為速遞西方影圈新知而設，其譯事固然可反映「時效」和「實用」原則。例如，介紹著名影人的欄目記載的都是1920年代美國知名演員。以〈銀幕特刊〉為例，就有Robert Agnew（1899–1983）、Kathlyn Williams（1879–1960）和Peggy Shaw。[304] 欄目亦好議論影星花邊新聞。該期就有Mary Pickford（1892–1979）和Douglas Fairbanks（1883–1939）離婚傳聞（圖35（a））。此外，電影劇情介紹的欄目亦重於最新影片，尤其是即將在滬上映的影片。特刊選錄的四部電影簡介和劇照，包括 The Rag Man、The Air Mail、The Heart of a Siren 和 A Kiss in the Dark，都是1925年的荷里活新作（圖35（b））。[305]

〈銀幕特刊〉除了介紹美國演員和影片的最新資訊之外，亦緊貼電影技術發展的最新動向。例如該期〈有聲電影的研究〉一文（圖36），據譯者所稱，就是一次對於電影「科學的研究」。譯者也註明該篇的來源是《巴黎民眾雜誌》中〈能說話的電影〉（"Le Film Qui Parle"）一文，內容是有聲電影之製作和器械原理的講解。譯者為了

---

303 〈編者與讀者〉，《小說世界》，12卷1期（1925年10月2日），頁數從缺。
304 該演員生卒年分不詳，但其主要影作出於1920年至1928年間。
305 影片年分來自互聯網電影資料庫（The Internet Movie Database，IMDb），已根據雜誌提供之製作商資料加以核實。

圖35 〈銀幕特刊〉選頁(《小說世界》，12卷1期，1925年10月2日)

準確解釋各種留聲機的運作機制和現場收音的過程，將原文的圖解部分亦一併附上，並在原圖中加入中文說明，也嘗試為科學名詞提供中譯或音譯。由此可見，雜誌刊方對西方電影的興趣，已不止於影戲園的觀劇體驗，也不限於影星動態和影壇盛事，而擴至電影技術和理論層面。

有關電影的翻譯實踐始於民立之後譯者憑回憶而筆錄的影戲小說，經過十餘年，已發展到銀幕專欄和電影學知識的譯介。譯者一方面繼續追星、觀劇，另一方面則開始嚴肅探討電影藝術和攝影理論。雜誌譯者此時對西方電影文本的譯介，亦更講求資料蒐集的廣度、深

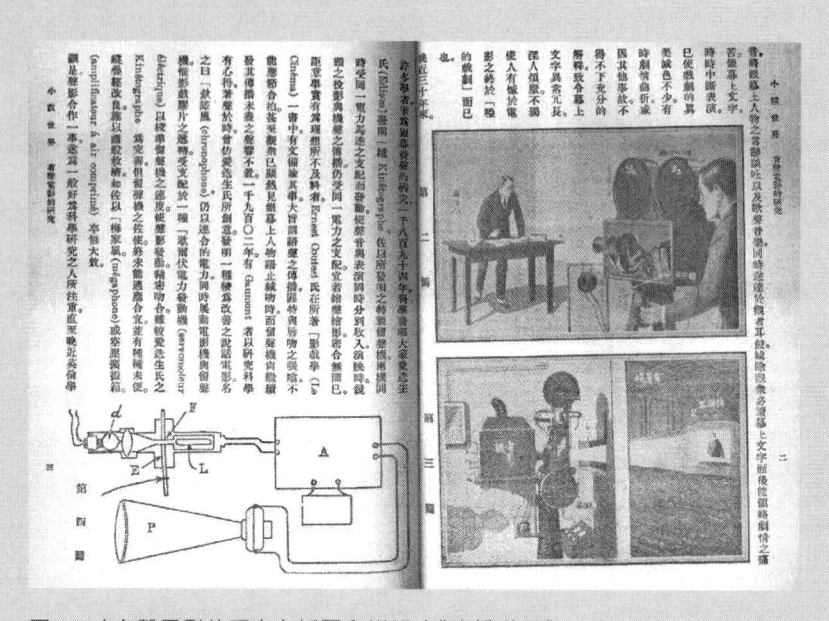

圖36 〈有聲電影的研究〉插圖和說明（《小說世界》，12卷1期，1925年10月2日）

度以及翻譯的準確度。在此過程中，雜誌人亦逐漸獲得了早期電影人的視野。與此同時，上海逐漸興起一種新的雜誌類型——影戲雜誌。[306] 這類雜誌最初由熱愛電影的通俗文人主辦，後來由各大影片公司自行組編，但仍然依賴通俗文藝雜誌文人供稿。從其增長趨勢亦可知，影戲雜誌在1920年代逐漸積累了讀者，亦集結了影迷。由此可

---

306 最早以影戲為主要內容的雜誌相信是中華圖書館所編《遊戲雜誌》，該刊每期都有最新電影消息和影片本事的欄目。影戲雜誌的盛行則在1920年代。1921年至1929年在上海創刊的影戲雜誌超過60份，其中又以1922年至1925年創刊數目最高。見上海圖書館編，《中國現代電影期刊全目書志》。

見，上海通俗文藝雜誌的電影翻譯活動，實則為中國早期影業準備了人脈和觀眾基礎。

上文集中討論民初雜誌中取材自西方視覺文本的翻譯文本。所涉文本一為源於外國靜態圖像的雜誌插圖及其文字說明，其中又以一戰時事圖片及舞臺藝術圖像為主；二是根據外國無聲黑白電影改寫而來的影戲小說，以及雜誌的電影欄目。這些文本的來源不同，但一致指向雜誌譯者的一點共性。在轉載一戰時事圖片時，譯者不論選材或編譯，皆重於呈現戰爭對環境的破壞，對民生的摧殘，圖文皆有模糊國籍界線，傳達普世關懷之感。一戰期間，國內主流媒體報導密集緊湊，傾向於聚焦勝負得失、激發家國情感。與此相比，雜誌透過影像播報戰事的視角顯得尤為體貼民情，亦可見雜誌譯者不同於戰事記者的人文情懷。另一方面，雜誌譯介演藝與電影相關之視覺文本，及時預告電影新知，同樣是從都市民眾為主體的讀者角度出發，意在介紹西方流行藝術，帶動觀劇時尚。從譯者的選譯、改寫與欄目經營，可見譯者在翻譯視覺文本時，均面向讀者，以其閱讀與情感需求為依歸，以引起共鳴與同感為改寫方向。這一視角，從初期靜態圖像的轉載，至影戲小說的改編，到電影快訊的編譯，一直貫穿其中。

上述選譯與編譯的視角，固然本書所涉幾份通俗文藝雜誌的本質，但不可忽略的是，所涉譯者多出自雜誌核心文人群體（如陸澹盦、周瘦鵑、嚴獨鶴等）。與其說譯者順應雜誌編輯方針，而有如此編譯取向，不如說是身兼編者的譯者之文化視角決定雜誌編輯方針，並直接體現於雜誌的翻譯文本中。雜誌視覺文本翻譯這一特殊翻譯形式。在此，若引入一個共時性視角，以同一歷史時空下的新文化刊物作為對比參照，又可發現，新文化精英從未將電影列入其刊物內容，

只純粹視之為消遣娛樂的方式。雜誌譯者藉影戲小說呈現自身與明清白話小說傳統的傳承關係，而這一關係正是這些上海暢銷文藝雜誌被新文化精英斥為「舊」文學類別的主要原因。[307] 雜誌譯者卻始於圖像轉載，而至影戲小說，再至早期影業，在積極涉獵視覺媒體的同時，逐漸發展出現代文人「新」的創作軌跡。

通俗雜誌文人的文藝追求開始跨入視覺世界，與同一時期忙於構築「新文化」經典的北京精英群體已有了鮮明的區別。上海通俗文藝雜誌有此立身之本，是其與新文化精英雜誌互異而共存的基礎，亦是本書最後一章所書之互現場景得以展開的前提。在進入「互現」圖景之前，宜就上述翻譯學「規範」概念所啟發的文本分析，為本書所言「雜誌翻譯」作一明確概述，以進一步闡清本書通覽雜誌、廣搜譯本、洞察關聯、勾勒互動的整體思路。

第三節　「雜誌翻譯」：規範與定義重構

本書第三至六章以翻譯規範之重構為線索，羅列並分析了上海通俗文藝雜誌多種不同形式的翻譯文本，有小說、雜聞、笑話、插圖、影戲；有的從單一文本譯出，有的綜合多種文本編譯而來，也有的根據非文字的視覺文本而寫成。「雜誌翻譯」的形式多種多樣，過程千

307　見新文化運動標誌刊物《文學旬刊》西諦（鄭振鐸）所載文章〈新舊文學的調和〉（4號，1921年6月10日）、〈思想的反流〉（5號，1921年6月20日）、〈新舊文學果真可調和麼？〉（9號，1921年7月30日），本文所涉刊物皆被歸入「舊文學」之流而久遭新文學陣營批判。轉引自芮師和等編，《鴛鴦蝴蝶派文學資料（下）》（福州：福建人民出版社，1984），頁726–729, 732–733。

變萬化，所指向的西方文本來源愈是紛繁龐雜，雜誌文人的各種改寫痕跡則愈顯明晰。「雜誌翻譯」的具體範圍，確非一言所能盡之。

翻譯學作為一門獨立學科，其研究對象是「翻譯」。第四章有關「忠實」原則的探討已指出，當代翻譯學對於「翻譯」的定義，往往以「對等」為核心概念，即一個文本或文本生成過程是否屬於「翻譯」的範疇，取決於它與一個先行文本之間是否存在「對等」的關係。有關「對等」的概念及其對「翻譯」之定義的決定作用，譯學界已有過不少批評。簡括而言，以「對等」為核心概念去界定「翻譯」的做法，至少有兩個問題：第一，「對等」本身的定義並不固定。「動態對等」和功能主義翻譯理論提出以來，譯界已普遍認為，翻譯在不同語用環境下，可實現不同語言層次上的「對等」。人們在不同環境下會對「對等」持不同的期待。[308] 第二，「對等」本身定義含糊，在研究中亦無法量化，故研究者無法通過制定一個固定標準，去判斷一個文本是否實現了足以構成「翻譯」的「對等」關係。[309]

此外，用「對等」來定義「翻譯」，也會給翻譯研究帶來兩點阻礙。第一點涉及研究對象的選取問題。「對等」在不同時空、語境之下有不同的定義。研究者若僅以自身所處的社會文化環境中對「翻譯」的定義為標準，來選擇翻譯研究對象或創建語料庫，則所選取的文本本身已帶有局限性。在研究課題所涉的歷史時空下，可能有其他

---

308 見 Katharina Reiss 和 Werner Koller 的概述，轉引自 Hermans, *Translation in Systems: Descriptive and System-Oriented Approaches Explained*, 47–48；有關功能主義翻譯理論以及語用學之關係的分析，見 Gentzler, *Contemporary Translation Theories*, 69–73.

309 Hermans, *Translation in Systems: Descriptive and System-Oriented Approaches Explained*, 48.

形式的翻譯實踐和翻譯文本,因不符合研究者事先設定的翻譯定義,而不被納入研究範圍。

第二點涉及研究的邏輯問題。如果研究者僅以符合某一定義或標準的翻譯文本為論證基礎,嘗試觀察文本的共性,從而總結出有關翻譯的整體規律,那麼得出的結論必然是偏頗的;所謂的規律,亦只適用於研究者所設定的翻譯文本,而並不具有普遍性。[310]

本書的研究範圍,同樣無法以「對等」原則來界定。最顯而易見的原因,是雜誌中被標記為翻譯的文本,大部分都無法找到原文。小說體裁的譯本,有過半數沒有提供原文訊息;非小說體裁的譯本(如譯叢和影戲小說),則絕大多數都無法追溯原文。即使譯本含有明確的來源,並可按圖索驥,找到原文的文字資料,筆者亦未必能確定自己使用的版本,正是民初雜誌譯者所根據的原文。對於轉譯而來的文本,情況則更為複雜。換言之,在研究民初雜誌翻譯時,要完整蒐集原文,並確保它們確實是譯者所依據的版本,是不太可能的。要進行任一語言層次上的原文—譯文文本對讀分析,再以「對等」的程度來劃分譯本和非譯本的界限,也不適用於本書的研究對象。

因此,筆者在決定一個文本是否為譯本時,參考了描述翻譯學中有關「假定翻譯」(assumed translation)的概念。圖里對這一概念的定義十分直白:「假定翻譯」就是在譯入語文化中被呈現以及被視為翻譯的語言材料。[311] 這一定義儘管不甚嚴格,但從中可見描述翻譯學的一個目標,是尋找譯本與譯入語文化環境之關係。本書旨在從社

---

310 圖里稱之為一種循環論證(circular reasoning),對學科進展沒有幫助,見Toury, *Descriptive Translation Studies—And Beyond*, 31.

311 Toury, *Descriptive Translation Studies—And Beyond*, 32.

會環境和出版語境出發，探討雜誌翻譯在動態文化場景中的角色與作用，研究思維面向譯入語語境，與描述翻譯學的初衷有共通之處。因此參考「假定翻譯」的概念，來初步界定雜誌翻譯的範圍，信為無過。換言之，在雜誌中被呈現為翻譯的文本，不論何種體裁，都屬於雜誌翻譯的範疇。例如，凡出現翻譯標記的雜誌文本，都可視為譯本。這些標記包括：

1. 原著和作者的訊息。這些訊息大多出現標題附近，或者文章結尾；也有少數文本的原著作者會被譯者化為敘述者，寫入正文；亦有一些翻譯的事實，是在刊方預告或回顧中才披露的。
2. 譯者署名。這不僅包括「某某譯」的明確標記，也包括一些讀者默認的譯者組合（見第三章第二節末）。
3. 刊方對文本的分類，包括欄目名稱（如「譯叢」），或一些提示小說內容的標籤。[312] 雜誌中的影戲小說在1910年代並沒有標註為譯作，但因1920年代刊方始以「編譯」描述筆錄影戲的過程，由此可以推測這一實踐自1910年代起已被視為譯本（見本章第二節）。

帶有以上任一種標記的文本，均可視為雜誌有意呈現為翻譯的文本，因而可納入「雜誌翻譯」的範疇。圖里對於「假定翻譯」的定義十分籠統，他本人亦傾向將「假定翻譯」視為一個有待不斷修正的假設（working hypothesis）。換言之，研究者可先以某一歷史時期的「假定翻譯」為研究對象，尋找該時期翻譯文本的共性和規律；然後

312　1910年代的上海文藝雜誌習慣在小說正文的標題上方，加入較小字體的「○○小說」的標記。這類標記大多提示小說的題材。其中「歐戰小說」、「歐美名家小說」之類，可視為翻譯小說的標記。《小說月報》、《中華小說界》和《小說大觀》在目錄頁也註有這類標記。

再觀察是否有其他文本現象，符合這些翻譯文本的共性和規律而需要納入研究範圍，從而不斷修正對研究對象的界定。[313]

根據這一思路，本書第三至六章以雜誌譯本及其外文本為線索而重構的翻譯規範，可用於思考上述有關雜誌翻譯文本的範圍界定，是否尚有擴充的可能。正如前文所述，譯者「顯形」、「不忠」、「時效」與「實用」的翻譯規範，並非彼此互不相干，而是相輔相成的。整體而言，這些翻譯規範都來自晚清的報業傳統、小說翻譯傳統和江浙文人的生態傳統，到了民初上海的社會文化場景中又有所變化延伸。若觀察這一規範體系的內部，又可發現，各種主要的翻譯規範之間存在相互促成的關係。譯者「顯形」規範自林紓而起，因受雜誌界同人編輯的潮流，以及江浙文人圈子在報業的核心位置的影響，因而得到延續，雜誌譯者普遍比原著和作者得到更多的關注。譯者的「顯形」不止於形象的有無，而更關乎個人風格的彰顯。從各種續寫、改寫和「才子佳人」化的翻譯手法可知，雜誌譯者不僅能攫獲譯本的所有權，而且積極在譯本中滲透個人的寫作風格。譯者這一傾向在雜誌圈和讀者群中都廣受鼓勵，亦進一步穩固晚清以來的「不忠」原則在翻譯實踐中的扎實根基。承自報業的翻譯規範，包括求新、求

---

[313] 見 Toury, *Descriptive Translation Studies—And Beyond*, 33；亦有學者指出，"working hypothesis" 是對翻譯定義問題的一種迴避，見 Kitty van Leuven-Zwart, *Vertaalwetenschap: Literatuur, Wetenschap, Vertaling en Vertalen* (Leuven: Acco, 1992), 31; Hermans, *Translation in Systems: Descriptive and System-Oriented Approaches Explained*, 49. 有關「翻譯」的定義問題，至今譯學界仍未有統一定論。Maria Tymoczko 認為對於翻譯定義的嘗試，是譯學發展的六大趨勢之一，見其 "Trajectories of Research in Translation Studies," 1082–1097；有關過去各種定義，見 Maria Tymoczko, "Defining Translation," in *Enlarging Translation, Empowering Translators* (Manchester & Kinderhook: St. Jerome, 2007), 54–105.

快、求廣的「時效」,以及反射現實、面向大眾的「實用」,全都鼓勵刊方和譯者在搜譯過程中注入思考。在譯者的工作過程中,「忠實」一直不是首要約束;相比之下,譯者乃至刊方的「顯形」,卻因「時效」的追求和「實用」的教誨,而變得更為顯著。

以上翻譯規範及其內部互動,在雜誌語境內共同構成一種有助文人藉由翻譯而表達意見、反思社會的機制。雜誌文人通過翻譯而表達的思考,其敘事方式往往帶有一種中西對比的視野,即以西方之事實,作為本國現實的參照和未來的預兆。雜誌譯者立於中西交界,具有提供案例、引導思考的職能。換個角度而言,這一種中西對比的視野,廣泛存在於該時期的雜誌翻譯文本中。因此,凡是因循這一思維方式,並且述有外國人事的雜誌文本,本身都帶有譯本的面目和功能,可納入「雜誌翻譯」的範圍之內。

本章的分析也指出,該時期雜誌的翻譯實踐所依據的「原文」,實有多種形態和來源,且不限於文字文本;翻譯的過程,亦不限於一個文本到另一文本的語言轉換,而時常涉及蒐集、編輯、重組的工作,亦有以視覺文本為基礎的符際翻譯。雜誌「譯者」的群體中,不僅有今日翻譯行業中認可的譯者,也包括從各種媒介蒐集外國消息,以供改寫的人士。「譯者」的多樣化,與「雜誌翻譯」的寬廣範圍,兩者無疑是互有關連的。本書是自民初雜誌界之實際語境歸納出「雜誌翻譯」的定義,或可為日後同一歷史時空之雜誌翻譯的研究作一參考。

第四章提到,描述翻譯學提出以來,譯學界傾向視「對等」為一個歷史化概念。在不同歷史時期,「對等」包含不同的定義與期待,與之相關的「翻譯」概念亦有所不同。換言之,「翻譯」可視

為一個歷史化概念。上文重構之民初上海「雜誌翻譯」規範與定義，實指向當時雜誌翻譯文本在譯入語文化中的角色與功能。雜誌譯介的文學作品，包括長短篇小說、詩歌和戲劇，無疑可為本國文學帶來新的題材、體裁和寫作模式。然而，在譯者「顯形」、「不忠」以及文本可讀性為依歸的翻譯規範下，不少譯者的翻譯方式，是將外國故事包裹於傳統白話小說的敘事結構中，並借助前言、後記、批註等文本手段，注入個人的風格與理解。經過改寫的外國文本，其衝擊和更新本國文學的作用，遠不如其鞏固本國文學傳統的作用。雜誌譯者乃至刊方文人，亦藉此加深自身與明清以來文學傳統的傳承關係，以致被新文化精英歸入「舊文學」類別。新文化精英銳意進行「新陳代謝」的變革浪潮中，這一傳承關係的在翻譯中的顯現，正可視為雜誌文人自我定位的宣示。

　　上海通俗文藝雜誌的譯者最初對「忠實」原則的抗拒，也可視作一種猶豫以西方文學為模板的翻譯觀。1920年代，「忠實」原則隨新文化精英獲「經典化」，逐漸滲入上海雜誌翻譯實踐。文學類別的翻譯文本，著譯訊息變得齊全，譯者亦不再從事大膽的改寫。但「譯叢」和「影戲小說」等雜誌文本的盛行，表明被視為「不忠」的翻譯實踐並未停止，而是在其他雜誌翻譯形式中延續，並助譯者開拓視覺文本的翻譯實踐，逐漸走入電影世界。相比之下，新文化精英從未將電影列入其刊物內容，只純粹視之為消遣娛樂的方式；新文化刊物的「譯叢」亦極少蒐集奇聞怪事、百科知識和社會新聞，只注重報道西方著名作家和國際文學獎項的新聞，介紹外國文學評論的新著。《小說月報》1921年由新文化精英接手改革，新設專欄〈海外文壇消息〉和〈書報介紹〉，就屬於這一類。新的「譯叢」專欄，取代

了《小說月報》早期的〈譯叢〉、〈瀛談〉和〈雜載〉等欄目。這一轉變,道出了刊物易手的事實,也直接體現了上海通俗雜誌文人和北京新文化陣營對譯介外國文學之不同態度。跟循這一思路,第七章試圖從兩方文人的雜誌翻譯文本中,追溯文人藉由翻譯來宣示自我、同時區別於對手的過程,分析雜誌翻譯在當時文化動態場景中的角色與功能。

第七章

通俗與「經典化」的互現

前述有關雜誌翻譯的討論，以出版環境和翻譯現象的描寫為表層結構，以通俗與經典化的互現為內在主線。第一章利用翻譯理論之多元系統論的觀點，在民初文藝雜誌界文學「經典化」的脈絡下，追溯「通俗」概念的演變及「通俗」流派的命名與成形過程，說明「通俗」、「經典」與「精英」都是不可分割的、含價值判斷的歷史標籤。文學史論稱為「精英」和「通俗」文人，在民初雜誌活動中都曾以「通俗」為追求之一。惟兩者對詞彙的定義不盡相同，目標受眾亦不一樣。兩種「通俗」無法融通，結果新文化精英改用「大眾」和「平民」，同時將「通俗」貶為末流，並附以「消遣」、「趣味」、「遊戲」、「暢銷」等特質。同一時間，上海文藝雜誌視消閒和暢銷為通達大眾的必要條件，因而被納入「精英」所界定的「通俗」範圍。面對「通俗」的指控，上海雜誌文人反而繼續發揮特色，娛樂形式日益豐富，促銷手法日益精湛，兩方遂呈不同趨向。第二章則寫到，上海文人之所以能在雜誌界自據其營，與兩大出版環境因素有關，一是相對自由的言論環境，二是自給自足的文人圈子，二者構成雜誌文人自成一格的編輯空間，因「通俗」而生的分化亦愈明顯。

　　「精英」和「通俗」在經典化過程中互相現形的文本現場，可見於第三至六章論及的種種互為呼應，互成對照的雜誌翻譯現象。早期《新青年》和上海文藝雜誌的譯者，都曾譯介相同的歐美作家，關注相同的翻譯問題，但背後有著截然不同的翻譯規範。上海通俗文藝雜誌的譯者傾向「顯形」，樂於展現個人行文風格和文本解讀，常有大膽改寫；新文化雜誌譯者則處於作者之下，甚至傾向「隱形」，謹守原著的行文與主旨，奉行「忠實」的譯法。

　　有關相異或相悖之規範的發現，固然可說明民初雜誌譯界並非由

單一原則所主宰,而是藏有多種力量的張弛。但筆者討論不應止於多元場景的靜態描寫,而應嘗試細緻展述內在的動態角逐。本章將進一步以例證說明,雜誌譯者的翻譯選擇——如選譯的決定、對規範的即離、對「經典」的模仿或質問——均帶有自我宣示。雜誌翻譯的文本互聯,恰恰是解讀雜誌文人在民初文化場域之定位、闡清「通俗」與「經典」之互現過程的重要線索。今人再觀民國文化場域,不可不將雜誌翻譯視作重要史料。

第一節　不拒「經典」,不要「主義」

1923年6月,上海《小說世界》接到一封讀者來信,稱雜誌某篇譯作是抄襲而來,請編輯部調查。編輯部隨即公開回覆,澄清該篇譯作屬於重譯,而非抄襲,又解釋目前國內譯事活躍,多注重翻譯名家名著,一本多譯的情況實屬常見。編輯部為避免日後再有同類指責,遂將最常被選譯的短篇小說家和短篇小說集列出(見表6),供譯者參考,以免重譯。

表6　《小說世界》編輯部彙整最常被選譯的短篇小說集

英文題名	中文題名
Tolstoy Twenty Three Tales	托爾斯泰短篇小說集
Chekhov Short Stories	乞呵夫短篇小說集
Maupassant Short Stories	莫泊桑短篇小說集
English Short Stories	英國短篇小說
Tigore's Short Stories*	泰戈爾短篇小說集
Russian Famous Short Stories	俄羅斯短篇傑作
O. Henry's Short Stories	歐享利短篇小說**
Allan Poe's Short Stories	愛倫波短篇小說

註:整理自〈編輯瑣話〉,〈編者與讀者〉欄目,《小說世界》,2卷11期(1923年6月15日),頁數從缺。
* 疑為 Tagore 之誤;** 疑為「亨利」之誤。

編輯部建議,以上作品已有譯本,譯者不必再譯。不難發現,表中有不少名字,都是新文化精英奉為圭臬的歐美作家,如俄國托爾斯泰、契訶夫(Anton Chekhov,1860–1904)[314]和法國莫泊桑。1915年秋《新青年》創刊不久,陳獨秀出〈現代歐洲文藝史譚〉,述「寫實主義」(realism)和「自然主義」(naturalism)為當前文藝大潮,以俄國托爾斯泰、屠格涅夫、挪威易卜生(Henrik Ibsen,1828–1906)、法國左拉(Émile François Zola,1840–1902)、龔枯爾兄弟(Edmond de Goncourt,1822–1879;Jules de Goncourt,1830–1890)、福樓拜(Gustave Flaubert,1821–1880)和都德(Alphonse Daudet,1840–1897)為典範。[315]孟加拉詩人泰戈爾(Rabindranath Tagore,1861–1941)和美國詩人愛倫‧坡(Edgar Allan Poe,1809–1840)後來也初備受推崇。《小說月報》在1923年9月至10月推出兩卷專號,譯介泰戈爾詩歌和文學評論;1924年1月又譯出愛倫‧坡的詩歌專論 *The Poetic Principle*(1850),為白話新詩舉範。

上述作家自然是經譯介進入中國文學場域。最初明確提出以翻譯西方文學為要務的是胡適〈建設的文學革命論〉一文。胡適認為,當前的中國文學,無論體裁、題材、結構或布局,均不夠完備,「實在不夠給我們做模範」。此處的「我們」即立意從事新文學創作的人。相比之下,西洋的文學創作,「材料之精確,體裁之完備,命意之高

314　即表6的「乞呵夫」;下文的「愛倫‧坡」即表6中的「愛倫波」。本書論述部分採用目前通用的外國作家譯名。

315　陳獨秀,〈現代歐洲文藝史譚〉,《新青年》,1卷3–4號(1915年11月15日及12月15日),頁數從缺。

超，描寫之工切，心理解剖之細密，社會問題討論之透徹」，都值得學習。新文學要自謀發展，主要方法是「多多地翻譯西洋的文學名著做我們的模範」。[316] 尋求「模範」的呼籲，帶有強烈的模仿意向。換言之，翻譯而來的「模範」，對於未來的文學創作將會有 —— 起碼是「模範」的構築者希望有 —— 某種指導功能。「模範」的語言形式亦有定指，即胡適〈文學改良芻議〉始倡之「國語」，亦即新白話文。

胡適在〈建設的文學革命論〉所說的「西洋文學」，固非整個西方文庫。他的舉範多為西歐尤其是英法名著，亦包括陳獨秀推許的「自然主義」作家。胡適的呼籲發出之後，《新青年》的文學翻譯數量明顯上升。[317] 尋求模範的翻譯思維之下，《新青年》譯介往往注重原著的「名家名著」地位。刊方亦習慣蒐集有關原著的文字材料，與譯文同冊刊出，如作者生平、文學評論、歷史背景等，務求詳實再現原著在原文文化的脈絡；刊方還會撰寫導讀與評論，配合出版。如此一來，雜誌出版一部譯介名著時，往往同時推出一系列相關的翻譯與原創作品，形同專供研讀西方作家的「課本」。刊方亦有意塑造「課本」的效果，甚至為某些西方作家推出雜誌專號，例如《新青年》4卷6號為〈易卜生號〉（1918年4月）。這一譯介模式，在改組後的《小說月報》也見延續，例如14卷9號、10號的兩冊為〈太戈爾號〉（1923年9至10月）。

316　胡適，〈建設的文學革命論〉，《新青年》，4卷4號（1918年4月18日），頁數從缺。
317　有關《新青年》翻譯的量化研究表明，《新青年》第3卷文字數點全卷約12%，第4卷突增至近30%。林立偉，〈文學革命與翻譯：從多元系統理論看《新青年》的翻譯〉，《翻譯學報》，8期（2003），頁21–38。

形同書寫教材的譯介策略，無疑是新文化精英正在構築「模範」的表徵。1920年北洋政府教育部立白話文為學校教授的國語之後，這些「模範」的性質實已近於多元系統論中的「經典」，即一個文化中的統治階層視為合乎正統的文學規範和作品。[318] 從前述《小說世界》的編者公布可知，部分新文化精英的「經典」在1920年代初已在中國讀者群有穩定地位。以翻譯為路徑、西方文學為「經典」的生產方式並沒有持續很長的時間。1935年至1936年，趙家璧（1908–1997）集胡適、魯迅、茅盾、朱自清（1898–1948）、周作人、郁達夫（1896–1945）編輯之大成，出《中國新文學大系》首卷，表明新文學原創作品已蔚然可觀，始於翻譯的經典化亦趨完成。

　　不可忽視的是，在1910年代，新文化精英忙於醞釀「經典」之際，通俗文藝雜誌的譯者亦在翻譯相同的作家和作品。以幾位獲譯介較多的小說家為例：屠格涅夫的作品，《新青年》連載〈春潮〉（英譯 Spring Floods）[319] 和〈初戀〉（英譯 First Love）；[320] 同一時期，《禮拜六》有短篇〈鬼影〉，[321]《中華小說界》有〈杜瑾訥夫之名著〉的四個短篇；[322] 法國都德的短篇小說 La Dernière Classe，胡適1912年譯為〈割地〉，刊於上海《大共和日報》，[323] 1915年《禮拜六》有靜英

318　Even-Zohar, "Polysystem Theory," 15–16. 中譯參考張南峰譯，〈多元系統論〉，頁24。
319　陳嘏譯，〈春潮〉，《新青年》，1卷1–4號連載（1915年9月15日–1916年12月15日）。
320　陳嘏譯，〈初戀〉，《新青年》，1卷5號–2卷2號連載（1916年1月15日–1916年10月1日）。
321　九成、履冰譯，《禮拜六》，73期（1915年10月23日），頁24–29。
322　半儂譯，〈杜瑾訥夫之名著〉，《中華小說界》，2卷7期（1915年7月1日），頁數從缺。
323　胡適譯，〈割地〉，《大共和日報》，1912年11月5日，頁數從缺。

的譯本〈最後之授課〉;[324] 都德的作品還有《小說大觀》的〈猴〉(*Le Singe*),[325]《小說世界》的〈頑童賣國〉(*L'Enfant Espion*);[326]《禮拜六》主編周瘦鵑,更曾根據一齣改編自都德小說 *Le Petit Chose* 的黑白無聲電影,譯出影戲小說〈阿兄〉。[327] 莫泊桑的短篇小說自1910年代已由兩方文人陸續譯介,前文有關一名多譯的討論已作列舉(見第三章第二節)。此外,《小說大觀》還有〈鸚鵡〉(*Le Perroquet*)譯本兩篇,[328]《小說世界》亦有〈緋緋小姐〉(*Mademoiselle Fifi*)、[329]〈溺者〉(*Sur L'Eau*)[330] 和〈星期消遣錄〉[331] 等篇。丹麥小說家安徒生(Hans Anderson,1805–1875)的小說有《禮拜六》的〈噫!祖母〉(*The Grandmother*)和〈斷墳殘碣〉兩篇,[332] 以及《新青年》的〈賣火柴的女兒〉。[333]

　　從上可見,上海通俗文藝雜誌和新文化精英期刊在1910年代已對相同的西歐作家產生興趣,譯事有遙相呼應之勢;也就是說,新文

---

324 靜英譯,〈最後之授課〉,《禮拜六》,42期(1915年3月20日),頁24–27。
325 瘦鵑譯,〈猴〉,《小說大觀》,5號(1916年3月30日),頁數從缺。
326 達觀譯,〈頑童賣國〉,《小說世界》,2卷3期(1923年4月20日),頁數從缺。
327 瘦鵑譯,〈阿兄〉,《禮拜六》,24期(1914年11月14日),頁11–28。
328 毅漢譯,〈鸚鵡〉,《小說大觀》,8號(1916年12月30日),頁數從缺;瘦鵑譯,〈鸚鵡〉,《小說大觀》,12號(1917年12月),頁數從缺。
329 達觀譯,〈緋緋小姐〉,《小說世界》,8卷13期(1924年12月26日),頁數從缺。
330 譯自英譯本。克文譯,〈溺者〉,《小說世界》,2卷10期(1923年6月8日),頁數從缺。
331 原著不明。趙開譯,〈星期消遣錄〉,《小說世界》,1卷8期–2卷6期(1923年2月23日至1923年5月11日),每期首篇。
332 瘦鵑譯,〈噫!祖母〉,《禮拜六》,64期(1915年8月21日),頁17–35;瘦鵑譯,〈斷墳殘碣〉,68期(1915年9月18日),頁5–9。
333 周作人譯,〈賣火柴的女兒〉,《新青年》,6卷1號(1919年1月15日),頁30–33。

化精英透過雜誌翻譯來構築的新文學「經典」,並非全然不在通俗文人的視域範圍內。1920年代新文學「經典」得到官方認可,上海通俗文藝雜誌對這些「經典」作家的翻譯仍在繼續,等同是對新「經典」的默認。

然而,兩類雜誌譯者儘管選材相似,翻譯的思維與規範卻因是否構築「經典」的動因而所有不同。第三章第四節曾以1915年9月號《新青年》(彼時為《青年雜誌》)屠格涅夫的譯介小說〈春潮〉為例,說明《新青年》與通俗文藝雜誌中譯者形象的顯隱有別,原著作者的形象呈現亦有所不同。現可引入出版時間相若的《中華小說界》1915年7月〈杜瑾訥夫之名著〉譯序,深入文本,再探差異。〈春潮〉的譯序如此形容屠格涅夫:

> 顧身世多艱。尤厭惡本國陰慘之生活。既見知於法蘭西文家韋亞爾德氏夫婦,遂從之游法京。其後偶歸國,以事得罪皇帝,被繫獄。未幾期滿,仍不許出本籍。此一千八百五十二年間事也。迨千八百五十五年之時。始獲自由。於是仍走法京,託身於韋亞爾德氏許,終其身遂不復返國。卒於一千八百八十三年。前後住法京蓋四十載,客中歲月,殆占其生涯之大半矣。著作亡慮數十百種,咸為歐美人所寶貴。稱歐洲近代思想與文學者,無不及屠爾格涅甫之名。其文章乃咀嚼近代矛盾之文明,而揚其反抗之聲者也。[334]

譯序顯然著重渲染屠格涅夫不屈於權貴的一生,突顯其以筆為器、堅毅敢言的形象。這一形象在三個月後陳獨秀〈現代歐洲文藝史譚〉也

---

[334] 陳嘏譯,〈春潮〉,《新青年》,1卷1號(1915年9月15日),頁數從缺。

得到呼應。〈現代歐洲文藝史譚〉寫易卜生的自由意志、托爾斯泰的批評精神，均與屠格涅夫有所相通。文中將「寫實主義」與「自然主義」的要義概括為「世事人情誠實描寫」、「發揮宇宙人生之真精神真心想」，指出小說家對「古來之傳說，當世之批評，無所顧忌」，而屠格涅夫正為代表作家之一。[335] 由此觀之，〈春潮〉的譯序縱使當下並無明顯的「主義」宣示，旋即已染上「主義」的色彩。

相比之下，上海通俗文藝雜誌對屠格涅夫的譯介另有側重。1915年7月，《中華小說界》的〈杜瑾訥夫之名著〉已譯介屠格涅夫的四則短篇小說。譯者更注重原著「措辭立言，均慘痛哀切，使人情不自禁」的閱讀體驗；翻譯的動機之一，是以此等佳作，「餉我國小說家」。[336] 譯者既以「讀者」的角度去欣賞原著，也以小說家「同行」的角度來推薦原著，並不附上「主義」的標記。

1915年10月，《禮拜六》翻譯小說〈鬼影〉同樣譯自屠格涅夫的作品。[337] 譯序形容作品為「寫實」，但讀之並不同於同年11月出現在〈現代歐洲文藝史譚〉的「寫實主義」。譯序如下：

英國海濱雜誌記者原按云：俄文家宜萬杜及內甫，善著寫實小說，為世界第一。其著作悉本諸己所親歷，與虛構者不同。此篇事情雖離奇，固宜萬所身經也。文字極生動之致，讀之如目擊其事也。[338]

335　陳獨秀，〈現代歐洲文藝史譚〉，頁數從缺。
336　半儂譯，〈杜瑾訥夫之名著〉，《中華小說界》，2卷7期（1915年7月1日），頁數從缺。引文出自譯者序言。
337　九成、履冰譯，〈鬼影〉，《禮拜六》，73期（1915年10月23日），頁19–24。
338　同上，頁19。

就此所見，原文來自《英國海濱雜誌》；序言譯自原著見刊時附帶的介紹文字。《英國海濱雜誌》為何物呢？根據周瘦鵑1928年在上海《海濱》雜誌一篇隨筆所言，《英國海濱雜誌》乃 The Strand Magazine（1891–1950）。[339] 按圖索驥，〈鬼影〉原文可溯及該雜誌1914年所刊短篇小說 "The Apparition"，為屠格涅夫作品之英譯本。[340] 該篇英譯的序，確為〈鬼影〉譯序的原文（見圖37）。

對比可見，〈鬼影〉的序幾乎是逐字自英文譯出，「寫實」無疑對應 "realistic" 而來。〈鬼影〉的序較之原文，唯一多出的是「與虛構者不同」一語。也就是說，此處所謂「寫實」是相對於「虛構」而言，意思指作者乃寫親身經歷的真實事件，並非憑空想像。譯者的「寫實」近於「紀實」和「報道」，即 "realistic"（如實）的本意。〈鬼影〉譯者頗受 "realistic" 的影響，甚至將作者屠格涅夫化為小說的主角，讓他擔任目擊者和敘事者。事實上，原著故事雖然反映了屠格涅夫對俄國社會階級分化的觀察，情節卻是從一個青年旅行者的角度，以第一人稱敘事；作者屠格涅夫並沒有參與其中。

在〈鬼影〉之前，「寫實」作為一種小說子類，於上海通俗文藝雜誌至少有兩則先例，即1912年《社會雜誌》（1911–1913）標記為「短篇寫實」的〈新冤獄記〉，[341] 以及同年《生活》（1912–1913）列為「寫實小說」的連載長篇《苦社會》。[342] 兩篇悉以述者親眼所睹、親耳

339　瘦鵑，〈談英國的海濱雜誌〉，《海濱》，1卷1期（1928年1月1日），頁11–13。
340　Ivan Turgenev, "The Apparition," trans. Edith Remnant, *The Strand Magazine* 47 (January–June 1914), 426–431.
341　知恥，〈新冤獄記〉，《社會雜誌》，10期（1912年9月10日），頁19–21。
342　連載首期見本玄，《生活》，2期（1912年11月5日），頁1–7。

圖37 〈鬼影〉譯序的原文（The Strand Magazine 47, January–June 1914, p. 426）

所聞為據，給人以事實俱在的確鑿之感。由此可見，〈鬼影〉譯者對「寫實」的理解並非個別現象，而有其根基。

那麼，〈鬼影〉所說的「寫實」與新文化精英致力推崇的「寫實」是否一樣呢？1917年，《新青年》改革檄文〈文學革命論〉首次對中國新文學提出「寫實」呼召。陳獨秀「三大主義」之一，正是「建設新鮮的立誠的寫實文學」。[343] 1921年，《小說月報》改組，

343　陳獨秀，〈文學革命論〉，《新青年》，2卷6號（1917年2月1日），頁數從缺。

亦將寫實主義作品譯介列為重點。[344] 在此期間,「寫實」的口號已推出,代表作家也陸續得到譯介,但「寫實」一詞未見清晰定義。「寫實主義」、「現實主義」和「自然主義」三個術語更互換使用,甚至有期刊文章專為辨析術語而從日文譯出。[345] 較易肯定的,反而是「寫實」的對立面,如「世間猥褻之心意,不德之行為」,[346] 如「陳腐的鋪張的古典文學」。[347] 此外,還有「假的寫實主義」,解為只重「皮毛之『實』」、「一眼看穿,更無餘味」的「庸俗主義」(trivialism)。[348] 因此,新文化精英的「寫實」,乃指對於書寫的對象,採坦誠、直接、徹底的態度,用脫於傳統文學模式限制的手法,並習為一種指導寫作的思想方針。以上所指,皆與〈鬼影〉的「寫實」不盡相同,也多了一種「主義」的宣示。

1920年代以後,新文化精英刊物盛行「主義」的探討,亦常以「主義」去描述西方作家。1921年《小說月報》改組後,新設〈海外文壇消息〉欄目,刊登外國作家簡介。是年2月號欄目內容尤為豐富,共介紹八位當代外國作家,其中五位都有「主義」的分類,如法國法郎司(Anatole France,1844–1924),被稱為「勇敢的文學家和社會主義者」,西班牙伊本訥茲(Vincent Blasco Ibáñez,1867–1928)是「人道主義小說家」,巴西格拉沙亞倫哈(Graça Aranha,1868–1931)是「無政府主義者」,美國梅・辛克萊(May

---

344　〈改革宣言〉,《小說月報》,12卷1號(1921年1月10日),頁數從缺。
345　加藤朝鳥著,望道譯,〈文藝上各種主義〉,《新婦女》,4卷3期(1920),頁32–37。
346　陳獨秀,〈現代歐洲文藝史譚〉,頁數從缺。
347　陳獨秀,〈文學革命論〉,《新青年》,2卷6號(1917年2月1日),頁數從缺。
348　成仿吾,〈寫實主義與庸俗主義〉,《創造週報》,5號(1923),頁1–5。

Sinclair,1863–1946)是「樂觀主義者」,英國倍納德（Arnold Bennett,1867–1931）則是「女子主義者」。[349]

同一時期的上海通俗文藝雜誌,在不拒「經典」的同時,並沒有順應「主義」的潮流。例如,法國作家巴比塞（Henri Barbusse,1873–1935）,在1921年3月首次由《小說月報》得到介紹。雜誌專欄〈海外文壇消息〉中〈巴比塞的社會主義譚〉一則,重點講述巴比塞反對專制的光明社和光明運動;刊方還引述了他在巴黎報紙 *L'Humanité* 的政治評論〈社會主義者之天職〉,並稱他為「社會主義」作家。[350] 率先譯出巴比塞作品的卻是《禮拜六》。譯者周瘦鵑在1921年9月至12月選譯短篇小說九篇,連載刊出,選材均來自巴比塞小說集英譯本 *We Others*（1918）。[351] 譯者的選譯與「社會主義」無關,而主要因為巴比塞的「宗旨是弭戰」,「描寫戰禍極其深刻」。[352] 本書第六章第一節曾述,上海通俗文藝雜誌在一戰期間,刊方文人已不時借戰事影像的轉印與轉譯,表達對戰爭受害者的同情與關注。巴

---

[349] 〈海外文壇消息〉,《小說月報》,12卷2號（1921年2月10日）,頁數從缺。
[350] 〈海外文壇消息〉,《小說月報》,12卷3號（1921年3月10日）,頁數從缺。
[351] 周瘦鵑譯,〈癱〉,《禮拜六》,125期（1921年9月3日）,頁1–6;〈力〉,127期（1921年9月17日）,頁1–6;〈意外〉,129期（1921年10月1日）,頁1–8;〈定數〉,131期（1921年10月15日）,頁1–5;〈四人〉,133期（1921年10月29日）,頁1–6;〈阿弟〉,135期（1921年11月12日）,頁1–6;〈夫婦〉,137期（1921年11月26日）,頁1–5;〈駿馬〉,139期（1921年12月10日）,頁1–6;〈守夜人〉,142期（1921年12月31日）,頁1–5。原著信為1918年短篇小說集 *We Others: Stories of Fate, Love and Pity*,英譯者Fitzwater Wray。依據之一,是周選譯入《禮拜六》的短篇,皆可在此英譯本對應,〈癱〉的譯後記提到,巴比塞著有長篇小說「『火線中』"Under Fire"」,與該英譯本封面以 "Author of 'Under Fire'" 介紹巴比塞的特徵吻合。見周瘦鵑譯,〈癱〉,頁6;Henri Barbusse, *We Others: Stories of Fate, Love and Pity*, trans. Fitzwater Wray (New York: E. P. Dutton & Company, 1918), cover page.
[352] 周瘦鵑譯,〈癱〉,頁1–6。

比塞的譯介,也應視為是反戰呼籲的延續。事實上,巴比塞在一戰期間確實主張反戰;而他1918年移居俄羅斯,加入布爾什維克黨,1923年歸法,加入法國共產黨,故稱為社會主義者,亦不為過。換言之,同為1921年的譯介,《禮拜六》的譯者看中的是作家和平反戰的主張,而《小說月報》注重的則是作家的「主義」所代表的政治立場。譯介外國作家時,「主義」的有無,正是譯者取態的表徵。

上海通俗文藝雜誌的譯介非關「主義」的宣張,而更出於對小說家同行的興趣。這些雜誌設有類似〈海外文壇消息〉的欄目,內容多為外國文人逸事、趣聞和小道消息。《紅雜誌》欄目〈歐美小說家列傳〉、[353]〈小說家之怪癖〉[354] 以及《小說世界》的〈世界文壇雜訊〉[355] 都屬此類。這些文藝雜誌亦不時表現出對「主義」的抗拒和諷刺。《禮拜六》〈余之頑皮史〉寫道:

> 學術維新人,多研究德謨克拉主義、孟羅主義、浪漫主義,然余所最崇拜最信仰者,則大頑皮主義是也。[356]

「大頑皮主義」無疑在戲謔各種各樣嚴肅的「主義」。前文有關「西笑」(見第五章第四節)討論亦提到,雜誌人每每在新女性的議題上調侃羅素「戀愛自由主義」和杜威「實驗主義」。《小說世界》某位讀者來信,提供訂閱外國雜誌的建議,乾脆表明不要「主義」:

353　天恨,〈歐美小說家列傳〉,《紅雜誌》,1卷40期(1922)起連載。
354　譯自《英國滑稽日報》。鄭逸梅,〈小說家之怪癖〉,《紅雜誌》,1卷12期(1922)起連載。
355　《小說世界》,2卷9期(1923年6月1日)起於〈編者與讀者〉欄目下連載。
356　陳野鶴,〈余之頑皮史〉,《禮拜六》,132期(1921年10月22日),頁23。

第七章　通俗與「經典化」的互現

> 我們最好從性之所近，去定閱一二份，譬如婦女家庭雜誌 Ladies Home Journal、成功 Success、文藝界 Literary Digest、星期六晚郵 Saturday Evening Post 等等，都是很普通的雜誌，價錢也廉，沒有任何主義的宣布 propaganda 在內。[357]

這段來信獲選見刊，表明刊方認為這位讀者的意見可取，值得分享。「沒有任何主義的宣布」成了訂閱雜誌的條件，可見刊方與讀者對盛行的各式「主義」確實不熱衷。值得留意的是，這封不要「主義」、不要 "propaganda"（政治宣傳）的信件，在1923年6月8日見刊；同年6月10日出版的《小說月報》，則是以俄國社會主義革命小說為主要內容的〈俄國革命專號〉；同一個月，早期新文化運動刊物《新青年》改組為中國共產黨中央理論性機關刊物。從這一時代背景看來，上海通俗文藝雜誌的譯事與創作不提「主義」，甚至拒絕「主義」的主張，實已表明自身在雜誌文化場域中，正處於與新文化刊物截然不同的位置。

至於一些沒有標籤為「某某主義」的外國作家，兩方雜誌依然呈現不同的譯介思維。例如，在1920年代，兩方刊物都開始留意美國短篇小說家歐亨利的作品。《禮拜六》的譯者周瘦鵑對他的介紹如下：

> 歐亨利 O. Henry 是美國有名的短篇小說家。他的真姓名叫作威廉西德南德 William Sydney Porter。一八六七年生在北加羅令那省的格林卜洛城。童子時，往戴克薩斯州，在一個畜

---

[357]　夏士貢，〈交換〉，《小說世界》，2卷10期（1923年6月8日），頁數從缺。

237

牧場上做了幾年工，後來漂泊到霍斯頓城中，投入一家報館做事。一年後，他在奧斯丁城買了一種報，開辦起來，自己做文章，自己作畫，可辛勤極了。不上幾時，卻遭了失敗，便又漂泊到中美洲，他在那裏窮極無聊，混不過去，只索回到戴克薩斯州，在一家藥店中服務兩禮拜，便移到紐奧連司州。到這時他纔做小說過活，有「四百萬」、「城中之聲」、「菜子與國王」種種短篇的傑作，著作共有二百多篇，如今都成了名。歐美文家都稱讚他是「美國的毛柏桑」。他死時去今不過十年左右，還在壯年時代。美國人至今很悼惜他呢。這一篇原名 "The Last Leaf"，看他寫情造意，是何等的好手筆。358

是篇為 1921 年譯介小說〈末葉〉(The Last Leaf) 的譯後記。譯者著重介紹歐亨利的生平經歷。有關其輾轉職業生涯的敘述，占了後記的大半篇幅。譯者選用「漂泊」（出現兩次）、「窮極無聊」、「混」等字眼，將歐亨利塑造為一個半生辛苦落魄，終究成名的文人形象。

《小說月報》在 1922 年譯介歐亨利另一名篇〈東方聖人的禮物〉(The Gift of the Magi)，譯者為新文化同人、文學研究會發起人之一鄭振鐸（1898–1958）。譯後記亦包括作者生平簡介：

O. Henry 的原名是 William Sidney Porter。約在一千八百六十六年的時候，生於美洲之北加羅林那（North Carolina）。很小的時候，就隨著他的母親遷至 Texas 住。在 Texas 住了好數年，他只是非常活潑自在地在牧場上遊戲。長成的時候，

---

358 紫蘭主人，〈末葉〉，頁 34。

對於著作極有興趣。他的最初的作品，登載 "The Houston Post" 上，後來又到中美洲去旅行了一趟。歸後，就在本地一間藥材鋪裏當書記，仍舊閒時投稿到 New Orleans 的各日報上，大概都是小說，很受紐約及其他各埠的人的歡迎。自此以後，一直到了一千九百十年他死得時候，他都不斷的為創作作品的努力，他的名字也一天高似一天，當時的人都極為他的作風所感化。[359]

對比可知，兩則譯後記所陳述的事件基本一致，但呈作者形象卻極為不同。例如作者在牧場的生活，《禮拜六》描述為「童子做工」，此處則是「活潑自在」的「遊戲」；又如中美洲一行，《禮拜六》形容為敗走，「窮極無聊」地混日子，此處卻是「旅行」。根據有關傳記，歐亨利在1896年前往中美洲洪都拉斯時，其身分是銀行侵吞公款案的疑犯。[360] 兩則介紹均無相關記載，是譯者所持資料不詳，或是兩位譯者均有意略去此事，目前無法查證。但「旅行」無疑比「敗走」更有違事實。《禮拜六》中的歐亨利一生漂泊輾轉，寫作生涯多舛。《小說月報》所塑造的歐亨利卻生氣勃勃，一帆風順。作者的兩種形象，分別映現上海通俗文藝雜誌中鴛鴦蝴蝶派的哀情敘事，以及北京精英介紹名家範文而有意「抑惡揚善」的策略。

對於譯介小說的閱讀方式，兩份雜誌的譯者亦有不同見解。周瘦鵑認為〈末葉〉的看點在於「寫情造意」的「好手筆」，意即強調小

---

359 鄭振鐸譯，〈東方聖人的禮物〉，《小說月報》，13卷5號（1922年5月10日），頁32–38。引用文段來自頁37。

360 "O. Henry," *Encyclopædia Britannica Online* (accessed date: June 10, 2020), retrieved from https://www.britannica.com/biography/O-Henry.

說給人的情感體驗。譯者行文有訴諸讀者、共同分享的意味,尤其是篇末「看他」一句。通篇讀下,可知譯者以一般讀者的角度來理解原著。鄭振鐸則以批評家的取態,評論歐亨利的全體小說作品:

> 他的作品極簡明,極緊迫,又極有精神,充滿著有意識的滑稽。因他帶著地方的色彩過多的緣故,外國的人卻是極少讀他的小說的。所以他的名字,除了美國以外,在別的地方都不甚知道。
>
> 在文學史上看起來,他的作品似乎也缺少些永久的價值。大概他的永久價值的減少,就是因為他的作品帶了太多給當時的人歡迎的性質的緣故。
>
> 但無論如何,他的文學的藝術終究是非常高的。[361]

鄭振鐸一面肯定作者的寫作風格,一面又指出,作品地方色彩濃厚,缺乏「永久的價值」,只能博得當時當地讀者歡心,在世界上知名度不高,流傳不廣。鄭振鐸的譯後記並非針對這篇小說,而是以此為案例,意示文藝價值當以普世關懷、歷久不衰為標準。此例可見,新文化精英刊物的翻譯小說,有「教材」和「講義」的性質,即便本身不是「經典」,亦迎合構築「經典」的需求。譯者的角色亦不純是讀者,而是提供讀法、引導讀者的批評家和教師。

富地方色彩和受讀者歡迎此二特點,是鄭振鐸視為作品無法具備永恆價值的根本原因,也是上海通俗文藝雜誌受到新文化陣營貶斥的特質。鄭振鐸雖無提及上海的同代文人,但譯介歐亨利時將地方色彩

---

[361] 鄭振鐸譯,〈東方聖人的禮物〉,頁37。

和受歡迎程度解讀成文學的敗筆,就等同於公開否定具同類特質的文藝活動。譯介的角度,已顯出破立的策略。

由以上譯序舉例可知,新文化精英和上海通俗文藝雜誌的譯事雖有重疊之處,而新文學「經典」的流通似乎也沒有窒礙,但兩方文人背後的翻譯思維並不相同,「經典」背後精英的文學價值觀並沒有全面滲透到非精英的上海通俗文藝雜誌中,反而引起質疑。兩方文人在譯事中已反覆宣示自我,也對對方文人的立場有所反應。

論述至此,或可再次回顧多元系統論的「經典化」概念。一個文本被視為「經典」或「非經典」,並非由文本本身的內在特徵所決定,而是由文本所在的歷史、社會、文化環境,以及該文化中統治階層的價值判斷所決定。這一「決定」,是否足可宣告「經典化」的完成?「經典化」過程往往關乎教育的灌輸、文化的形塑和權力的鞏固。文化系統的各參與者對現行或新立的「經典」,是否總是一味接受而毫無抵觸?就這一節所見,民初上海通俗文藝雜誌翻譯雖然不拒新文化精英的「經典」,卻對「經典化」的過程屢有反詰。這種取態的成因,其一或為第二章所述之出版環境,上海通俗文藝雜誌翻譯在清末民初素以英美租界為據點,鮮有委於官方當局或精英學府之原則的必要;其二則是上海通俗文藝雜誌自己所奉的「經典」尚未離場,仍給創作和翻譯以穩定的形式。

縮至文藝雜誌界這一領域,譯界「經典」之一當屬林紓的譯本。第三至四章有關譯者形象和「忠實」原則的分析表明,不少盛於民初雜誌譯界的翻譯規範,都源於林譯。在1910年代中後期,正在醞釀新文化運動的《新青年》與林譯「經典」的各式規範大唱反調,另闢潮流。這些刻意有違林譯的嘗試表明,林譯代表的譯界「經典」

仍具地位,源於晚清的翻譯規範未消失殆盡。林譯既為雜誌翻譯角逐之關鍵,則值得進一步觀其於經典化過程中的移變。

第二節　重釋林紓:「新」、「舊」的對立

林紓在1890年代末成名,至1910年代,已推出近百部暢銷譯作,而成為譯界大師。林紓不論推出新譯,或重印舊譯,都能得到重點宣傳,在報刊雜誌亦通常獨占全頁廣告;上海各大書局如商務印書館、中華書局和文明書局,都經營過林紓的出版業務。林譯的特徵,如口傳筆受的合譯模式、桐城派文言的使用、刪節改寫的做法、序跋和眉批等譯者評論方式,亦滲透到譯界,並經期刊的流行而廣為沿用。此外,梁啟超主編《大中華雜誌》(1915–1916),將林紓與政治、實業界學者名流同列為主撰人員。[362] 文明書局1917年出版名家小說的合集《小說名畫大觀》,亦以梁啟超和林紓為名家之首。[363] 凡此種種「特權」和影響力,足見林譯的權威地位。

與此同時,《新青年》所屬的群益書社卻有意取代林譯為首的譯界經典。1915年至1917年,群益書社推出一系列英國文學譯本,均為林紓曾經譯過的作品(廣告見第三章第四節圖16)。1915年廣告提到的《絕島日記》,原著是英國笛福(Daniel Defoe,1661–1731)的 *Robinson Crusoe*(1719),林紓、曾宗鞏的合譯本《魯濱孫漂流記》

---

[362] 中華書局《大中華雜誌》廣告,《中華小說界》,2卷5期(1915年5月1日),頁數從缺。

[363] 原圖見第二章圖4。《小說名畫大觀》廣告,《小說大觀》,9號(1917年3月30日),頁數從缺。廣告頁可參見圖4。

早在1905年已出版。《小人國遊記》則譯自英國斯威福特（Jonathan Swift）的 *Gulliver's Travels*（1735），是繼1906年林譯《海外軒渠錄》之後的另一中譯本。《偉里市商人》即莎士比亞的《威尼斯商人》（*The Merchant of Venice*）。在此之前，林紓曾根據蘭姆姐弟（Mary Ann Lamb，1764–1847；Charles Lamb，1775–1834）的《莎士比亞故事集》（*Tales From Shakespeare*，1807）譯出《吟邊燕語》（1904），其中〈肉券〉一篇就是《威尼斯商人》；包天笑則於1911年以林譯〈肉券〉為藍本編出劇本《女律師》，供上海城東女學社遊藝會的學生表演使用。[364]

1917年譯書廣告也有類似線索。從《舟人辛八》的書名，和「航海七次」的情節主幹，不難推測譯本來自《一千零一夜》中的《辛巴達航行故事》；所根據的原著「亞剌比亞逸語」極可能是最早英譯本 *Arabian Nights Entertainment*（1706）的音譯和意譯。《一千零一夜》在鴉片戰爭時期林則徐所編《四洲志》已有介紹；嚴復則稱之為《天方夜譚》；[365] 1903年至1905年商務印書館《繡像小說》陸續選譯了20篇《天方夜譚》的故事；至於《辛巴達航行故事》，早在1903年已有文明書局出版的中譯本《航海述奇》。《皇子韓列特》則來自莎士比亞《哈姆雷特》（*Hamlet*）。惟譯本所根據的原著，是「散文大家查兒斯納門」所敘寫的「概略」，也就是林紓《吟邊燕語》所根據的蘭姆版《莎士比亞故事集》。

---

364 有關蘭姆改編的 *The Merchant of Venice*，林譯〈肉券〉以及包天笑《女律師》的文本關係，見包天笑，《釧影樓回憶錄》，頁343。《女律師》載於城東女學校刊《女學生》，2期（1911），文本資料取自中華全國圖書館文獻縮微複製中心，膠卷編號CJ-07614。

365 嚴復譯，《穆勒名學》（上海：金粟齋，1905），篇二論名，頁7，譯者按語。

243

群益書社的譯書廣告說明，其譯者正在從事西方名著的重譯工作。他們選譯的大多是晚清知名譯者譯過，且廣為讀者熟知的文學作品；選譯的作家，都是晚清譯界譽為世界文豪的西方作家，而且多是活躍於十八世紀初中期的古人，比清末民初譯者要早起碼兩個世代。群益書社重譯本的書名，與晚清時期的先行譯本完全不同，有刻意區分之意；廣告文從不提及同一原著已有譯本在前的事實，也不會利用「林譯」的關係來增加譯書的號召力，更表明有意與林紓為起源的譯界主流之外，另闢一脈。譯者在廣告中始終「隱形」，廣告文甚至連「譯」字也絕少提到，表明出版社確實將譯書視為、亦有意將之呈現為西方名著的忠實反映。通俗文藝雜誌將林紓視為前輩、林譯奉為經典，群益書社則從不提及林譯，這恰恰表明兩類雜誌已以翻譯為現場，展出明顯分歧，甚至形同對立。

若考察《新青年》的出版因緣和人脈，更可追溯這一分歧的根源。群益書社主持人陳子沛、陳子壽兄弟承印《新青年》，乃受《甲寅》雜誌出版商亞東圖書館的主人汪孟鄒之托。陳獨秀曾與汪孟鄒創辦《安徽俗話報》；在日本期間曾協助章士釗編輯《甲寅》，創辦《青年雜誌》時也沿襲了《甲寅》的體例；[366] 陳氏兄弟則曾留學日本。早期《新青年》的文人和出版網絡是以安徽及日本為發源地，與上海通俗文藝雜誌的江南本幫背景並不相同。此外，《新青年》人脈多源於留洋經驗，這與日後雜誌大量吸納外國留學生（如胡適）作為其骨幹，亦不無關係。

---

366 群益書社承印《新青年》的始末，以及《甲寅》與《新青年》的傳承關係，見張耀杰，〈《新青年》同人的經濟賬〉，《北大教授與〈新青年〉：新文化運動路線圖》（北京：中國言實，2007），頁48–74。

陳氏兄弟、汪孟鄒、陳獨秀和章士釗及其刊物之所以能連成一個出版網絡，除了私交甚篤之外，亦與他們的辦報理念相仿有關。《新青年》明確指出國內現狀是「國勢陵夷，道衰學弊，後來責任，端在青年」；雜誌任務是「與青年諸君商榷將來所以修身治國之道」，以「發揚青年志趣」，讓青年在「研習科學之餘得精神上之援助」。[367]《新青年》以青年學子為受眾，培育教導為出版宗旨，與當時主理學生用書的群益書社不謀而合。在這種編輯理念之下，《新青年》處處將外國著作呈為「教材」，以原著為最高標準，譯作是「教材」的一部分；原著作者不僅沒有「隱形」，還時常被塑造為精神楷模、文藝典範。《新青年》和群益書社的編輯理念、目標受眾和翻譯思維，顯然有別於上海各大書局旗下的通俗文藝雜誌。

1917年至1918年，《新青年》通過刊出陳獨秀〈文學革命論〉（1917年1月），胡適〈文學改良芻議〉（1917年2月）和〈建設的文學革命論〉（1918年4月），對中國新文學提出內容、形式及語言上的改革建議。陳獨秀的三個「推倒」和三個「建設」，有推陳出新之意。胡適的「八個主張」中，「不摹仿古人」、「務去濫調套語」、「不用典」、「文須廢駢，詩須廢律」等建議，都是針對舊式文學而言。三篇文章都蘊含「新─舊」的二元對立，以滌除文字陋習、催生清新文風為旨。在此期間，雜誌的翻譯量也顯著增長，一方面藉翻譯輸入新的文學體裁和寫作形式，另一方面在翻譯中將胡適提倡的白話付諸實踐。

新文化精英期刊對林譯的進擊，就是自譯事成為文學改革要務時

---

[367] 〈社告〉，《新青年》，1卷1號（1915年9月15日），頁數從缺。

開始的。1918年3月,從中華書局編譯組轉投北京大學文學系的劉半農,在《新青年》撰文〈文學革命之反響〉,回應一名讀者王敬軒的來信。[368] 王氏致《新青年》的信件,強烈譴責文學革命之綱領破壞文學傳統,白話文和新式標點不知所謂,翻譯工作不外乎為了效法西洋文明。王氏又道林紓才算得上「當代文豪」,林譯才是上乘之作:

> 林先生所譯小說,無慮百種,不特譯筆雅健,即所定書名,亦往往斟酌盡善盡美……此可謂有句皆香,無字不艷。[369]

有鑑及此,劉半農立即刊出一封公開回信,指林譯「半點兒文學的意味也沒有」,原因有三:

> 第一是原稿選譯得不精,往往把外國極沒有價值的著作,也譯了出來,真正的好著作卻未嘗 —— 或者是沒有程度 —— 過問。〔……〕
>
> 第二是謬誤太多,把譯本和原本對照,刪的刪,改的改,……這大約是和林先生對譯的幾位朋友,外國文本不高明,把譯不出的地方,或一時懶得查字典,便含糊了過去(其中有一位,自言能口譯狄更士小說者,中國只有他一人,這大約是害了精神病的「誇大狂」了!)林先生遇到文筆窒澀,不能達出原文精奧之處,也信筆刪改,鬧得笑話百出。〔……〕

---

368 劉半農,〈文學革命之反響〉,《新青年》,4卷3號(1918年3月15日),頁265–285。
369 王敬軒,〈王敬軒君來信〉,《新青年》,4卷3號(1918年3月15日),頁266。

> 第三層,是林先生之所以能成為「當代文豪」,先生〔按:即王敬軒〕崇拜林先生,都是因為他「能以唐代小說之神韻,迻譯外洋小說」。不知這件事,實在是林先生最大的病根。〔……〕當知譯書與著書不同,著書以本身為主體,譯書應以原本為主體,所以譯書的文筆,只能把本國文字去湊就外國文,絕不能把外國文字的意義神韻,硬改了來湊就本國文。[370]

簡而述之,劉半農認為林紓不通外文,時常選譯劣作;口譯者能力有限,故常有含糊蒙混、信筆發揮、肆意刪改之處,無法重現原著本貌;譯入文言,亦抹殺了原著文字的精髓。這三點無一不針對林譯及其所樹立的翻譯規範。

劉氏繼而建議,讀者若好古文,倒不如去讀「復古主義時代」的周氏兄弟用文言直譯的《域外小說集》,可知新文化人物中亦有精通古文者;新文化人提倡白話文,並非因為不懂古文,而是因為深知其弊,而決意廢除。這一建議,既試圖動搖林紓的文壇地位,又強調新文化人物的精深學力,再將新文學革命的淵源推向清末,證明改革倡議根基深厚,勢在必行,實有一石三鳥之效。

「王敬軒」的林譯評論,事後證明是一齣自導自演的「雙簧戲」。「王敬軒」實為《新青年》另一撰稿人錢玄同;王、劉的信件往來是刊方策劃的一次自我宣傳。這齣戲成功把林紓「拖下水」,後有1919年3月林紓與蔡元培分別在《公言報》和《北京大學日刊》針對文學走向的互質。[371] 一個月後,林、蔡二人的信函在北京大學學生雜誌

---

370 劉半農,〈文學革命之反響〉,頁273。
371 有關史證,見張耀杰,《北大教授:政學兩界的人和事》(臺北:秀威資訊科技,

《新潮》1卷4號合併重印。換言之,新文化精英刊物有意以林紓的翻譯為焦點,虛構一場褒貶之爭,宣告「新」、「舊」文學的分化。翻查《新潮》,更可發現,以晚清「舊」譯為靶、且立且破的動作早有痕跡。最不起眼卻也最有力的證據,恰恰來自《新潮》學生主編羅家倫夾於評論文章中的一宗翻譯。

《新潮》雜誌1919年由北大學生創辦,歷來被視為「五四」及新文化運動的重要刊物。《新潮》創刊之前,北京大學已由蔡元培改革,具學術自由的品格。這種自由落實到《新潮》創辦人身上,從一開始就既有光面也有暗面。雜誌總編輯傅斯年於發刊詞強調:

> 本誌主張,以為群眾不宜消滅個性;故同人意旨儘不必一致;但挾同一之希望,遵差近之徑途,小節出入,所不能免者。若讀者以「自相矛盾」見責,則同人不特不諱言之,且將引為榮幸。又本誌以批評為精神,不取乎「庸德之行,庸言之謹」。若讀者以「不能持平」騰誚,則同人更所樂聞。[372]

這是一段明智的宣言。既然主張個性和自由,又提倡批評的精神,則同人意見未必相同,甚至個人也可能前後不一,大有迴旋餘地。作為發刊詞,這段文字四平八穩,滴水難漏。但在同一期的「評壇」欄目,另一編輯羅家倫則以「記者志希」的署名,銳意發揮批評的攻擊力。羅在導言提到,「評壇」將大膽抨擊社會和學術界,矛頭直指

2007),頁11–14;程巍,〈「王敬軒」案始末〉,《中華讀書報》,2009年3月25日;葉曙明,《重返五四現場:1919,一個國家的青春記憶》(北京:中國友誼,2009),頁97–102。

[372] 傅斯年,〈新潮發刊旨趣書〉,頁3。

耳目閉塞的「名流學者」,無懼世人指責學生無知:

> 諸位難道不知道真理是愈研究而愈明,學問是愈討論而愈精的嗎?以後若是名流學者同社會上一切人物,都肯見教,來批評我的批評,那是記者等不勝歡迎的。現在就放肆了! [373]

在這一期,羅家倫的第一篇評論為〈今日中國之小說界〉。[374] 內容分為兩節:「中國人之中國人做中國小說觀」和「外國人之中國人譯外國小說觀」。第一節為羅家倫自己的意見,批判上海為中心的「黑幕派」、「濫調四六派」、「筆記派」三類小說,點了李定夷(1890–1963)、徐枕亞(1889–1937)的名。到了第二節,作者的姿態變了。他說中國譯介小說首推林紓,自己身為後輩,不便出言攻擊,且林紓不通西文,罵也無用,倒是自己看過的一本英文著作「對於林先生稍有微詞」,索性引述。所謂「引述」,實為原書某些段落的節譯。於是,短評的作者羅家倫其實是文內引用的譯者。細察可知,他並沒有真正擱置自己的想法,反而借翻譯曲達,一面為林譯「去經典化」,一面亦為新文學行「經典化」。

羅家倫引用的英文書是前美國駐華公使、政治學者芮恩施(Paul Samuel Reinsch,1869–1923)的《遠東思想政治潮流》(*Intellectual and Political Currents in the Far East*)。[375] 引言如下,並有尾註:

373　記者志希,〈評壇〉,《新潮》,1卷1號(1919年1月1日),頁105。
374　志希,〈今日中國之小說界〉,《新潮》,1卷1號(1919年1月1日),頁106–117。
375　Paul Samuel Reinsch, *Intellectual and Political Currents in the Far East* (Boston &

中國人中有一位嚴復的同鄉,名叫林琴南,他譯了許多西洋的小說,如 Scott、Dumas、Hugo 諸人的著作卻是最多的。……〔按:此為羅氏的省略〕中國雖自維新以來,對於文學一項,尚無確實有效的新動機,新標準,舊文學的遺傳還絲毫沒有打破,故新文學的潮流也無從發生。現在西洋文在中國雖然很有勢力,但是觀察中國人繙譯的西洋小說,中國人還沒有領略西洋文學的真價值呢。中國近來一班文人所譯的都是 Harriet Beecher Stowe、Rider Haggard、Dumas、Hugo、Scott、Bulwer-Lytton、Cannan〔按:Conan 的誤印〕Doyle、Jules Verne、Gaboria、Zola 諸人的小說,多半是冒險的故事及「荒誕主義」(五)的矯揉造作品。東方讀者能領略 Thackeray 同 Enatole〔按:Anatole 的誤印〕France 等派的著作,卻還慢呢。」(六)[376]

〔按:下為原文尾註〕

(五)Romanticism 一字無適當譯文。日本譯作「浪漫主義」,是因為無法可想,只有譯音。我譯他作荒誕,也是不對的。不過在此處取其意義明鮮一點罷了!

(六)見 Intellectual and Political Currents in the Far East 中之 The Chinese Reform Movement 一篇,自一百五十七頁至一百六十五頁。[377]

引文首先提到林紓(琴南)。說的大概是,林紓譯介雖多,但已是

New York: Houghton Mifflin Co., 1911).
[376] 志希,〈今日中國之小說界〉,頁110。
[377] 同上,頁116–117。

「舊」派，選譯又不精，無助國人瞭解西方文學，是「新」的阻礙。「新」、「舊」對立赫然入目。尾註（六）提到，引文出處是原著的157頁至165頁，而引文只有數行，令人生疑。翻查原著可知，有關林紓的文句所對應的英文在第158頁，僅三行文字；有關「新」、「舊」文學和譯介西洋小說的評論，則在第164頁至165頁。換言之，提及林紓前有一些內容，已被譯者略去；引文中的省略號則代表著原著超過五頁的內容。原著如何從林紓的翻譯，跳至「新」、「舊」文學？此外，原著成於1911年，當時尚未有「新文學」與「舊文學」的術語。[378] 芮恩施何以能預知未來？這一點也很讓人好奇。

事實上，在英文原著第157頁至158頁，芮恩施先回顧晚清翻譯，然後才略略提到林紓。他認為，晚清最重要的譯者是嚴復、梁啟超、伍光建和一位譯音"Wong Chi"的人，因為他們譯介西方科技的最新發展，並創出中文的科學詞彙。相比之下，芮恩施對林紓的介紹很簡單，評價仍是正面的：

> Credit is also due to Sin Chin-nan〔按：Sin 信為「林」的音譯〕, a fellow provincial of Yen Fu, for his admirable rendering

---

[378] 1917年初〈文學革命論〉和〈文學改良芻議〉提出時，今人所知的「新文學」一詞尚未流行。陳獨秀曾將所提倡的文學形式描述為「革新」、「社會」、「平民」、「寫實」的文學，胡適則提倡「改良」、「國語」的文學。1917年5月劉半農〈我之文學改良觀〉首次以「舊文學」一詞，概括陳、胡二人視為腐朽的傳統文學形式。次年，胡適〈建設的文學革命論〉重申「八不主義」，作為「建設新文學」的意見；「新文學」首次作為固定術語，出現在新文化精英話語中。1919年底，李大釗在〈什麼是新文學〉提到，「現在大家都講新文學，都作新文學了」，有必要為之下一清晰定義。見守常，〈什麼是新文學〉，《星期日》，26號（1920年1月4日），頁1。1921年《小說月報》改組，刊方陳述編輯方針的評論文章亦以「新文學」為關鍵字，例如〈改革宣言〉、〈新文學研究者的責任與努力〉和〈新文學與創作〉等篇。由此可知，「新文學」一詞的通用大致是由1918年胡適〈建設〉一文開始，到1920年左右已被廣泛接受。

into Chinese of the novels of Scott, Dickens, Dumas, Hugo and other Western writers.[379]

《新潮》此處的引文（即譯文）為：

> 中國人中有一位嚴復的同鄉，名叫林琴南，他譯了許多西洋的小說，如 Scott、Dumas、Hugo 諸人的著作卻是最多的。[380]

段首的 "also"，指向有關嚴復等人的評鑑，意即林紓亦是有貢獻的譯者之一。不難看出，譯文保留了原著陳述的事實，但略去 "credit"、"admirable" 等正面字眼，相信是譯者羅家倫的有意刪減。

至於引文餘下關於「新」、「舊」文學的內容，乃出自原著第164頁至165頁一個完整文段。原文如下：

> The definitive effect of the new movement of literary standards and production has therefore not yet declared itself. There has, however, been a great deal of indiscriminate borrowing from all kinds of sources. The fondness for literature inspired by the old traditions of China has not abated. But it cannot be said that any distinct tendencies of modern literature have emerged.[381]

大意是：有關文學標準和創作的「那個新運動」（the new movement）尚未真正起效。國內素有「借用」（borrowing）之舉，其過程不加選擇，來源亦多種多樣；在中國古老傳統（the old traditions of

---

379　Reinsch, *Intellectual and Political Currents in the Far East*, 158.
380　志希，〈今日中國之小說界〉，頁110。
381　Reinsch, *Intellectual and Political Currents in the Far East*, 164–165.

China）之下，人們熱愛文學之心亦未泯。但即便如此，仍不能說中國已出現任何現代文學的明顯徵兆。換言之，芮恩施的論點是，晚清以來中國已有革新的嘗試，甚至有「運動」的規模；引進外來物的實踐和愛好文學的傳統，都是現代文學產生的條件；然而現代文學尚未產生。與此相對的引文（即譯文）則為：

> 中國雖自維新以來，對於文學一項，尚無確實有效的新動機，新標準，舊文學的遺傳還絲毫沒有打破，故新文學的潮流也無從發生。[382]

比起原著，譯文有所省略（「借用」一句），也有刻意曲解、移植之處。譯者的邏輯是，因為「舊文學」的傳統依然存在，所以「新文學」不能發生。意即傳統不是基礎或條件，而是阻力和障礙。對於「新」、「舊」兩者的關係，譯文與原著有很大出入。由此推測，《新潮》的譯者有意借助英文字面上"new"和"old"的呼應，幻化為「新」、「舊」文學的對立，並借引用的格式，將己見呈現為第三者的觀點。因此原文的"the old traditions of China"，變成譯文中的「舊文學」；「傳統未泯」，變成了「遺傳尚未打破」。此外，譯文中的「新文學」，並非對應原文的"new"，而是對應"modern literature"。顯然，譯者已將「新文學」視為中國現代文學之新的「經典」。這一移植，充分反映譯者不同於原著的文學史觀。

再者，芮恩施所說的「那個新運動」（the new movement），冠詞"the"顯然指向前文提到的某個時段或趨勢，"therefore"也似

---

[382] 志希，〈今日中國之小說界〉，頁110。

有前涉。由於前文已被略去，當時的讀者恐怕不會對「維新」產生懷疑。翻查原著可知，芮恩施雖有提及維新，但「新運動」所指遠不止於此。原著該段的前文，談及晚清器物革新、報業誕生、立憲運動、新式學堂的推廣、社會團體的興起和國家意識的萌芽等等。種種趨勢，皆源於晚清文人階層，而且與文學體式的轉變和文學翻譯相輔相成。這才是「那個新運動」的所指。芮恩施特別提到，上海位處租界，可保言論自由，堪稱「當代中國文學的日內瓦」；同時又指，過度膨脹的報刊和政治文學，讓中國的文學傳統日漸息微，以往的優雅文風不復存在，讀者的品位也不如從前。因此，晚清本應以文學傳統為基礎，生出新型文學，但現實中則未果。[383] 有關報業、出版業和上海的文化價值，以及傳統自發變革的可能，譯者都悉數刪去。這與前文去除林紓正面評價的手法是相似的。

從上述分析可見，《新潮》學生譯者羅家倫在此處有意營造「新」、「舊」對立，力證「新文學」為唯一進步之路和「經典」形式。引文最後幾句也顯示，譯者有意將「新文學」同一時期的其他文人歸攏於「舊」的類別，加以貶抑，讓「非經典」的所指更加清楚。文中的「中國近來一班文人」，在英文原著中其實是 "editors and translators"。量詞「班」略帶貶義，「文人」的統稱亦值得推敲。這一時期，新文化精英自稱「文學研究者」，或在雜誌語境簡稱「本誌同人」。「文人」的統稱，多指新文化圈子以外從事文字工作的人，本身已帶有價值判斷。譯者以「一班文人」取代「編輯和譯者」，並竭力在原文中發掘可能歸入「舊文學」的材料，藉此劃清營

383　Reinsch, *Intellectual and Political Currents in the Far East*, 160–163.

壘，意圖已相當明顯。

更明顯者，是譯者對 "romanticism" 的譯法 ——「荒誕主義」。尾註（五）表示，日文音譯「浪漫主義」，是「無法可想」，不願取用；「荒誕主義」這一譯法也不對，不過「取其意義明鮮一點」。在當時，「浪漫主義」確實不是通用譯法。陳獨秀編譯〈現代歐洲文藝史譚〉時，將 "romanticism" 譯為「理想主義」，也提到「羅曼主義」、「浪漫主義」的說法。[384] 這些選詞，羅家倫並不參考，卻為「一班文人」的翻譯小說獨創「荒誕主義」的標籤，極可能是刻意發揮，以行貶斥。這些話語，被呈現為外國論著的直接引述，以譯文和引言的面目示人，更易讓人誤以為這確是外國學者對中國文學界的看法，而愈發相信「新文學」是必由之路。譯者不僅利用了刪節、曲解、移植等翻譯策略，亦利用了「翻譯」這一文本類型給人的印象，從中製造錯覺，不僅否定了林紓，將之劃入「舊文學」，亦將一群在林紓之後、「新文學」之外從事翻譯的文人，也納入了「舊文學」之營。羅家倫在短評第一節早已批評活躍於上海報刊的通俗小說家，並促請《小說月報》停止發表他們的作品，矛頭指向不言自明。

上述有關群益書社、「王敬軒」通信和《新潮》的譯例，表明新文化運動醞釀期間，精英刊物的確已開始對譯界「經典」代表林紓的攻擊。新文化精英話語中的「新」、「舊」對立，將林紓為代表的譯界實踐及相關人物一律貶斥為舊派和末流。1920年代新文學的「經典」得到權威認可地位，勢成大潮，對立的形勢便日益明晰而穩固。

384　陳獨秀，〈現代歐洲文藝史譚〉，《新青年》，1卷3–4號（1915年11月15日及12月15日），頁數從缺。

若以1920年為界,觀察上海通俗文藝雜誌,可以發現,林紓在這一年前後的出版活動曾出現一次矚目的「遷徙」。在1910年代至1920年,林紓的新譯,除了製作為成書出版之外,其他都在商務印書館的雜誌網絡中發行。刊行最多林譯的刊物是《小說月報》,計有〈亨利第四紀〉(7卷2號至4號)、〈喬叟故事集〉(7卷12號至8卷7號)、〈柔鄉述險〉(8卷1號至6號)、〈妄言妄聽〉(10卷8號至12號)、〈伊羅埋心記〉(11卷1號至2號)等多部;同時,商務印書館旗下《東方雜誌》也有一部林譯〈桃大王因果錄〉,[385]《婦女雜誌》則有一部〈九原可作〉。[386] 在此期間,本書所涉的1910年代上海通俗文藝雜誌,如《禮拜六》、《小說大觀》、《中華小說界》,均無刊登林譯。這說明林譯的第一發行權,確實掌握在商務印書館手中;另一方面,林紓只在《小說月報》刊登新作,又說明《小說月報》在同時期通俗文藝雜誌中,享有超然地位。其他幾份雜誌的翻譯體例均與《小說月報》的林譯相仿。若說《小說月報》林譯所代表的規範具有滲透力,可影響上海其他通俗文藝雜誌,固不為過。

1921年,《小說月報》改組,交由新文化人物沈雁冰主編,同時成為北大文學研究會的會刊。[387] 此後,《小說月報》再無林紓的譯作。但林紓並未消失於上海雜誌界。1922年,《禮拜六》刊方籌辦新雜誌《半月》,就請來林紓擔任主撰人員,並事先公告讀者,以此

---

385 林紓、陳家麟同譯,〈桃大王因果錄〉,《東方雜誌》,14卷7號–15卷9號(1917年7月–1918年9月)。
386 林紓、王慶通同譯,〈九原可作〉,《婦女雜誌》,5卷1–12期(1919年1–12月)。
387 〈文學研究會讀書會簡章〉,《小說月報》,12卷2號(1921年2月10日),頁數從缺。

為雜誌宣傳。[388] 同時，刊方也在第155期至158期雜誌（1922年4月至5月）陸續刊登林紓作品，計有短篇小說〈唐景〉、〈長福〉，譯作〈德齊小傳〉和筆記〈記甲申馬江基隆之敗〉幾篇，為林紓的創作提供發表園地。1923年起，商務印書館旗下的《小說世界》成為林譯發表在唯一雜誌媒介，是年1月至10月先後連載〈情天補恨錄〉、〈妖髡纏首記〉兩部翻譯小說。[389] 1924年，林紓去世。

從上述史實可見，新文化精英猛烈抨擊林紓，所生之實效，並不是令林紓的作品在文壇或譯界絕跡，而是促成上海通俗文藝雜誌文人與林紓的融合。這些雜誌被納入「舊派」和貶義「通俗」的範圍，與林紓脫離《小說月報》，加盟上海暢銷通俗文藝雜誌圈，幾乎是同時發生的事件。第一節所述的兩方刊物翻譯小說之間的異同，與本節林譯的重譯和「遷徙」皆表明，翻譯作為民初文藝雜誌之必備文類，確實有分門別派、促成定位的功能。

《小說月報》改組、林紓遷移之後，新文化刊物有關林紓的批評漸趨減少，乃至全無，可見林紓對文學變革的「阻礙」已漸不存在；林譯「經典」的位置，已逐漸被教育部和高等院校認可的新文化精英文本所取代。文學研究會發起人之一鄭振鐸在《小說月報》改組後不久，甚至對林譯提出了正面評價。論及「直譯」時，鄭振鐸指出：

> 中國的林琴南式的一人口譯一人筆述的翻譯，原文的思想卻也能表現得沒有大失落 —— 除了錯的不算。[390]

388　〈將次就緒之《半月》〉，《禮拜六》，121期（1921年8月6日），頁61。
389　〈情天補恨錄〉於1卷1–13期及2卷1–3期（1923年1至4月）連載；〈妖髡纏首記〉於2卷8–13期及3卷1–9期（1923年5至9月）連載。
390　鄭振鐸，〈譯文學書的三個問題〉，《小說月報》，12卷3號（1921年3月10日），

作者的用意,是為了提醒譯者勿因追求逐字逐句直譯,而忽略了原著的本意與風格,適度的意譯有時是必要的。他以林譯為例,意在說明即使是口傳筆受方式下的大膽意譯,也依然能傳達原著精神,故各位奉行「直譯」的譯者不必抗拒意譯。從另一角度而言,新文化刊物此時已不再對林譯持一味否定的態度。

1925年10月,林紓去世一週年之際,《小說月報》刊出一篇翻譯而來的小論〈茶花女本事〉,[391]再次將林譯的經典之作《巴黎茶花女遺事》帶入讀者視野,其用意亦值得斟酌。根據《小說月報》譯者樊仲雲(1901–1989)所稱,〈茶花女本事〉譯自 Francis Gribble(1862–1946)的短論 The Real 'Dame aux Camelias'。[392] Francis Gribble查為英國人,以撰寫英法名人的傳記逸事而聞名,計有 Madame de Staël and Her Lovers(1907)、George Sand and Her Lovers(1907)、Rousseau and the Women He Loved(1908)、Chateaubriand and His Court of Women(1910)、Love Affairs of Lord Byron(1910)、The Romantic Life of Shelley(1911)、Romances of the French Theatre(1913)、The Life of the Emperor Francis Joseph(1914)、Dumas: Father and Son(1930)以及 Balzac: The Man and the Lover(1932)等等。從傳記題目可見,作者擅長探索名人私生活,尤其是感情生活。英文原文博引紀實材料,詳述「茶花女」之人物原型的生平與性情,為《巴黎茶花女遺事》的故事補白。

頁數從缺。

391　樊仲雲譯,〈茶花女本事〉,《小說月報》,16卷10號(1925年10月1日),頁數從缺。

392　Francis Gribble, "The Real 'Dame aux Camelias,'" Fortnightly Review 116, iss. 693 (September 1924), 393–402.

這篇小文在1925年10月刊出。但根據譯者在文末的書名，小文在1924年11月底已譯畢，距原文刊出約兩個月，與林紓去世僅距一個月。譯者欲借翻譯，為中國讀者解開「茶花女」的身世之謎，與林紓的離世是否有關？譯者在譯序中如此解釋：

> 本書〔按：即 La Dame aux Camélias 一書〕之為小說者，我國林琴南已有譯本，初板於清光緒二十九年，實為我國翻譯西洋小說的鼻祖，也是我國古文描寫縝密深刻的情感的創始，其對於我國文藝的影響，實在是非常之大。自小仲馬之生，迄於今日，是為百年。今年十月，我國翻譯界的先進林紓先生又適去世。因是我覺得茶花女在今年，似乎更有一種意義。這是我做這片文字的第一個動機。[393]

就譯序所見，譯作的完成，確實是以小仲馬百年誕辰以及林紓逝世為背景；而從篇幅來看，譯者對林紓的著墨，顯然重於小仲馬。譯者對林紓的翻譯成就、文學價值和影響力均給予很高評價，比起1910年代新文化刊物的猛烈抨擊，更有言論逆轉之象。「鼻祖」、「創始」等字眼更表明，民初新文學界與林紓之間，對立的界線已有所消淡，傳承的脈絡則隱約再現。

如果純為緬懷或重評林紓，則一篇悼詞、小傳或短論，即可收效。但譯者對林紓的好評，卻是在譯作〈茶花女本事〉的序中簡略帶過，顯然譯作本身的內容──「茶花女」的現實原型──才是譯者的用意所在。關於譯介是篇的必要性，譯者如此解釋：

---

[393] 樊仲雲譯，〈茶花女本事〉，頁數從缺。

> 自有茶花女以來,歷時既已七八十年,於今再來考證其事實的真偽問題,似乎更沒有意義,然而話也不是這麼說。我們要是能從此得到一個解答,把這件故事梳證得清清楚楚,則此種工作,對於昔日的社會情狀,人間心理,為現在人所泯滅無有者,卻也自有其意義與趣味。這是我作這篇文字的第二個動機。[394]

譯者認為,揭開「茶花女」的身世之謎,意義在於瞭解名著寫成時的社會人文背景。這種試圖回歸西方原著寫作脈絡的文本讀法,是新文學成形以來才逐漸流行的做法。《小說月報》甫改組,核心文人即為此立論。沈雁冰認為翻譯一部西洋文學著作,不能只讀通原著,還要熟讀該國文學史、作者傳記、作者其他著作、有關作者的評論等等周邊文本,才可體會並傳達原著「真精神」;[395] 鄭振鐸亦指出,譯者須利用自身鑒賞力,從原著和作者的歷史背景評斷作品的價值。[396]

如果〈茶花女〉故事的真偽對於讀者並無太大意義,那麼求真溯源的〈茶花女本事〉,對林譯《巴黎茶花女遺事》的讀法有何影響呢?通讀譯文,可知〈茶花女本事〉所言,大致是「茶花女」人物原型——巴黎名妓 Alphonsine Plessis(曾化名 Marie Duplessis)——的從業生涯。文中所述事蹟,悉與英文原文逐一對應,顯著區別在於遣詞。譯文提到,她被父母拋棄,寄居農場,早年失身於人,又賣給「年近七十的淫徒」(原文為 "a septuagenarian

---

[394] 同上。
[395] 朗損(沈雁冰之筆名),〈新文學研究者的責任與努力〉,《小說月報》,12卷2號(1921年2月10日),頁數從缺。
[396] 鄭振鐸,〈譯文學書的三個問題〉,頁數從缺。

débauché」);[397] 復賣到巴黎，日間做工，夜間「操神女生涯」(原文為 "her evenings, however, were nearly always spent at what we call nowadays a Palais de danse");[398] 後獲一富人賞識，她索性過起「賣淫的生活」(原文為 "ceased to be a *grisette* and blossomed out, like so many before her, into a *cocotte*");[399] 因略通文墨，「狎客」(原文對應 "admirer" 和 "protector")[400] 更與日俱增；患病之後，試圖「從良」(原文對應 "marry and settle down")[401] 而不果云云。

譯文所見的「茶花女」本人，畢生都是一個妓女；原文用詞隱晦，甚至以法文代之，譯文相較之下顯然失其委婉。翻譯而來的〈茶花女本事〉終為林譯中那位美艷多情、可悲可嘆的「茶花女」，補上了一個不甚可觀的註腳。《小說月報》這篇譯作，因緬懷林紓而起，雖有重讀林譯，還其價值的表面姿態，但實際上卻通過譯介，回歸於原著所在的文本脈絡，衝擊了清末以來「茶花女」的意象與美感。《小說月報》的〈茶花女本事〉一文，無疑是「經典化」過程中精英刊物以譯克譯，為林譯「去經典化」同時也讓通俗文藝失其所據的實例。

397　Francis Gribble, "The Real 'Dame aux Camelias,'" 395.
398　Ibid., 395.
399　Ibid., 395–396.
400　Ibid., 396–397.
401　Ibid., 399.

第三節　熱議娜拉:「新」、「舊」的對話

前兩節分析表明,雜誌譯界確實是民初文化角逐的重要位址。新文化精英構築新文學「經典」,主要手段是翻譯,主要媒介是其刊物。面對譯界的固有「經典」,要發起攻擊,鞏固自身地位時,翻譯也依然主要手段。另一方面,新文化精英翻譯而來的「經典」沒有馬上獲得廣泛認同,精英圈子以外的文人,也正試圖以翻譯為途徑,對新「經典」提出質疑,與精英的導讀形成對比。

1918年6月,《新青年》推出〈易卜生號〉,刊出挪威劇作家易卜生的三部劇本:《娜拉》(英譯 *A Doll's House*)、《國民之敵》(英譯 *An Enemy of the People*)與《小愛友夫》(英譯 *Little Eyolf*)。[402] 三部劇作中,〈娜拉〉尤為矚目。胡適在〈易卜生主義〉推許〈娜拉〉為「寫實主義」文學的典範,從中引出個人意志、女性解放及新式家庭等社會議題。[403]〈娜拉〉見刊時標題為「娜拉 *A Doll's House*」,透露譯者乃據名為 *A Doll's House* 的英譯本而譯出中文。中文劇名聚焦於女主角,顯然異於英文劇名。「娜拉」一名,有可能是譯者參考題為 "Nora" 的英譯本而來。這樣的猜想出於有三個原因:第一,在胡、羅合譯〈娜拉〉出版之前,易卜生原著 *Et Dukkhejm* 已有英譯。最早的英文劇名既有直譯作 *A Doll's House*,也有作 *Nora*;[404] 第二,

---

402　胡適、羅家倫譯,〈娜拉〉(英譯本全劇),《新青年》,4卷6號〈易卜生號〉(1918年6月15日),頁508–572;陶履恭譯,〈國民之敵〉(英譯本節選),出處同上,頁573–597;吳弱男譯,〈小愛友夫〉(英譯本節選),出處同上,頁598–605。

403　胡適,〈易卜生主義〉,《新青年》,4卷6號〈易卜生號〉(1918年6月15日),頁489–507。

404　見 William Archer trans., *A Doll's House: A Play in Three Acts* (Boston: Walter H. Baker & Co., 1890); Henrietta Frances Lord trans., *Nora; Or a Doll's House* (London:

第七章 通俗與「經典化」的互現

胡、羅均不曾透露所據之英譯本為何，不能排除他們看過名為 Nora 之英譯本的可能；第三，胡適在1914年7月30日的日記提到易卜生「所著《玩物》（*A Doll's House* 或譯娜拉）」，[405] 即確實知道 "Nora" 一名的存在。據此，雖然不能確定劇名《娜拉》是由譯者自撰，還是源自英譯，但不論是何種情況，無疑都有聚焦劇中女性形象和議題的效果。

根據胡適〈易卜生主義〉中有關《娜拉》的分析，該劇的要點有二，一是關於故事的思想內容，主角娜拉代表喪失個人意志、形同「玩偶」的女性群體，禁錮她的牢籠是機械的法律體系、陳腐的宗教桎梏和過時的道德枷鎖；二是關於作者的「寫實主義」，易卜生從一位普通家庭婦女的困境，折射出個人在社會所受的束縛，以突顯個人自由意志的重要性。以上觀點，未必盡是易卜生的原意，但無疑是譯者和刊方有意導入的一種文本讀法。〈易卜生號〉刊行後，《新青年》一度出現討論女性問題的熱潮。1918年底有關女子節烈觀的議論，探討女性之家庭和社會的角色與個人意志的衝突；譯叢有關外國女權運動的消息明顯增加；刊方文人亦開始創作以女性為敘事主體的「問題小說」。[406]

翻譯而來的新文學「經典」《娜拉》，於文學創作然已有啟發、指導和衍生的效用，但上海通俗文藝雜誌界對「娜拉」開啟的自由

Farran, Okenden and Welsh & Newbery House; Chicago: Lily Publishing House, 1890).
405 胡適，《胡適留學日記》（海口：海南，1994），頁190。
406 有關「娜拉」意象對創作的影響，見王穎，《中國現代作家對娜拉形象的接受與再創造》（山東師範大學碩士論文，2000）；陳小波，《五四文學的娜拉意象》（湖南師範大學碩士論文，2004）。

263

浪潮並不完全附和。商務印書館旗下《婦女雜誌》在1922年4月推出〈離婚問題號〉，從法律、經濟、文化角度，展呈中外各國的離婚現狀，討論婦女解放運動對離婚現象的影響。刊方選登的文章，除了有本國著述之外，亦譯介不少外國評論，力求兼容各方觀點，營造辯論氛圍。例如〈離婚兩大學說〉欄目中，就有〈愛倫凱的自由離婚論〉一文，節譯自瑞典Ellen Key所著《自由與結婚》(*Love and Marriage*，1911)；又有〈福斯德博士的離婚反對論〉一篇，譯自奧地利Friedrich Wilhelm Foerster (1869–1966) 所著《性慾道德與性慾教育》(*Sexualethik und Sexualpadagogik*，1913)，兩篇代表完全相反的意見。[407]

有趣的是，在《婦女時報》的〈離婚問題號〉中，易卜生的《玩偶家庭》也啟發了另一組針鋒相對的譯本。其一為〈易卜生名劇「娜拉」本事〉，是改編易卜生原劇的短篇小說，[408]其二是〈玩偶家庭〉，[409]譯自瑞典劇作家斯德林褒 (August Strindberg，1849–1912) 的短篇小說集《結婚》(*Married: Twenty Stories of Married Life*，1913) 中 "A Doll's House" 一篇。[410]斯德林褒是易卜生的同代人，其〈玩偶家庭〉有意仿寫易卜生原劇，但持相反立意。女主角格爾利 (Gurli) 與娜拉相似——被丈夫視為玩偶，個人自由受到束縛，而

---

[407] 吳覺農，〈愛倫凱的自由離婚論〉，《婦女雜誌》，8卷4期 (1922年4月1日)，頁51–57；瑟廬，〈福斯德博士的離婚反對論〉，出處同上，頁58–62。

[408] 朔一編，〈易卜生名劇「娜拉」本事〉，《婦女雜誌》，8卷4期 (1922年4月1日)，頁206–219。

[409] 仲持譯，〈玩偶家庭〉，《婦女雜誌》，8卷4期 (1922年4月1日)，頁191–205。

[410] August Strindberg, "A Doll's House," in *Married: Twenty Stories of Married Life*, trans. Ellie Schleussner (London: Frank Palmer, 1913), 165–190.

有出走的嘗試。不同的是,格爾利發現出走困難重重,反而迷失自己,最終回歸家庭,幸福如昔。斯德林褒明言,這部意在諷刺男女平權、維護傳統兩性角色的短篇小說集,正是受易卜生《玩偶家庭》的啟發而寫成;其中〈玩偶家庭〉一篇,更是針對易卜生劇中娜拉一走了之的開放結局,意在指出時下不少女性盲從婦女解放思潮,貿然脫離家庭之後,反而更為淒涼。斯德林褒出版短篇集時撰有長序,表明自己支持女性享有應得權利,但女權浪潮下的不良現象亦應在文學中得到體現。[411]《婦女雜誌》譯者胡仲持(1900–1968)介紹斯德林褒時,大致亦循此方向,惟行文略將斯德林褒的立場激化,以突顯與易卜生的對立:

> 斯德林褒是近代斯幹狄那維亞最著名的寫實小說家,但是他卻是個女性憎惡者,對於婦女人格獨立,反對最甚。這一篇是他的短篇集《結婚生活》中的一篇,是針對著易卜生的《玩偶家庭》而作的對於女性的譏誚。易卜生的《玩偶家庭》是討論離婚問題的最大名劇,所以我也把斯德林褒的反駁《玩偶家庭》的小說譯了出來。[412]

從「女性憎惡者」一句可見,譯者刻意塑造斯德林褒為女權的反對者和易卜生的挑戰者。此舉的用意,譯者也有所明示,乃為提供一個盲求女權的反例:

---

411 Michael Meyer, *Strindberg: A Biography* (Oxford: Oxford University Press, 1987), 130–134.
412 仲持譯,〈玩偶家庭〉,頁191。

> 這小說給力爭人格的新婦女以一種警告 —— 意志力的薄弱是新婦女前途最危險的暗礁。要是有人拿了這一篇當作侮辱女性的話柄，助反動派張目，那便不是我譯這篇的本意了。[413]

此處「意志力的薄弱」所指為何呢？在斯德林褒的〈玩偶家庭〉中，女主角格爾利嫁給了船長維廉（William，故事中暱稱為保爾〔Pal〕）。兩人長期分隔兩地，妻子獨力撫養兒女。船長擔心妻子生活苦悶，寫信勸她結識新朋友。格爾利很快與一位女子神學院學生奧的利亞（Ottilia）交上朋友，隨她學習科學常識、哲學經典和拉丁文；而最關鍵的課業，是研讀易卜生《玩偶家庭》。格爾利讀畢後，開始懷疑自己的婚姻，認為長年遠航的丈夫，不過當自己是陸地假期時的「玩偶」，於是將《玩偶家庭》寄給丈夫，希望他能覺悟。船長讀過《玩偶家庭》以後，深信妻子是遭那位不婚的朋友奧的利亞所誤導，才會對婚姻生疑。於是他與妻子的母親合計，在妻子面前，與奧的利亞眉來眼去。格爾利心生妒忌，頓覺丈夫與家庭重要，終於將《玩偶家庭》拋諸腦後，回到自己的「玩偶家庭」。

在原文和譯文之中，可讀到兩種的「意志力的薄弱」。斯德林褒原著從男主角船長的角度展開敘事，透過船長的觀察和經歷，來呈現「玩偶」妻子的思想轉變。故事敘事夾雜了船長的內心獨白，例如閱讀妻子來信的一段：

'Dear William' —'H'm! William! No longer Pal!' —'Life is a

---

413 同上。

struggle.' —'What the deuce does she mean? What does that has to do with us?' —'From beginning to end. Gently as a river in Kedron.' —'Kedron! She's quoting the Bible!' —'Our life has glided long. Like sleepwalkers we have been walking on the edge of precipices without being aware of them.' —'The seminary, oh! The seminary!'[414]

譯文為：

「親愛的維廉！」——「哼！維廉！不再保爾了！」——「人生是一個掙扎」——「她的意思是什麼呢？這與我們有什麼關係呢？」——「從始到終，穩和得像凱特隆的河一般，」——「凱特隆！她引用著聖書哩！」——「我們的生命向前流去，如夢中彷徨的人們似的，我們走在峭壁上面沒有覺察。」——「神學校呵！神學校！」[415]

這一段中，船長讀信的反應，穿插在妻子來信的每句之間。他因信中突然出現《聖經》的汲淪谷，驚覺妻子接觸神學校朋友之後的轉變。格爾利還在此後的信中引用馬太福音、柏拉圖《斐多篇》、《玩偶家庭》，甚至寫出拉丁文的句子，來抱怨自己留守家庭的苦況，讓船長困惑不已，也愈發生氣。從船長的角度來理解，「意志力的薄弱」，乃指妻子對突然學來的知識毫無抵抗力，繼而受神學院女朋友的誤導，作出拋夫棄子的決定。

對照原文，譯文可謂忠實到字句，固不失原文用意。但與刊中譯

414　Strindberg, "A Doll's House," 172.
415　仲持譯，〈玩偶家庭〉，頁196。

序合併觀之,又可看出第二種「意志力的薄弱」。是篇譯作在《婦女雜誌》發表,本身面向女性讀者;譯序亦訴諸「力爭人格的新婦女」。所謂「意志力薄弱」,更有可能是女性角度出發而的解讀,指格爾利追求知識、自由和平等的信念不夠堅定,才誤中丈夫的計謀,敗給了嫉妒心理。

換言之,原著從男性角度訴說的故事,旨在說明婦女解放思潮之下,女性易受誤導而迷失,倒不如回歸傳統角色。經過翻譯之後,譯文雖然忠切,但譯者通過譯序,卻為故事注入了女性角度的解讀,勸諭各位新婦女堅定立場,才能求得真正的平等解放。譯者的導讀與《婦女雜誌》面向新式女性的辦刊理念是一致的。譯者認為原著並無支持婦女解放的用意,甚至有反女權的嫌疑,才擔心譯作被「當作侮辱女性的話柄」,因而要事先公布自己的理解,以示讀者。

新文化精英的「經典」《娜拉》,乃從主角娜拉的女性角度展開敘事,透過描述娜拉對身邊人態度變化的體驗,來逐步展現她對個人處境的覺悟。對比讀來,通俗的《婦女雜誌》在斯德林褒〈玩偶家庭〉引入男性視角,又以譯序先出相反的女性觀點,呈出一組交錯抗拮的對照。在這一譯例中,獲得譯介的不止是外來文本,而且是一對外來文本的相互關係,即斯德林褒小說〈玩偶家庭〉對易卜生劇本《娜拉》之間互為對照的關係。在民初雜誌語境中,這一文本關係的譯介,無疑也為新文化精英的「經典」《娜拉》引入對立和參照的文本。對比新文化精英針對林譯「經典」的重譯和重釋,《婦女雜誌》針對《娜拉》的後續翻譯可以說並非意在顛覆或衝擊「經典」,而是從衍生「經典」的原文文化中,尋找可供對比、追問和思考的外來文本,並藉由翻譯,將這些問答導入民初上海文藝雜誌的脈絡。

當時對《娜拉》所代表的女性解放思潮提出疑問的，固然不止《婦女雜誌》。魯迅在1919年曾於北京女子高等師範學校作〈娜拉走後怎樣〉為題的講演，講稿旋即錄入該校校刊。[416] 第二次刊登時，便是1924年《婦女雜誌》的8月號，[417] 距斯德林褒〈玩偶家庭〉兩年多，形如遙相呼應。第五章第四節有關「西笑」的討論也提到，此時上海通俗文藝雜誌中不少譯叢欄目和原創小說，一直以逗趣、挖苦和諷刺的手法，展示「自由」與「解放」被誤解濫用而導致的惡果。最常見的受害者就是「女學生」，結局往往是魯迅在講演中所說的「墮落」。[418] 雜誌文人亦不忘強調「自由」與「解放」等詞彙是新文化名詞，以新文化為咎由所歸。《紅玫瑰》雜誌補白欄目〈今時代的美名〉更曾為一系列新文化名詞製作新舊對照表（見圖38）：「放蕩」美其名曰「自由」，「賣淫」是「女子職業」，「軋姘頭」（上海方言「通姦」）則是「自由戀愛」。這一列表固有言過其實之嫌，但恰可視為上海通俗文藝雜誌質疑「經典」、衝擊精英話語的極端例子。

民國初年，「經典」往往是文壇態勢生變的起點，不論是1910年代醞釀變革時的新文化精英，或是1920年代被貶為「通俗」的上海雜誌文人，都曾試圖通過闡述與新舊「經典」的關係，來宣告自身在文學場域和文學歷史中的定位。本章承接第三至六章的翻譯文本分析和翻譯規範研究，從「經典」的概念入手，探討關乎寫實文學、

---

416 陸學仁、何肇葆筆記，〈娜拉走後怎樣？魯迅先生講演〉，《北京女子高等師範文藝會刊》，6期（1919），頁28–34。
417 陸學仁、何肇葆筆記，〈娜拉走後怎樣？魯迅講演〉，《婦女雜誌》，10卷8期（1924年8月1日），頁1218–1222。
418 「娜拉或者也實在只有兩條路：不是墮落，就是回來。」語出陸學仁、何肇葆筆記，〈娜拉走後怎樣？魯迅先生講演〉，頁29。

圖38 〈今時代的美名〉(《紅玫瑰》,1卷9期,1924年9月27日)

林紓譯本和娜拉三個「經典」形式的諸多雜誌翻譯現象,試以個案研究方式,展示上海通俗文藝雜誌與新文化精英刊物且破且立的互動過程。不論是新文化精英之行「經典化」、上海通俗文藝雜之拒「經典化」,或是林譯、娜拉之被「去經典化」,不僅時空有所重疊,本質也是互為因果。由此可見,「經典化」確實不是單由某部官方文件的頒布,或某份改革宣言的發表就可瞬間完成的過程,而是文化場域各參與者相互角逐的結果。在此過程中,雜誌翻譯的重要功能之一,就是促成兩方雜誌文人藉「經典」而形成的互動,使之得以宣示自

我，互相定位。「雜誌翻譯」在此既可理解為動詞，亦可理解為名詞，意謂雜誌翻譯作為文本，本身就是文人派別立場的證據；同時，各方雜誌文人亦主動利用翻譯為手段，去樹立、鞏固或迎合「經典」，或者質問、甚至攻擊「經典」，從而區分你我。結語將再次結合全書章節，綜述雜誌之間以譯克譯、對質「經典」的動態圖景。

結語

一

本書試從民國初年上海文藝雜誌的翻譯文本入手，證明雜誌翻譯是民初文人進行思考、互動和對話，並促成文化場域生變的重要媒介。本書注重勾勒的變化，是史稱「通俗」的上海文藝雜誌與「經典化」中的新文化期刊透過翻譯實踐和譯事探討，而相互彰顯、彼此形塑的動態場景。筆者首先追溯「通俗」概念自晚清入民初之流變，繼而分析民初上海雜誌翻譯的外在環境，指出上海租界的出版氛圍和雜誌界的同人編輯傳統，是雜誌文人圈子各自構築言論空間，繼而展開對話的必要條件。在民國初立，政局不穩，百廢待興之際，江浙背景的上海通俗文藝雜誌文人，在出版業界和讀者市場已有堅實基礎，不急於迎合朝令夕改的官方文藝政策，而是承襲晚清報業和翻譯兩大傳統的翻譯規範，以翻譯為途徑，立足民國，對比中西，針砭古今；同時善用上海租界的文化資源，率先接觸西方視覺文化世界，一邊為讀者「直播」環球動態，一邊亦顯出電影時代來臨之兆。中國現代文化隨之走向多媒體發展，雜誌文人的身分與角色亦趨向多元。

　　在同一歷史時空下，安徽文人和留學生為主體的新文化精英圈子亦以雜誌為平臺，逐漸集結成形。精英文人通過選譯西方文學名著和文藝理論，一邊構築新的譯界「經典」和翻譯規範，一邊推翻晚清以來固有的「經典」和規範，上海通俗文藝雜誌成其攻擊目標。兩方文人所譯介的西方文庫，所關注的文化話題，實多有重疊之處，但背後的翻譯思維卻因所奉「經典」之不同，而呈現相異乃至相斥的態勢。雜誌文人對晚清報業與翻譯傳統的繼承與演進，被精英描述為因循守舊、腐朽落伍的末流之舉；他們借助翻譯而提出的社會思考和文化創意，也被解讀為嘩眾取寵、牟利拜金、膚淺輕浮的商業行為。歐戰期間，租界運輸受阻，物資短缺，上海通俗文藝雜誌稍見停歇；

1919年「五四」與新文化運動後,又帶著對「新」、「經典」的懷疑與戲謔,喧然回歸。文人借助翻譯而引入的思考、質疑與回應,在兩方雜誌中隔空問答,勢同辯論。

在這一過程中,翻譯由於被視為某個先行的外來文本之忠實反映,在辯論中常被用作引述權威意見、鞏固我方觀點的手段。然而,就文本分析所見,不論任何一方的雜誌譯者,都未能完全盡「忠」於原著,反而藉由種種翻譯策略,宣示立場,區分你我,一較高下。「譯叢」、「西笑」等通俗文藝雜誌特有的翻譯欄目,又往往將辛辣而尖刻的批評,隱藏於散漫而逗趣的文本表象之下。比起精英刊物中篇幅雄厚、大破大立的觀點陳述,這些來自翻譯的零碎材料實於無形間轉達了刊方文人的文化思考。故此,本書從雜誌翻譯透視民初二十年的中國文化圖景的演變過程,所展現的並非一幅聚焦於所謂「經典」的新文化精英的史詩畫,而是一卷同代文人在中西新舊之交爭相實驗、自謀發展,同時遙相呼應、彼此競逐的散點透視圖。本書從雜誌翻譯重構文化場景,正正希望在中國現代文學史的宏大敘事之外,提出另一種歷史敘述的方式,並以詳實的論證表明,翻譯作為一種文本類型和生產方式,確能為人文學科的研究引入新的線索和新的角度。

這部小論,比起過往近現代翻譯史研究,有三點不同之處。第一,雜誌翻譯的歷史重構部分,尤其重視外文本所蘊含的線索;針對譯書廣告、譯作刊登格式、徵稿條例、譯稿稿酬,乃至譯稿錯別字的深入探索,在有關該時期雜誌的翻譯史論仍屬少見;研究結果表明,這些長期被忽略的文本線索,恰恰是重構譯者及刊方之行為模式、洞察文化場域之張弛互動的關鍵證據。

第二，本書對「源文」(source text)的鑑定尤為謹慎。民初雜誌成刊時間距今已逾百年。雜誌譯者與今人處於不同時空，所得資源亦不相同。目前不少有關雜誌翻譯文本的源文─譯文對照分析，研究者所依據的原文，都是今日的版本，而非當年譯者所持有的版本。對於譯自法文或日文的清末民初譯本，以英文為第一外語的學者甚至無力去研讀真正的原著，只可退而求其次，借助現行的英譯本來推知一二。筆者對「版本」的執著，乃因一部作品的不同版本，可能對正文內容有不同程度的改動；而且不同版本的副文本資料（如封面設計、排版風格、裝訂方式、序言後記等）亦往往各有特色。這些因版本而異的細節，很可能會影響讀者對原著的認知和理解。今日的研究者若使用與民初譯者相距百年的版本，認知的隔閡自然更深。故此，筆者不時透過腳註，對某些譯本的「源文」以及轉譯和一本多譯的情況，作出必要解釋。本書用於源文─譯文對照分析的文本片斷，亦多引自源文版本確定的個案；對於沒有源文可供對照的譯文，筆者不曾妄作有關翻譯過程的揣測。本書引用的一些來自外國英文雜誌，且能在期刊數據庫中尋得原始頁面的原著，則最符合「源文」的嚴格定義。此外，本書第六章亦涉及影戲小說。影戲小說的原文（即電影）的尋找過程基本可分三步。首先，民初上海各大影戲園（電影院）均在當地主要報章刊登廣告，宣傳即日放映的影片。雜誌影戲小說標題或譯者序跋，多有透露所依據之電影的中英文名稱。不少影戲小說譯者也表明，小說往往在電影放映不久後寫成。因此，筆者可在雜誌出版前一至兩週的報紙的影戲園廣告中，尋找並核實小說所依據的黑白無聲電影；若小說沒有透露電影名稱，則可對照小說情節與電影劇情梗概，找出對應關係。然後，可依據電影英文名稱，在各大

電影資料庫（包括IMDb和加州大學洛杉磯分校影視文獻館〔UCLA Film and Television Archive〕）尋找該片的影像資料。由於年代久遠，不少舊片只有名稱、國別和製作人資料，膠卷則已失傳，或者不可購得，故無法用於研究。該節所用影片 *The Last Days of Pompeii*（1913）實為可遇而不可求的珍貴資料，且能為影戲小說這一雜誌翻譯的特殊形式和創作過程，提出鑿實的文本證據。因此，即使只此一例可能引來孤證之嫌，筆者仍然視之為可靠材料。總括而言，筆者謹慎篩選「源文」，除了是為論證嚴密，亦是為了表明一種回歸原始語境的研究態度。這與上述外文本之深度分析的初衷一致。

第三，本書特別重視雜誌中並非譯自小說的翻譯文本，例如「譯叢」、「西笑」等翻譯而來的雜聞欄目，以及圖像、影像和電影等源於視覺文本的文本形式。正如前文所述，雜聞欄目形式多變，篇幅短小，位置靈活，常被視為雜誌文本的邊角材料，不獲重視；雜誌圖像和影像所含文字材料極少，在翻譯史研究中亦很少被單獨研究；「影戲小說」按今人的定義屬於「改編」，亦鮮被列為翻譯文本。然而，前文論述已證明，以上幾類文本，確實涉及翻譯實踐，同時也是雜誌的常設欄目或常見體裁，是雜誌翻譯的重要組成部分。因此，本書嘗試深入分析這些文本，甚至追本溯源，從1920年代的外國報章雜誌及早期黑白電影中尋找文本的來源，為近現代翻譯史的圖景補上必要的一筆。

基於上述三個特點，本書亦有力所不及之處。在蒐證和舉證方面，由於雜誌資料龐雜，卷帙浩繁，筆者只能專注於翻譯及翻譯相關的文本，未及將雜誌全部文字資料引為旁證。此外，由於大部分雜誌翻譯均無標明來源，筆者亦顧及「源文」對論證嚴密性的影響，故

最終選作文本對比的材料仍屬有限。再者，第六章有關「雜誌翻譯」的思考表明，所謂「翻譯」是一個有待不斷修正的概念範疇。界定「翻譯」時，研究者不僅要重回歷史現場，追溯當時當地對於「翻譯」的理解與定義，也要在被納入「翻譯」範疇的文本中，尋找「翻譯」的關鍵特徵，再反思是否有其他文本現象也符合這一範疇的特徵，而須被納入研究範圍，從而不斷修正對「翻譯」的界定。課題若涉及一個與今人之翻譯觀念截然不同的歷史時期，「翻譯」之界定的反覆修正尤為必要。從這一角度來看，本書規模有限但力求詳實的文本分析，僅作民初通俗文藝雜誌翻譯研究的一個起點。

在論證架構方面，筆者亦有一些無法避免的弱點。本書在系統論的觀照下展開，尤其注重文本和概念的歷史性。對於「通俗」、「規範」、「經典」等關鍵概念，筆者一直嘗試回到民初雜誌語境，以當時當地文人群體的行為和敘述為證據，重構這些概念在其時的涵義，或追溯其演變過程。但這一嘗試無疑與「翻譯」的界定一樣，只能不斷接近，而未能絕對重現。

此外，筆者來自當代翻譯研究的學術背景，研究課題亦以翻譯文本為主體，故筆者所構築的無疑是以翻譯文本為起點而向外折射歷史文化圖景，所思考的亦是翻譯對於文化圖景之演變的意義。換言之，在本書論述中，翻譯似乎比原創或其他文化生產方式更具改變文化場域的潛力。這固然不是筆者試圖證明的觀點，而只是一種可能因敘述角度而引起的觀感。至於翻譯與其他文學形式之互動，以及這種互動對於文化圖景的影響，自有其研究價值，但目前不在本書範圍。

再者，筆者著眼於雜誌翻譯中的文人互動過程，因此本書的組織與結構，以及文本證據的選取與呈現，均難免帶有對比的視野，甚

至可能給人以「精英」與「通俗」二元對立的觀感。這一吊詭之處，在第一章已有提及。本書藉「經典化」的概念，從「通俗」與「精英」寫起，一是由於「通俗」是目前現代文學史論對本書所涉雜誌的一個統稱，同時也是一個帶有時代色彩和價值判斷的歷史標籤，有必要對之作出分析說明；二是由於「五四」以來新文化「精英」文學，目前依然是現代文學史論宏大敘述的主體，筆者有必要以「精英」為參照，來說明所涉雜誌之翻譯實踐在民初文化圖景中的位置與比重。因此，「精英」與「通俗」的對立，不代表真正的歷史場景，只是筆者重讀和再現歷史所依據的線索之一。本書發掘的史實也表明，民初雜誌翻譯除了是文人互動對話的場域之外，也是文人日後轉型的起點，例如新文化精英在1920年代後期的政治轉向，通俗文人在1930年代向上海及香港電影業的遷移，皆以雜誌翻譯為起點。種種態勢和趨向，日後可再深入研究。若對民初雜誌界內部再作剖析，則可發現，各種雜誌之間在參與人員、文學觀念、經營策略、關注話題、翻譯規範等層面上既有交錯重疊，也有競逐排斥；同時，雜誌文人透過翻譯而互動，在宣示自我的同時，亦突顯了與同行或對手的分歧，甚至刻意透過翻譯，將對手推向自己的對立面。雜誌翻譯所載之互動，實則輻射到雜誌界以外的社會文化領域，並推動民元1912年至1920年代文學場域的演變過程，是為「經典化」之詞尾「化」字所示的動態意味。本書遂以雜誌翻譯為核心，望重現這一段短暫而多變的歷史，亦為志同道合者提供一組個案參考。

致謝

　　本書構想始於2007年至2012年於香港中文大學翻譯系修讀碩博士學位的研究計畫，課題為民國時期中文雜誌翻譯。畢業留校任教，先後獲文學院直接資助計畫（Direct Grant for Research，編號4051087）及香港傑出青年學者計畫（Early Career Scheme，編號24606617）支持，得以延展課題，續寫成書。本書第四至六章及第七章第一節的初稿，曾於學術期刊《翻譯學研究集刊》、《編譯論叢》、《廣譯》、《復旦談譯錄》發表。出版前後，幸得諸位匿名評審指正，漸見期刊翻譯研究的價值。近年中外陸續推出期刊數位資料庫，歐美早期默片亦於網路平臺浮出，研究過程曾有許多不解之謎、無後之說、難溯之源，皆因數位人文興起，而陸續得解。全書定稿，成必行之事，感激華藝學術出版部成全。付梓前後，拙著再獲香港中文大學文學院出版補助金（Publication Subvention Fund）的慷慨資助，謹此致謝。

　　筆者從事教育及研究九載，漸明為人師之不易。得良師指點，是難求的福分。拙作碩博士論文，先後得童元方教授及莊柔玉教授指導。兩位學者嚴於治學，兼容並蓄，讓我在探索課題時，既享有無上自由，亦保持謹慎求真的態度。兩次論文答辯，得時任敝系的閔福德教授、陳善偉教授及香港浸會大學鍾玲教授、張佩瑤教授擔任考試委員。他們的提問，是論文想法得以發展成書的原因。本書終成，全十三萬言，無一苟且之筆，全賴前輩指導有方，不勝言謝。莊教授與童教授先後賜序，對我更是莫大的祝福。

最後，我也衷心感激華藝學術出版部諸位編輯老師。過去十個月，他們付出極大心力，為小書校對、設計、排版，言出必行，事必鉅細無遺。付梓前後，臺灣疫情反覆，編輯老師從未停下工作。日後的我也不應停下。

葉嘉

2021 年 6 月 17 日

於香港中文大學梁銶琚樓

參考書目

註1：本書大致採用 *The Chicago Manual of Style* 的徵引格式。正文引用的學術專著，悉入參考書目。所涉雜誌期刊條目，若已錄入正文腳註，則不錄於參考書目，以行簡約刊印。

註2：清末民初中文雜誌的頁碼標記無統一規則。本書所涉雜誌大多不採連續頁碼者，廣告、聲明、目錄頁、版權頁、插圖頁等亦通常沒有頁碼。如此情況，本書在腳註中均記為「頁數從缺」，幸勿以疏漏為責。此註在第一章腳註4已出現，特此再錄，作聲明之用。

註3：參考書目中外期刊獨列於首；其他中文文獻按筆劃、英文文獻依字母順序排列。

中外期刊

《大眾文藝》〔影印本〕。東京：アジア，1978。
《小說大觀》〔縮微資料〕。New York: Columbia University Libraries, 1977. 4 microfilm reels, 35 mm.
《小說月報》〔影印本〕。東京：東豐書店，1979。
《小說世界》〔影印本〕。上海：商務印書館，1988。
《女學生》〔縮微資料〕。北京：中華全國圖書館文獻縮微複製中心，2010。中心編號 CJ-07614，全1卷，16 mm。
《月月小說》〔影印本〕。東京：龍溪書舍，1978。
《太平洋》〔縮微資料〕。Zug: Inter Documentation Co., 1978.
《中華小說界》〔微縮資料〕。New York: Columbia University Libraries, 1977. 4 microfilm reels, 35 mm.
《文學旬刊》〔數位資料〕。全國報刊索引。https://www.cnbksy.cn。
《申報》（1872–1849）〔數位資料〕。青蘋果數據中心。http://shenbao.egreenapple.com。

《申報》〔影印本〕。臺北：臺灣學生書店，民國 54〔1965〕。
《快活》〔數位資料〕。全國報刊索引。https://www.cnbksy.cn。
《東方雜誌》〔影印本〕。臺北：臺灣商務印書館，1971。
《社會之花》〔數位資料〕。全國報刊索引。https://www.cnbksy.cn。
《紅玫瑰》〔影印本〕。揚州：江蘇廣陵古籍刻印社，1989。
《紅雜誌》〔影印本〕。揚州：江蘇廣陵古籍刻印社，1989。
《香艷雜誌》〔影印本〕。北京：綫裝書局，2007。
《時務報》〔影印本〕。臺北：京華書局，民國 56〔1967〕。
《時報》〔合訂本〕。臺北：中國國民黨中央委員會黨史史料編纂委員會，1969。
《婦女雜誌》〔數位資料〕。近代史數位資料庫。http://mhdb.mh.sinica.edu.tw/fnzz。
《創造週報》〔數位資料〕。全國報刊索引。https://www.cnbksy.cn。
《新小說》〔影印本〕。香港：商務印書館，1980。
《新民叢報》〔合訂本〕。臺北：藝文印書館，1966。
《新青年》〔影印本〕。東京：大安，1962。
《新潮》〔影印本〕。臺北：東方文化書局，1972。
《遊戲世界》〔數位資料〕。全國報刊索引。https://www.cnbksy.cn。
《遊戲雜誌》〔數位資料〕。香港中文大學圖書館數碼館藏。https://repository.lib.cuhk.edu.hk/tc/item/cuhk-1831330。
《語絲》〔影印本〕。上海：上海文藝，1982。
《禮拜六》〔影印本〕。揚州：江蘇廣陵古籍刻印社，1987。
Historical Oregon Newspapers. http://oregonnews.uoregon.edu.
The New York Times Article Archive, 1851–1980. http://www.nytimes.com/ref/membercenter/nytarchive.html.
The Times Digital Archive, 1785–2006. http://www.gale.cengage.com.

中文文獻

《上海新聞志‧人物》。上海地方志電子資源。http://www.shtong.gov.cn/Newsite/node2/node2245/node4522/node10080/index.html。

上海圖書館編。《中國現代電影期刊全目書志》。上海：上海科學技術文獻，2009。

戈公振。《中國報學史》。香港：太平書局，1964。

中央研究院近代史研究所。英華字典資料庫。http://mhdb.mh.sinica.edu.tw。

中國史學會編。《辛亥革命》。上海：上海人民，1957。

中國社會科學院近代史研究所編。《秘笈錄存》。北京：中國社會科學院，1984。

中國第二歷史檔案館編。《中華民國檔案資料彙編》。蘇州：江蘇古籍，1991。

王勇。《東方雜誌與現代中國文學》。北京：中國社會科學，2014。

王涓霓。《包天笑文學創作與報刊編譯活動之意義研究》。淡江大學中國文學學系碩士在職專班學位論文，2019。

王笛。〈清末新政與近代學堂的興起〉。《近代史研究》，3 期（1987）：頁 107–110、254。

王德威著，宋偉杰譯。《被壓抑的現代性：晚清小說新論》。北京：北京大學，2005。

王穎。《中國現代作家對娜拉形象的接受與再創造》。山東師範大學碩士論文，2000。

方華文編。《20 世紀中國翻譯史》。西安：西北大學，2008。

方漢奇。《中國近代報刊史》。太原：山西人民，1981。

孔慶東、湯哲聲編。《20 世紀中國現代通俗文學史》。北京：高等教育，2006。

包天笑。《釧影樓回憶錄》。香港：大華，1971。

石盛芳。《現實與現實主義：《文藝春秋》《文藝復興》的文學譯介研究》。西華師範大學碩士論文，2017。

吉林師範大學中國近代史教研室編。《中國近代史事記》。上海：上海人民，1959。

朱棟霖、朱曉進、龍泉明編。《中國現代文學史（1917–2000）》。北京：北京大學，2007。

李小玉。《贊助勢力下《新青年》與《東方雜誌》(1915–1923) 翻譯文學原文本的選擇比較研究》。河南師範大學碩士論文，2016。

李宥儒。《二十世紀初期安徒生故事中文翻譯—— 以文學研究會主要刊物《小說月報》、《婦女雜誌》、《文學週報》為研究範圍》。國立臺灣師範大學國際漢學研究所碩士論文，2011。

吳向媛。《五四時期報刊譯文與馬克思主義傳播研究》。廣西大學碩士論文，2018。

吳燕日。《翻譯相異性—— 1910–1920 年《小說月報》對「異域」的表述》。暨南大學博士論文，2006。

呂芳上。〈法理與私情：五四時期羅素、勃拉克相偕來華引發婚姻問題的討論 (1920–1921)〉。《近代中國婦女史研究》，9 號 (2001)：頁 31–55。

呂潔宇。《《真美善》的法國文學譯介研究》。西南大學博士論文，2015。

杜慧敏。《文本譯介、文化相遇與文學關係—— 晚清主要小說期刊譯作研究 (1901–1911)》。上海復旦大學中國語文學系博士論文，2006。

杜慧敏。《晚清主要小說期刊譯作研究 (1901–1911)》。上海：上海書店，2007。

林立偉。〈文學革命與翻譯：從多元系統理論看《新青年》的翻譯〉。《翻譯學報》，8 期 (2003)：頁 21–38。

周作人。《周作人民俗論文集》。上海：上海文藝，1999。

周其厚。《中華書局與近代文化》。北京：中華書局，2007。

周瘦鵑。〈筆墨生涯五十年〉。《文匯報》，1963 年 4 月 25 日，6 版。

周瘦鵑。〈《禮拜六》舊話〉。《工商新聞》副刊《禮拜六》，271 期 (1928 年 8 月 25 日)：3 版。

周樹人、周作人。《域外小說集》。上海：群益書社，1921。

周樹人、周作人。《域外小說集》。長沙：岳麓書社，1986。

芮和師等編。《鴛鴦蝴蝶派文學資料》(上、下冊)。福州：福建人民，1984。

阿英著，張錫智編。《阿英序跋集》。開封：河南大學出版社，1989。

孟昭毅、李載道編。《中國翻譯文學史》。北京：北京大學，2005。

范伯群。《民國通俗小說：鴛鴦蝴蝶派》。臺北：國文天地雜誌社，1990。

范伯群。《多元共生的中國文學的現代化歷程》。上海：復旦大學，2010。
范伯群。《禮拜六的蝴蝶夢：論鴛鴦蝴蝶派》。北京：人民文學，1989。
范伯群編。《中國現代通俗文學史》。北京：北京大學，2007。
范伯群、孔慶東編。《通俗文學十五講》。北京：北京大學，2003。
胡適。《胡適留學日記》。海口：海南，1994。
徐小群。《民國時期的國家與社會：自由職業團體在上海的興起，1912–1937》。北京：新星，2007。
徐公肅等編。《上海公共租界史稿》。上海：上海人民，1980。
唐弢。《中國現代文學史》。北京：人民文學，1979。
翁珮洢。《晚清四大小說期刊析論──以創作小說和翻譯小說為中心》。國立中山大學中國文學系博士論文，2015。
馬禮遜（Robert Morrison）。《華英字典》。鄭州：大象，2008。
陳小波。《五四文學的娜拉意象》。湖南師範大學碩士論文，2004。
陳平原。《中國現代小說的起點──清末民初小說研究》。北京：北京大學，2005。
陳平原。〈「通俗小說」在中國〉。中國現代文學館電子資源。http://www.wxg.org.cn/jzzx/1490.jhtml。
陳平原、夏曉紅編。《二十世紀中國小說理論資料》。北京：北京大學，1989。
陳安湖、黃曼君。《中國現代文學史》。武漢：華中師範大學，1988。
陳衍。《福建通志》。上海：上海古籍，1987。
陳貽先、陳冷汰譯。《清宮二年記》。上海：商務印書館，1940。
許方怡。《《中國叢報》中的中國古典小說譯介研究》。上海師範大學碩士論文，2017。
許步曾。《尋訪猶太人：猶太文化精英在上海》。上海：上海社會科學院，2008。
張天星。《報刊與晚清文學現代化的發生》。南京：鳳凰，2011。
張仲禮著，李容昌譯。《中國紳士：關於其在19世紀中國社會中作用的研究》。上海：上海人民，1992。
張南峰。《中西譯學批評》。北京：清華大學，2004。
張南峰。〈以「忠實」為目標的應用翻譯學──中國譯論傳統初探〉。《翻

譯學報》,2 期(1998 年 6 月):頁 29–41。

張南峰譯。〈多元系統論〉。《中外文學》,30 卷 3 期(2001 年 8 月):頁 18–36。

張樹華、張久珍編。《20 世紀以來中國的圖書館事業》。北京:北京大學,2008。

張靜廬編。《中國近代出版史料(二編)》。上海:羣聯,1954。

張耀杰。《北大教授:政學兩界的人和事》。臺北:秀威資訊科技,2007。

張耀杰。《北大教授與〈新青年〉:新文化運動路線圖》。北京:中國言實,2007。

莊柔玉。《多元的解構——從結構到後結構的翻譯研究》。臺北:臺灣學生書局,2008。

梁啟超。〈論報館有益於國事〉。《時務報》,創刊號(1896 年 8 月 9 日):頁數從缺。

章瓊。《1904–1927:《東方雜誌》翻譯文學研究》。四川師範大學碩士論文,2008。

程光煒、劉勇、吳曉東、孔慶東、郜元寶編。《中國現代文學史(1917–1937)》。北京:中國人民大學,2010。

馮其庸、李希凡編。《紅樓夢大辭典》。北京:文化藝術,1990。

舒新城編。《中國近代教育史資料》(全二冊)。北京:人民教育,1981。

凱瑟琳・卡爾(Katherine A. Carl)著,王和平譯。《美國女畫師的清宮回憶錄》。香港:三聯,2011。

葉文心著,王琴、劉潤堂譯。《上海繁華:都會經濟倫理與近代中國》。臺北:時報文化,2010。

葉嘉。《從「佳人」形象看《禮拜六》雜誌短篇翻譯小說》。香港中文大學翻譯系哲學碩士論文,2009。

葉曙明。《重返五四現場:1919,一個國家的青春記憶》。北京:中國友誼,2009。

董炎。《從傳統到現代——晚清四大小說期刊中翻譯小說的「現代性」》。蘇州大學碩士論文,2010。

微周譯。《白之比較文學論文集》。長沙:湖南文藝,1987。

楊國強、張培德編。《上海通史・民國政治》。上海:上海人民,1999。

楊逸編。《上海自治志》(1915),收錄於《中國方志叢書 • 華中地方 • 第152號》〔影印本〕。臺北:成文,1974。
趙健。《晚清翻譯小說文體新變及其影響——以晚清最後十年(1902–1911)上海七種小說期刊為中心》。上海復旦大學博士論文,2007。
趙稀方。《翻譯現代性:晚清到五四的翻譯研究》。臺北:秀威資訊科技,2007。
漢語大詞典編纂處編。《漢語大詞典 • 第十卷》。上海:上海辭書,2008。
潘光哲。〈開創「世界知識」的公共空間:《時務報》譯稿研究〉。《史林》,95期(2006):頁1–18。
魯迅。《魯迅全集》(全16卷)。北京:人民文學,1981。
劉勇、鄒紅。《中國現代文學史》。北京:北京師範大學,2006。
劉齊。《學術網絡、知識傳播中的文學譯介研究——以「學衡派」為中心》。復旦大學博士論文,2007。
鄭逸梅編。《南社叢談:歷史與人物》。北京:中華書局,2006。
鄭萬鵬。《中國現代文學史》。北京:華夏,2007。
樽本照雄著,陳薇譯。《清末小說研究集稿》。濟南:齊魯書社,2006。
謝天振、查明建編。《中國現代翻譯文學史(1898–1949)》。上海:上海外語教育,2003。
韓洪舉。《林紓小說研究——兼論林紓自傳小說與傳奇》。北京:中國社會科學,2005。
薛綏之、韓立群編。《魯迅生平史料彙編(第三輯)》。天津:天津人民,1983。
戴維斯。《世界文學視野下的民族文學發展訴求:《東方雜誌》(1920–1932)歐美文學譯介研究》。福建師範大學碩士論文,2014。
羅志田。《變動時代的文化履跡》。香港:三聯,2009。
嚴復譯。《穆勒名學》。上海:金粟齋,1905。

英文文獻

Baker, Mona, and Gabriela Saldanha, eds. *Routledge Encyclopedia of*

Translation Studies, 2nd edition. London & New York: Routledge, 2009.

Barbusse, Henri. *We Others: Stories of Fate, Love and Pity*, translated by Fitzwater Wray. New York: E. P. Dutton & Company, 1918.

Bassnett, Susan. *Translation Studies*, revised edition. London & New York: Routledge, 1991.

Bassnett, Susan, and André Lefevere, eds. *Translation, History and Culture*. London: Pinter, 1990.

Birch, Cyril. "Change and Continuity in Chinese Fiction." In *Modern Chinese Literature in the May Fourth Era*, edited by Merle Goldman, 385–404. Cambridge: Harvard University Press, 1977.

Bland, J. O. P., and E. Backhouse. *China Under the Empress Dowager*. London: William Heinemann, 1910.

Bonaparte, Napoleon. "The Veiled Prophet." *Pearson's Magazine*, translated by Sidney Mattingly (December 1909): 593–596.

Britton, Roswell S. *The Chinese Periodical Press, 1800–1912*. Taipei: Cheng Wen, 1966.

Burke, Peter. *What is Cultural History?* Cambridge & Malden: Polity, 2008.

Carl, Katherine A. *With The Empress Dowager*. New York: The Century Co., 1905.

Caserini, Mario, dir. *The Last Days of Pompeii*. 1913. Italy: Kino International Corp, 2000. DVD.

Catford, J. C. *A Linguistic Theory of Translation*. London: Oxford University Press, 1965.

Chomsky, Noam. *Aspects of the Theory of Syntax*. Cambridge: The MIT Press, 1965.

Chomsky, Noam. *Syntactic Structures*. The Hague: Mouton, 1957.

Chow, Tse-tsung. *The May Fourth Movement: Intellectual Revolution in Modern China*. Stanford: Stanford University Press, 1960.

Doleželová-Velingerová, Milena, and Old ich Král, eds. *The Appropriation of Cultural Capital: China's May Fourth Project*. Cambridge: Harvard University Asia Center, 2001.

Drouin, Jeffrey. "Close- and Distant-Reading Modernism: Network Analysis, Text Mining, and Teaching The Little Review." *Journal of Modern Periodical Studies*, special issue: visualizing periodical networks, 5 no. 1 (2014): 110–135.

Even-Zohar, Itamar. "Polysystem Theory." *Polysystem Studies, Poetics Today* 11, no. 1 (Spring 1990): 9–27.

Genette, Gérard. *Paratext: Threshold of Interpretation*, translated by Jane E. Lewin. Cambridge: Cambridge University Press, 1997.

Gentzler, Edwin. *Contemporary Translation Theories*. London & New York: Routledge, 1993.

Gribble, Francis. "The Real 'Dame aux Camelias.'" *Fortnightly Review* 116, iss. 693 (September 1924): 393–402.

Hammill, Faye, Paul Hjartarson, and Hannah McGregor. "Introducing Magazines and/as Media: The Aesthetics and Politics of Serial Form." *ESC* 41, no. 1 (March 2015): 1–18.

Hermans, Theo. "The Translator's Voice in Translated Narrative." In *Critical Readings in Translations Studies*, edited by Mona Baker, 193–212. London & New York: Routledge, 2010.

Hermans, Theo. *Translation in Systems: Descriptive and System-Oriented Approaches Explained*. Manchester: St. Jerome, 1999.

Hockx, Michel, ed. *The Literary Field of Twentieth-Century China*. Honolulu: University of Hawaii Press, 1999.

Ibsen, Henrik. *A Doll's House: A Play in Three Acts*, translated by William Archer. Boston: Walter H. Baker & Co., 1890.

Ibsen, Henrik. *Nora; Or a Doll's House*, translated by Henrietta Frances Lord. London: Farran, Okenden and Welsh & Newbery House; Chicago: Lily Publishing House, 1890.

Judge, Joan. *Republican Lens Gender, Visuality, and Experience in the Early*

Chinese Periodical Press. Oakland: University of California Press, 2015.

Lefevere, André. "Chinese and Western Thinking on Translation." In *Constructing Cultures: Essays on Literary Translation*, edited by Susan Bassnett and André Lefevere, 12–24. Clevdedon: Multilingual Matters, 1998.

Lefevere, André. *Translation, Rewriting and the Manipulation of Literary Fame*. London: Routledge, 1992.

Levý, Jiří. "Translation as a Decision Process." In *To Honor Roman Jakobson*. Vol. 2, 1171–1182. The Hague & Paris: De Gruyter Mouton.

Lin, Yutang. *A History of the Press and Public Opinion in China*. Shanghai: Kelly and Walsh, 1936.

Link, Perry. *Mandarin Ducks and Butterflies: Popular Fiction in Early Twentieth-Century Chinese Cities*. Berkeley: University of California Press, 1981.

MacVane, Edith. "The Radium Robbers." *McClure's Magazine* 43, no. 3 (July 1914): 64–73, 150–166.

McFarlane, John. "Modes of Translation." *The Durham University Journal* 45, no. 3 (1953): 77–93.

Meyer, Michael. *Strindberg: A Biography*. Oxford: Oxford University Press, 1987.

Mundy, Talbot. "Burberton and Ali Beg." *Everybody's Magazine* 30, no. 1 (January 1914): 43–54.

"O. Henry." *Encyclopoedia Britannica Online*. https://www.britannica.com/biography/O-Henry.

Popovič, Anton. "The Concept 'Shift of Expression' in Translation Analysis." In *The Nature of Translation: Essay on the Theory and Practice of Literary Translation*, edited by James S. Holmes, 78–87. The Hague & Paris: De Gruyter Mouton; Bratislava: Slovak Academy of Science, 1970.

Princess Der Ling. *Two Years in the Forbidden City*. New York: Mofatt, Yard and Co., 1911.

Pym, Anthony. "Review Article of Venuti's The Translator's Invisibility." *Target* 8, no. 2 (1996): 165–177.

Reeve, Arthur B. "The Germ Letter." *Cosmopolitan* 57, no. 2 (July 14, 1914): 244–263.

Reinsch, Paul Samuel. *Intellectual and Political Currents in the Far East*. Boston & New York: Houghton Mifflin Co., 1911.

Rojas, Carlos, and Eileen Cheng-yin Chow, eds. *Rethinking Chinese Popular Culture: Cannibalization of the Cannon*. London: Routledge, 2009.

Strindberg, August. "A Doll's House." In *Married: Twenty Stories of Married Life*, translated by Ellie Schleussner, 165–190. London: Frank Palmer, 1913.

The Internet Movie Database. https://www.imdb.com/.

Toury, Gideon. *Descriptive Translation Studies—And Beyond*. Amsterdam: John Benjamins, 1995.

Turgenev, Ivan. "The Apparition." *The Strand Magazine* 47, translated by Edith Remnant (January–June 1914): 426–431.

Tymoczko, Maria. *Enlarging Translation, Empowering Translators*. Manchester & Kinderhook: St. Jerome, 2007.

Tymoczko, Maria. "Trajectories of Research in Translation Studies." *META* 50, no. 4 (December 2005): 1082–1097.

van Leuven-Zwart, Kitty. *Vertaalwetenschap: Literatuur, Wetenschap, Vertaling en Vertalen*. Leuven: Acco, 1992.

Venuti, Lawrence. *The Translator's Invisibility: A History of Translation*. London & New York: Routledge, 1994.

Wang, Der-wei. *Fin-de-siècle Splendor: Repressed Modernities of Late Qing Fiction, 1849–1911*. Stanford: Stanford University Press, 1997.

Weale, B. L. Putnam. *Indiscreet Letter From Peking*. New York : Dodd, Mead and Co., 1907.

國家圖書館出版品預行編目（CIP）資料

通俗與經典化的互現：民國初年上海文藝雜誌翻譯研究/葉嘉著.
-- 新北市：華藝數位股份有限公司學術出版部出版：華藝數位股份有限公司發行, 2021.06
　　面；　公分
ISBN 978-986-437-190-7(平裝)
1.翻譯學 2.論述分析

811.707　　　　　　　　　　　　　　　　110008740

通俗與經典化的互現：
民國初年上海文藝雜誌翻譯研究

作　　　者／葉嘉
責 任 編 輯／廖翊鈞
封 面 設 計／張大業
版 面 編 排／張大業、莊孟文

發　 行　 人／常效宇
總　 編　 輯／張慧銖
業　　　務／吳怡慧

出　　　版／華藝數位股份有限公司　學術出版部（Ainosco Press）
　　　　　　地址：234 新北市永和區成功路一段 80 號 18 樓
　　　　　　電話：(02)2926-6006　傳真：(02)2923-5151
　　　　　　服務信箱：press@airiti.com

發　　　行／華藝數位股份有限公司
　　　　　　戶名（郵政／銀行）：華藝數位股份有限公司
　　　　　　郵政劃撥帳號：50027465
　　　　　　銀行匯款帳號：0174440019696（玉山商業銀行 埔墘分行）

　 ISBN／978-986-437-190-7
　　 DOI／10.978.986437/1907
出 版 日 期／2021 年 6 月
定　　　價／新臺幣 600 元

版權所有．翻印必究　　Printed in Taiwan
（如有缺頁或破損，請寄回本公司更換，謝謝）